dtv

Eine alte Gewürzplantage auf einer indonesischen Insel, die wispernde und raschelnde tropische Pflanzenwelt, das geheimnisvolle Säuseln des Meeres – dieses paradiesische Fleckchen Erde muss Felicia als Kind verlassen. Doch niemals wird sie die Worte ihrer Großmutter, der Plantagenbesitzerin, vergessen, die ihr zum Abschied sagt: »Auf Wiedersehen, Enkeltochter, ich warte hier auf dich.« – Jahre später kehrt Felicia, inzwischen Mutter eines kleinen Sohnes, in den »Kleinen Garten« zurück: Auch ihr Sohn Himpies wächst unbeschwert heran, streift über die Plantage und lauscht den Geschichten der einheimischen Dienstboten, bis sich eines Tages eine Tragödie ereignet.

Helena Anthonia Maria Elisabeth Dermoût-Ingerman (1888–1962) wurde auf einer javanischen Zuckerplantage geboren, absolvierte ihre Schulausbildung jedoch in den Niederlanden. Mit ihrem Mann, einem Juristen, kehrte sie nach Niederländisch-Indien zurück und lebte 30 Jahre lang in »jeder Stadt und jeder Wildnis auf Java, Celebes und den Molukken«, bevor das Paar 1933 wieder in die Niederlande übersiedelte. 1951, im Alter von 63 Jahren, veröffentlichte sie ihre Erinnerungen unter dem Titel ›Erst gestern noch‹. Ihr Meisterwerk, der viel gerühmte Roman ›Die zehntausend Dinge‹, erschien 1955. Daneben verfasste sie fünf Bände mit Erzählungen.

Maria Dermoût

Die zehntausend Dinge

Roman

Aus dem Niederländischen neu übersetzt
und mit Anmerkungen versehen
von Bettina Bach

dtv

Der Verlag dankt der Niederländischen Stiftung für Literatur
für die großzügige Förderung der Übersetzung.

**Nederlands letterenfonds
dutch foundation
for literature**

Die Übersetzerin dankt dem Deutschen Übersetzerfonds
für die Förderung ihrer Arbeit.

**Ausführliche Informationen über
unsere Autoren und Bücher
www.dtv.de**

Neuübersetzung
2018 dtv Verlagsgesellschaft mbH & Co. KG, München
© 1955 by estate of Maria Dermoût
Die Originalausgabe erschien erstmals 1955 unter dem Titel ›De tienduizend
dingen‹ bei Em. Querido's Uitgeverij B.V., Amsterdam.
Die deutsche Erstausgabe erschien 1958
unter dem Titel ›Die Harfe Amor‹. Ein Roman von den zehntausend
Dingen‹ bei Marion von Schröder Verlag, Hamburg.
Für die deutschsprachige Ausgabe:
© 2016 dtv Verlagsgesellschaft mbH & Co. KG, München
Umschlaggestaltung: Wildes Blut, Atelier für Gestaltung,
Stephanie Weischer unter Verwendung von Bildern von
Scala, Florenz, und bridgemanart.com/Private Collection
Satz: Fotosatz Amann, Memmingen
Druck und Bindung: Druckerei C.H.Beck, Nördlingen
Gedruckt auf säurefreiem, chlorfrei gebleichtem Papier
Printed in Germany · ISBN 978-3-423-14662-3

*Wenn die zehntausend Dinge in ihrer Einheit gesehen werden,
kehren wir zurück zum Ursprung und bleiben,
wo wir immer gewesen sind.*

TSENG SHEN

Inhalt

Die Insel   9

Der Kleine Garten   29

Der Regierungskommissar   133

Constance und der Matrose   151

Der Professor   185

Allerseelen   235

Anmerkungen   255

Editorische Notiz   263

Die Insel

Auf der Insel in den Molukken gab es hier und da noch sogenannte Gärten aus der Zeit des Gewürzanbaus, wenige nur – es waren jedoch nie viele gewesen; und auf dieser Insel hatte man auch früher nicht von Gewürzplantagen gesprochen, sondern immer nur von Gärten.

Diese Gärten lagen heute, genau wie damals, um beide Buchten herum – die Außen- und die Binnenbucht –, mit ihren nach Gewürzarten getrennten Baumgruppen: Nelken bei den Nelken, Muskatnüsse bei den Muskatnüssen; dazwischen vereinzelt einige Schattenspender, meist Kanaribäume; und näher am Wasser, als Schutz vor dem Wind, Kokospalmen oder Platanen.

Keines der Häuser der ersten Plantagenbesitzer war noch erhalten, alle wurden sie von Erdbeben zerstört und anschließend abgetragen. Mitunter war ein Teil stehen geblieben – ein Seitenflügel, ein einzelnes Zimmer –, an den später wieder angebaut wurde, aber meist nur mit Holz, nichts als ein paar schäbige Räume.

Was war schon von der alten Pracht geblieben?

Manchmal jedoch schien in den Gärten noch ein Hauch der alten Zeiten, des längst Vergangenen spürbar zu sein.

An einer sonnigen Stelle zwischen den niedrigen Bäumen, wo

es, wenn die Temperaturen steigen, so stark nach Gewürzen duftet –

In einem stillen, verfallenen Zimmer mit einem echten, typisch holländischen Schiebefenster und einer tiefen Fensterbank –

Oder an einem schmalen Strand unter den Platanen, wo die kleinen Wellen der Brandung auslaufen: drei Wellen hintereinander – hintereinander – hintereinander –

Was könnte es da noch geben?

Erinnerungen an Menschen, an frühere Geschehnisse bleiben manchmal beinahe greifbar irgendwo hängen. Vielleicht weiß noch jemand davon oder denkt daran zurück – aber hier war es anders: ohne jeden Halt, ohne Gewissheit – nicht mehr als eine Frage, ein Vielleicht?

Haben zwei Liebende einander damals an dieser Stelle umarmt und »für immer« geflüstert oder haben sie sich im Gegenteil voneinander gelöst und unter den Muskatnussbäumen »Adieu« gesagt?

Spielte ein Mädchen mit seiner Puppe auf der Fensterbank?

Wer stand am Strand und blickte über die drei kleinen Wellen der Brandung hinweg? Über die Bucht? Und wohin?

Eine Stille als Antwort, resignierte und erwartungsvolle Stille zugleich – das Vergangene und das Nicht-Vergangene.

Sonst war nicht mehr viel da.

In zwei Gärten spukte es.

In einem kleineren Garten an der Außenbucht, in der Nähe der Stadt, ging ein Ertrunkener um; das Unglück war jedoch erst vor Kurzem geschehen, heute, könnte man fast sagen! Und in einem weiteren Garten an der Binnenbucht spukten, seit jeher, drei kleine Mädchen herum.

Ihr Wohnhaus war nicht mehr erhalten; selbst das Fundament und die noch lange nach dem Erdbeben und dem Feuer liegen gebliebenen Trümmer waren irgendwann geräumt worden. Ein

Gästepavillon war stehen geblieben, unter den Bäumen dicht beim Strand: vier geräumige Zimmer, die von der ehemaligen Seitenveranda abgingen.

Er war sogar noch bewohnt: Die heutige Besitzerin des Gartens lebte dort.

Sie trug einen schönen Namen – Frau von Soundso (so lautete der Name ihres Mannes, Abkömmling eines ostpreußischen Junkergeschlechts) – und war der letzte Spross einer alten Familie holländischer Plantagenbesitzer.

Fünf Generationen war der Garten nun schon in Familienbesitz; ihr Sohn, nach ihr, wäre die sechste Generation gewesen und seine Kinder nach ihm die siebte, doch das sollte nicht sein. Ihr Sohn war jung und kinderlos gestorben, und sie war schon über fünfzig, eine alte Frau ohne weitere Kinder, ohne Verwandte – die Letzte –

Auf der Insel, wo man sich fremde Namen nicht merken konnte, war es üblich, allen einen Beinamen zu geben, und sie wurde die »Dame an der Binnenbucht« genannt oder die »Frau vom Kleinen Garten«, denn so hieß die Gewürzplantage.

»Klein« war aber bloß so dahingesagt: Der Garten war groß, einer der größten der Insel, hinterm Haus reichte er weit hinauf in die Hügel, in den Wald, bis an den Fuß eines steilen Gebirges; nach vorn hin war er von der Binnenbucht begrenzt, zu beiden Seiten von Flüssen.

Der Fluss auf der linken Seite, wo das Gelände flach war, strömte braun und träge unter den Bäumen, er war nicht sehr tief, man konnte fast überall hinüberwaten. Dennoch kamen die Leute aus dem Dorf am anderen Ufer immer auf einem Floß, stakten mit einem Bambusstock hinüber.

Auf der rechten Seite des Hauses senkten sich die Hügel bis zum Strand hinab; ein reißendes Flüsschen stürzte spritzend und schäumend über Felsblöcke, durch ein Tal hindurch und immer weiter bis zur Binnenbucht.

In diesem Tal hauste das Federvieh: Hühner und Enten. Die Kuhställe lagen ebenfalls dort – so viel klares Wasser, um die Ställe und Schuppen zu schrubben – und nicht zu dicht beim Haus.

Hinter dem Pavillon und im rechten Winkel dazu hatte man eine Reihe einstöckiger Nebengebäude mit dicken Mauern quer an einen überdachten Gang angebaut. An einer Seite hing immer noch, in ihrem Glockenstuhl aus Holz, die alte Sklavenglocke; heute wurde sie, falls jemand in der Nähe war, bei der Ankunft oder Abfahrt jeder Prau geläutet – willkommen – auf Wiedersehen; oft wurde es vergessen.

Dahinter begann der Wald, ein lieblicher Wald, mit vielen Pfaden und Lichtungen, vor allem in diesem Teil, dicht beim Haus. Alles, Nützliches und Nutzloses, wuchs wild durcheinander: Gewürz-, Obst- und Kanaribäume voller Nüsse, Palmen – Arengpalmen, denen Zucker und Wein abgezapft wurde, viele Kokospalmen, an feuchten Stellen Sagopalmen. Aber auch blühende oder seltene oder einfach nur schöne Bäume.

Eine schmale, gerade Allee, ins Nirgendwo, aus Kasuarinen – hohe Nadelbäume mit langen Nadeln, so strähnig und glatt hinabhängend wie die Federn des Kasuars; in der leisesten Brise aus der Binnenbucht raschelten sie – wispernd – lispelnd – säuselnd, als tuschelten sie ständig miteinander. Die singenden Bäume, so wurden sie genannt.

Ein glasklarer Bach floss durch den Wald; weiter hügelaufwärts wurde ein Teil des Wassers durch einen hohlen Baumstamm zu einem Reservoir geleitet, das an der Vorderseite mit der Skulptur eines von seiner grün bemoosten Mähne umrahmten Löwenkopfes verziert war. Aus dem aufgesperrten Löwenmaul spritzten plätschernd ein paar Wasserstrahlen in ein Steinbecken: groß, aber flach und mit einem breiten gemauerten Rand, auf den man sich setzen konnte.

Das alles lag im Schatten: das Becken, das Reservoir mit der Skulptur, die Baumstämme, der Waldboden; und alles war feucht, dicht bemoost oder mancherorts schwarz und dunkelgrün angelaufen – nur auf dem Wasser, in den durchsichtigen Kräuselungen an der Oberfläche, behielt das Licht all seine Klarheit. Es war die ehemalige, besonders seichte Badestelle für die Kinder; sie wurde nur noch selten benutzt – wo waren die Kinder? Heute tranken die Waldvögel dort.

Dicke graue Ringeltauben mit einem grün glänzenden Halskragen – die Nussdiebinnen – tranken dort in aller Ruhe und vorsichtig gurgelnd, gurrten danach zufrieden. Ein paar glitzergrüne Wellensittiche setzten sich zusammen dicht an den Rand des Beckens, sie interessierten sich mehr füreinander als für das Wasser. Und manchmal ließ sich in einem Wirbel grellbunter Farben – smaragdgrün oder scharlachrot oder vielfarbig, gelb und himmelblau und grün und rot gemischt – ein ganzer Schwarm Loris oder Honigpapageien (oder wie sie sonst noch genannt wurden) mit krummen gelben Schnäbeln beim Becken nieder, sie spritzten mit dem Wasser herum, plantschten, tranken, schlugen mit den Flügeln, pickten wüst aufeinander ein und veranstalteten ein Höllenspektakel – aber nur einen flüchtigen Augenblick –, dann verschwanden sie wieder und die Badestelle blieb still, verlassen und ausgestorben unter den Bäumen zurück.

In der Stille flogen dann – manchmal – einige Kolibris in einem Farbbogen hinunter, strichen übers Wasser, stiegen flügelschlagend wieder auf, federleicht – nie gaben sie Ruhe.

Am Waldrand, aber noch unter den Bäumen, lagen drei Kindergräber nebeneinander im hohen Gras; die Steine zerbrochen, die Inschriften verblasst. Dort waren die drei kleinen Mädchen von früher begraben. Sie hießen Elsbet, Keetje und Marregie; das wusste die Frau vom Kleinen Garten noch, obwohl alle Papiere damals bei dem schrecklichen Erdbeben und dem Feuer verloren gegangen waren. Sie waren die Töchter ihres Ururgroßvaters gewesen.

Bisweilen saßen sie zu dritt am Rand des Wasserbeckens im Wald – pst!

Hinter den Gräbern stieg der Pfad unvermittelt steil zu den Hügeln an. Dort standen nur wenige hohe Bäume, das Land war offen und sonnig und mit dickem gelblichem, nach Kräutern duftendem Gras bewachsen, voller wilder Rosensträucher. Von da oben, über die Baumwipfel, das Haus und die Nebengebäude hinweg, sah die Binnenbucht aus wie ein runder blauer See, hier und da mit hellgrünen Stellen, wo das Wasser flach war, und dunkelgrünen, wo es besonders tief war, drumherum der weiße Saum der Brandung und das üppige Grün des Küstenstreifens.

Hinter den Hügeln kam wieder Wald, Urwald, der aus der Ferne eher dunkelblau und violett als grün wirkte, und dahinter dann das unwirtliche Gebirge.

Da oben ging immer ein Wind.

In den Hügeln weideten die Kühe der Frau vom Kleinen Garten, und die wilden Hirsche grasten dort in aller Ruhe.

Dort spielten auch die drei Mädchen in der Mittagssonne, wenn keiner da war. »Wieder lagen überall abgerupfte Rosenblätter herum!«, sagte der Hirte. »Ach, lass sie nur«, antwortete die Frau vom Kleinen Garten.

Und gelegentlich, nicht häufig, hockten alle drei nebeneinander am Strand an der Binnenbucht unter den Platanen, in einiger Entfernung vom Haus, um sich die angespülten Hornschnecken anzuschauen. Sie schabten die oberste Sandschicht ab (die Spuren waren später deutlich zu sehen), denn Hornschnecken verstecken sich gern – pst.

Jedermann dort kannte die drei Mädchen und alle hielten Ausschau nach ihnen. Sie wollten die Kinder nicht stören; solange sie wegschauten und taten, als wären sie nicht da, spielten diese einfach weiter, sagten sie immer. Die Frau vom Kleinen Garten hatte sie, zu ihrem großen Bedauern, noch nie gesehen.

Aber war es denn nötig, sie zu sehen? Solange sie sich erinnern konnte, wusste sie von ihnen; sie gehörten dazu, hatten einen festen Platz in ihrem Garten auf der Insel in den Molukken und in ihrem Leben.

Bisweilen hatte die Frau vom Kleinen Garten das Gefühl, die Insel läge vor ihr ausgebreitet wie eine Landkarte – mit einer Windrose in der Ecke, wie es sich gehört.

Zwei durch Außen- und Binnenbucht fast gänzlich voneinander getrennte Halbinseln, mit Ausnahme der Landenge an der Binnenbucht (ziemlich dicht beim Garten). »Passo«, so hatten sie vor den Holländern schon die Portugiesen genannt. Heute zogen die Ruderer dort ihre Praue über einen schmalen Bohlenweg von der Binnenbucht zur offenen See – offen und grün und mit sich aufbäumenden, schaumgekrönten Brechern an einem sanft abfallenden Strand.

Es war eine bergige Insel: mit einigen flachen Abschnitten an der Küste, aber auch dort gab es lauter bizarre braune Felsen und Riffe. Sie war stark bewaldet, auf den Bergen und in den Tälern, in der Ebene am Ufer und bis ins Wasser hinein. An der Bucht, neben dem Sumpf mit den lila Wasserhyazinthen, wuchsen mehrere Reihen kleiner glänzender Nipapalmen und düsterer Mangroven auf verdrehten, nackten Stämmen. Auf manchen Zweigen saßen, wie Porzellanfrüchte, Meeresschnecken in ihrem runden weißen Gehäuse.

So viel klares Wasser überall – Süßwasser! – Flüsse, Quellen, Bäche, von den Felsen hinabstürzende Wasserfälle.

Ein ganzes Netz schmalerer und breiterer Wege und Pfade und Treppen war in den Felsgrund gehauen, sie führten zu größeren und kleineren Dörfern: zu christlichen, zu muslimischen – die alten Gemeinschaften mit den Zahlen Neun und Fünf. (Dabei vertragen sich die Fünf und die Neun außerordentlich schlecht!) Zwischen den Dörfern, hier und da, ein »Garten«, eine verfallene kleine Festung, eine alte Kirche mit Wappenschilden aus der Zeit der Ostindien-Kompanie, eine bunt bemalte Moschee aus Holz mit einem schlanken Minarett daneben, eine große gemeißelte Steinplatte auf einem vergessenen Grab – Zum Ewigen Gedenken – ewig dauert so lang! Dann noch die große Stadt an der Außenbucht.

Die Frau vom Kleinen Garten kannte die Insel in- und auswendig, mitsamt dem steilsten Berg, dem tiefsten Urwald; sie war die ganze Küste in einer Prau abgefahren. Sie wusste, wo, da und dort und überall, nie gesehene Bäume und Pflanzen wuchsen, wo seltene Blumen blühten. Oft hatte sie sich über den Rand der Prau gebeugt und, durch ein hohles Bambusrohr lugend, die Seegärten in der Außenbucht bewundert – ein in farbiger Koralle erstarrtes Traumgesicht, unwirklich still, wo nur winzige bunte Fischchen pfeilschnell umherschossen oder ein paar ernste braune Seepferdchen, aufrecht im Wasser stehend, einander unverwandt ansahen. An einer Stelle wuchs nur die seltene rote Koralle und sonst nichts, wie ein rotes Kleefeld unter blauen Wellen.

Sie war beim Martaban-Gefäß aus Steingut gewesen, im Wald hoch oben in den Bergen hinter dem Kleinen Garten; in dem Gefäß sprudelte eine kleine Quelle, die offenbar mit dem Meer in Verbindung stand – wieso hatte das Wasser in ihrem Mund sonst so bitter geschmeckt? Dort wurde in Zeiten großer Dürre um Regen gebetet und es wurden Opfer dargebracht – aber das durfte keiner wissen.

Und erst die Menschen auf der Insel!

Die Frau vom Kleinen Garten kannte sie nicht alle – natürlich nicht! Aber doch viele: einen alten Radscha – die Familie hatte einen portugiesischen Namen –, und noch einen und noch einen; jenen Priester, einen Muslim, der alle Geschichten über »Heilige Kriege« und »Helden des Glaubens« kannte (an dieser Stelle der Insel war ständig gekämpft worden, und er war selbst ein ganz schöner Haudegen); christliche Religionslehrer, die

»Schulmeister« genannt wurden, unter ihnen große Prediger; einen Dichter-Sänger, einen Vortänzer oder eine Vortänzerin, eine weise Frau (eine Bibi), die heilen und krank machen konnte, den Menschen Zauber auferlegte, Geister beschwor.

In der Stadt die Holländer, immer geschäftig, immer auf dem Sprung. Selten blieb einer da, selten wurde einer hier begraben und blieb dann für immer.

Und Reisende aus aller Welt, die in den Molukken vom Schiff aus – schnell – schnell – schnell – alles Mögliche kaufen wollten – Muscheln, Koralle, nicht vorhandene Perlen, Schmetterlinge, altes Porzellan, Orchideen, Vögel; am Ende mussten sie sich mit einem kleinen Korb aus Gewürznelken, gefüllt mit Blumen auf einem Bett aus bunten Sittichfedern, zufriedengeben – die Armen – und schon standen sie wieder an der Reling und vergaßen zu winken. Seltsame Leute!

Seltsame Leute gibt es überall, auch auf der Insel.

An der Bucht hatte man der Frau vom Kleinen Garten die verlassene Hütte eines Mannes und eines Jungen gezeigt, die noch vor nicht allzu langer Zeit dort wohnten, aber eigentlich ein großer und ein kleiner Hai waren – die beiden hatten nie gelacht, ihrer spitzen Zähne wegen nicht. Dann waren sie fortgegangen. Wohin? Bestimmt schwammen sie jetzt zusammen in der Bucht.

Wenn sie nur genügend Geduld hätte, würde sie vielleicht einmal die alte Frau zu Gesicht bekommen, die »Mutter der Pocken«; in Häusern mit Kindern hängte man immer einen Dornenzweig an die Tür, um ihr den Zutritt zu verwehren – von Weitem konnte sie nicht viel Schaden anrichten! In den letzten Jahren war sie allerdings nur selten gesehen worden.

Dafür hatte sie den »Mann mit dem blauen Haar« oft gesehen. Er war nur ein gewöhnlicher Fischer aus dem nahe gelegenen Dorf, der sich mit Indigo sein krauses graues Haar schön leuchtend blau färbte, immer wieder. Das musste er tun: Sein einziger Sohn kämpfte als Soldat irgendwo in der Ferne, ein Held! Die jungen Männer im Dorf sangen im Mondlicht Pantune über ihn, zählten seine Schlachten auf, die Bentengs, die er erstürmt hatte, seine Siege, seine Wunden – und dann sollte sein Vater ein gebrechlicher, weißhaariger Alter sein? Unmöglich!

Manchmal lauschte die Frau vom Kleinen Garten der Insel. Wie die Buchten rauschten? Die Binnenbucht rauschte anders als die Außenbucht, und das offene Meer weiter weg wieder auf seine Weise. So säuselte der Landwind und so der Seewind und so heulte der Sturmwind, der Baratdaja heißt.

So klangen die Tifas und der Gong, zu deren Rhythmus in den großen Prauen gerudert wurde; so das leise Klimpern der aufgefädelten leeren Muschelschalen, die am Mast oder am Vordersteven hingen und mit denen der Wind gern spielte; so der kurze, dumpfe Schlag, mit dem sich die Praue »verlegten«, von einem Ausleger auf den anderen.

Sie war musikalisch und merkte sich alle Melodien – die der Tanzlieder, die der Weisen; hier schlug man noch auf die kleinen Kupferzimbeln aus Seram, dem »Land am anderen Ufer«; dort blies man in die innen leuchtend orangefarbenen Tritonshörner. Einmal machte sie eine weite Reise, um einen bestimmten Sänger das herrliche »Lied der sterbenden Fische« singen zu hören, wie nur er es zu singen vermochte.

Und dann die vertrauten Klänge: die Stimmen der Erwachsenen und die der Kinder und die Tierlaute; dazu Musik, Alltagslieder aus dem Dorf am anderen Flussufer, vom Garten.

Jemand, der im Mondschein ein Liebeslied sang: »Der Abend ist zu lang, Liebste, und der Weg zu weit« – andere klatschten dazu in die Hände – eine einzelne Bambusflöte – schmachtend.

Ein Schlaflied für ein Kind oder eine Geschichte, die ihm vorgesungen wurde, die Kriegsgesänge der wilden Berg-Alfuren, der Kopfjäger auf Seram.

Und selten, sehr selten, das alte heidnische Klagelied (Vorsicht, der Schulmeister darf es ja nicht hören!) für einen soeben Verstorbenen. »Die hundert Dinge«, so hieß das Lied – die hundert Dinge, an die man den Toten erinnerte, die man ihn fragte, die man ihm erzählte.

Nicht nur über die Menschen in seinem Leben: dieses Mädchen, jene Frau und auch jene, dieses Kind, jenes Kind, dein Vater, deine Mutter, ein Bruder oder eine Schwester, die Großeltern, ein Enkelkind, ein Freund, ein Waffengefährte. Oder über seinen Besitz: dein schönes Haus, die auf dem Dachboden versteckten Porzellanteller, die schnelle Prau, dein scharfes Messer, der Handschild mit Einlegearbeit aus alten Zeiten, die zwei Silberringe an deiner Rechten, am Zeigefinger und am Daumen, die zahme Ringeltaube, dein kluger schwarzer Lori. Aber auch: Höre, wie der Wind weht! Wie weiß schäumend die Wellen von der Hochsee herbeischnellen! Sieh, wie die Fische aus dem Wasser springen und miteinander spielen – sieh nur, wie die Muscheln am Strand glänzen – denke an die Korallengärten unter Wasser und an ihre Farben – und an die Bucht! Die Bucht! Die Bucht wirst du doch wohl nie vergessen! Und dann sagten sie: O Seele von diesem oder jenem, und schickten zum Schluss ein lang gezogenes, schwermütiges »ä-ä-ä-ä, ä-ä-ä-ä?« übers Wasser.

Oder die Frau vom Kleinen Garten lauschte zusammen mit den anderen dem Hämmern vom gegenüberliegenden Ufer der Binnenbucht, wo früher die portugiesische Schiffswerft gewesen war – jetzt standen nur noch Bäume dort; ein Holzhammer klopfte auf einen Balken (damals wurden die schönen Galeonen mit dem reichen Schnitzwerk auf der Werft gerichtet, sicher wurde dort auch mal einen Galgen gezimmert), ganz deutlich übers Wasser hinweg vernehmbar – konnte es ein Vogel sein?

Und die alte Sklavenglocke im Kleinen Garten, die geläutet werden sollte, wann immer eine Prau kam oder wieder fuhr.

Manchmal sog die Frau vom Kleinen Garten die Düfte der Insel tief ein, Gewürze, die zum Trocknen lagen, Nelken, Muskatnuss, Mazis oder Zitronengras, die Rinde des Kajeputbaums oder Vanille. Verschiedene Zitronenarten, andere Früchte, Durians – die konnte sie nicht leiden! –, alle Blumen und Gewürze aus dem Garten. Aber auch, wenn der Wind von See kam, den Gestank trocknender Koralle und den säuerlichen Schlammgeruch vom Sumpf an der Landenge.

Weihrauch – den echten arabischen –, wie ihn ihre Großmutter verbrannt hatte.

Graue und schwarze Ambra, Benzoe, pflanzlichen Moschus, das »allerbeste« Rosenwasser, arabischen Styrax oder stattdessen gemahlenes Wurzelholz – das waren die Zutaten für die Ambrakugeln.

Und in ihrem Zimmer stand auf einem hohen Fuß immer noch der alte Holzmörser, in dem früher die Schalen einiger Muscheln vorsichtig zerbrochen wurden, bloß nicht zerstampft, und dann dem trockenen Räucherwerk beigemischt. *Meer-Onyx*, der Duft des Meeres. »Es gibt dem Räucherwerk erst eine männliche Kraft und Ausdauer; vergleichbar mit einem Bass in der Musik«, wie Herr Rumphius es ausdrückte.

Das waren schon viele Dinge, aber nicht alle, und nicht genug. Daneben gab es noch die Phantasiegestalten, die Figuren aus den Tänzen und Liedern und Erzählungen; einfach so, frei erfunden – wie sollte sie die alle aufzählen?

Allein schon an der Binnenbucht:

Gleich vorn an der Spitze, wo die Bucht am schmalsten war und durch den Sog der Gezeiten am tiefsten, ging manchmal ein Matrose auf dem Kap spazieren, ein junger Portugiese, der hier einst ertrunken war; er hatte nach Hause zurückkehren wollen, hatte aus der Ferne seinen Namen rufen hören, Martin hieß er.

Oder Martha, die junge Tochter des Radschas eines Dorfes,

das es nicht mehr gab. In einer Mondnacht hatte sie versucht, auf ihrem Pferd ans andere Ufer zu reiten, zu ihrem Geliebten, dem armen Fischer ohne Prau – die Praue aus ihrem Dorf hatte ihr Vater weit oben anbinden lassen. Sie gelangte immer ans andere Ufer – sie gelangte nie ans andere Ufer –

Unter dem Kap, in einem Felsspalt, lag der Krake auf der Lauer, aber nicht etwa ein kleiner Tintenfisch, von denen es in der Bucht nur so wimmelte – nein, der Riesenkrake, der Eine, dessen acht ellenlange, fuchtelnde Fangarme sämtlich voller Saugnäpfe waren und der aus zwei schwarzen runden Äuglein spähte. Er sah alles, denn er konnte im Hellen sehen und er konnte im Dunkeln sehen, doch kein Mensch konnte den Kraken sehen.

Alle Fischer, alle Ruderer hatten von ihm gehört, jeder Steuermann nahm sich in dieser Gegend gehörig in Acht.

Weiter weg der große lilafarbene Sumpf und die Landenge und der schmale Weg aus Baumstämmen, von wo oft ein schwerfälliger, stark skandierter Gesang drang, wenn die Männer ihre Praue zur offenen See zogen.

Noch etwas weiter weg in derselben Richtung das nahe gelegene Dorf, wo nicht nur der »Mann mit dem blauen Haar« wohnte, sondern auch die Frau, die als Vortänzerin den Muscheltanz anführte. Einmal, vor langer Zeit, hatte die Frau vom Kleinen Garten dem Tanz zugesehen – eigentlich durfte man das nicht. Heute wurde er nicht mehr getanzt, weder im Dorf am anderen Flussufer noch anderswo. Aber sie hatte es nie vergessen.

Begleitet von vielen Gongs und Trommeln, einer einzelnen Flöte, hatte die Vortänzerin begonnen zu tanzen. Auf dem offenen Platz unter den Bäumen war sie barfuß, ohne Kopfbedeckung, in einem engen, dunklen Wickelrock und einer Jacke, langsam und vorsichtig einige kleine Schritte gegangen, vorwärts, rückwärts, hatte sich erst um die eigene Achse gedreht und dann weiter in einem immer größer werdenden Kreis: bis ihr ganzer Körper von einer Wellenbewegung erfasst wurde, als ginge sie über Wasser, übers Meer. Dabei hielt sie eine große helle, fast durchsichtige Muschel in die Höhe, wie aus zerknittertem Pergament – die *Nautilus*, die *Kammertuchs-Haube* –, weit hoch mal in der rechten Hand, mal in der linken, mal in beiden Händen. So schritt sie voran und alle Männer und Frauen aus dem Dorf, ebenso dunkel wie sie – die Gemeinschaft – folgten ihr langsam, folgten der weißen Muschel. Wohin?

Wohin führte sie sie mit der Muschel? Irgendwohin musste sie sie schließlich führen.

Welche Bedeutung hatte die Muschel?

Als die Frau vom Kleinen Garten spätnachts zurückkehrte (einer ihrer Leute setzte sie über) und sie sich auf dem Floß stehend noch einmal umdrehte, waren die tanzenden Menschen, auch die Vortänzerin mit den in die Höhe gestreckten Armen, von der Dunkelheit verschluckt gewesen; und die große weiße Muschel schien losgelöst in der Luft zu schweben, im dunstigen Schein des späten Mondes zwischen den Bäumen – außerirdisch hell, über alles Schwere und Dunkle erhaben.

Damals hatte sie gedacht, dachte es bisweilen noch: Ob eine Muschelschale Trost spenden kann? Ob sie Tränen trocknen kann?

Neben dem Dorf, im Kleinen Garten, lagen also die drei Mädchen, die kleinen Töchter des ersten Plantagenbesitzers, die alle drei am selben Tag gestorben waren. Gewiss bei dem Erdbeben und dem Feuer? Nein! Nicht bei dem schrecklichen Erdbeben und dem Feuer.

Und die Korallenfrau!

Die Korallenfrau durfte sie wirklich nicht vergessen, ihre Geschichte konnte man sogar bei Herrn Rumphius nachlesen: Ein kleines Stück hinter dem Garten wohnten früher ein paar Javaner an der Binnenbucht, eine einzige Großfamilie, sonst niemand. Als die Prau, in der sie die Bucht überquerten, vor Anker ging, beugte sich eine junge Frau über den Rand, um ins Wasser zu schauen, zu den Korallen in der Tiefe – vielleicht suchte sie nach jenem Baum, der Kokospalme des Meeres, die schließlich ebenfalls aus Koralle besteht.

Sie beugte sich zu weit vor, fiel ins Wasser, kopfüber, und tauchte nicht wieder auf, erst sehr viel später, als die Korallenfischer an dieser Stelle ein großes Stück Koralle in der Gestalt einer Frau hochholten. Das war sie! Die Javanerin! Ohne jeden Zweifel. Ihr Kopf hatte in den Korallen festgesteckt und sie ächzte, als sie ihn herauslösten – sagten die Fischer.

Danach stand sie jahrelang im Garten des Herrn Rumphius, der sie für fünf Silbermünzen erworben hatte. Er steckte etwas Blatterde, vermischt mit den Samen winziger blühender Kletterpflanzen, in die kleinen Korallenlöcher, sodass die nackte Korallenfrau nach einer Weile von einem züchtigen Blumenkleid bedeckt war.

Ob er wohl gelegentlich zu ihr ging und sie mit seinen fast blinden Augen betrachtete, vielleicht abends, wenn es still war, dunkel und hell im Sternenlicht, und sie fragte – ob sie?

Herr Rumphius glaubte nämlich auch an die Kokospalme des Meeres: Schließlich mussten die mal hier, mal dort angespülten Kokosnüsse irgendwo herkommen, nicht wahr? Ganz anders als gewöhnliche Kokosnüsse, fast doppelt so groß, nicht rund, sondern länglich, von den Wellen und der Brandung glatt poliert, beinahe schwarz und hart wie Stein.

Nirgends wuchsen Kokospalmen, die solche Nüsse trugen, weder auf dieser Insel noch auf einer anderen der »tausend Inseln«, nicht auf den großen Inseln weiter weg oder auf dem Festland. Alles, was Rumphius darüber in Erfahrung brachte, schrieb er auf: Manche Leute behaupteten, die Palme wachse demzufolge nicht an Land, sondern unter Wasser, in einem Strudel, dem »Nabel der Meere« – das konnte er nicht glauben! Eher an einer ruhigen, abgeschiedenen Stelle – aber im Tiefen, dachte er, in einer Bucht, einer solchen Bucht wie der Binnenbucht etwa.

Angeblich hatte die Palme einen schwarzen Stamm und schwarze Zweige (wie die kleinen Korallenbäume). Ob sie wohl auch schwarze, gefiederte Wedel hatte wie die gewöhnlichen Kokospalmen? Dessen war er sich nicht sicher, unter Wasser war Schwarz schließlich nicht immer Schwarz, sondern manchmal Dunkelblau mit einem Stich ins Lilafarbene und bisweilen Purpurrot. Eine Krabbe und ein Vogel gehörten zu der Palme, die Korallentaucher hatten sie zwar gesehen, doch sie konnten nie zu ihr gelangen.

Hatte Herr Rumphius die Korallenfrau wohl gefragt, ob sie – vielleicht – in ihrer Zeit da unten?

Er wollte doch so sterbensgern die Kokospalme des Meeres sehen – sei sie nun schwarz oder dunkelblau oder rosarot (samt Krabbe und Vogel) im tiefen blauen und grünen Wasser der Binnenbucht –, ein einziges Mal, bevor er völlig erblindete; das konnte nicht mehr lange dauern.

Was hatte die Korallenfrau ihm geantwortet, was ihr verschlossener Korallenmund kundgetan?

Die Frau vom Kleinen Garten hatte sie sehr gern, denn sie hatte Herrn Rumphius sehr gern. Seine zwei Werke gehörten seit jeher zum Haus im Kleinen Garten; zusammen mit ihrer Großmutter hatte sie in den vielen Bänden des *Herbariums* nach Pflanzen und Heilkräutern gesucht, und in der *Raritäten-Kammer* zusammen mit ihrem Sohn die Namen von »Muscheln und Schnecken und Quallen und allem, was da kreucht und fleucht«.

Sie selbst gehörte ebenfalls zur Insel – hier, in ihrem Garten an der Binnenbucht vor dem Pavillonhaus, unter den Platanen, mit den Wellen der Brandung zu ihren Füßen.

Alle wussten, wie sie aussah: klein und gedrungen, in einem gebatikten Sarong und einer schlichten Kebaya aus weißer Baumwolle mit einem schmalen Spitzensaum oder ganz ohne

Spitze, nicht von einer schönen Brosche zusammengehalten, sondern nur von ein paar Sicherheitsnadeln; die nackten Füße in soliden Ledersandalen. Braun gebrannt, voller Sommersprossen und Sonnenflecken, nie bedeckte sie ihren Kopf, ihr widerspenstiges, grau meliertes Haar.

Die Leute hatten sie gesehen oder zumindest von ihr gehört. Auf der ganzen Insel wurde über sie geredet, manchmal im Flüsterton – so wie früher über ihre Großmutter und deren Großmutter vor ihr (die Männer in der Familie boten wenig Anlass zu reden oder zu flüstern).

Ihr wurde nicht viel Böses nachgesagt. Warum auch?

Sie war beliebt! Heute jedenfalls, früher nicht, und sie war eine durch und durch gebieterische Frau, immer wollte sie erst alles haargenau wissen, dann aber war sie hilfsbereit, wo Hilfe nötig war, und voller Mitgefühl für den anderen.

Sie selbst hatte im Leben einiges erlitten: Die Großmutter, der sie alles zu verdanken hatte, war tot, ihre Eltern ebenfalls – die hatten sich aber nie viel aus ihr gemacht, Geschwister hatte sie keine, ihr Mann – niemand wusste wirklich über ihn Bescheid: ein »feiner Herr«, hieß es, doch niemand kannte ihn, er war nie auf der Insel gewesen, war wohl schon vor vielen Jahren gestorben; und jetzt, vor nicht allzu langer Zeit, auch noch ihr Sohn, ihr einziges Kind.

Und so hatte sie niemanden mehr.

Dennoch gab es da diese eine Sache, bei der sie es zu weit trieb.

Einen Tag, eine Nacht im Jahr – der Tag, an dem ihr Sohn gestorben war – wollte sie allein sein. Das mochte ja noch angehen, aber sie verbannte sogar alle ihre Dienstboten samt Familie aus dem Garten und schickte sie weg, in die Stadt an der Außenbucht. Besucher empfing sie an diesem Tag auch nicht, und falls doch jemand kam – nicht aus Neugier, nein, um sie aufzumuntern! –, bat sie ihn, seinen Besuch auf einen anderen Tag zu verschieben, und schickte ihn, ganz gleich, wer es war, den weiten Weg in der Prau zurück.

Ein einziger Tag, eine Nacht im Jahr, die sie den Toten widmete. Und das sollte übertrieben sein?

Aber darum ging es gar nicht! Diesen Tag und diese Nacht widmete sie nicht den Toten, sondern nur jenen, die in diesem Jahr auf der Insel ermordet worden waren.

Nicht jedes Jahr geschah ein Mord, zum Glück nicht! In manchen Jahren ereignete sich gar keiner. Es war eine friedliche Insel, aber dennoch, manchmal kam es vor –

Wie in diesem gewissen Jahr zum Beispiel, da waren es vier gewesen. Vier? Oder doch drei? Aber drei ganz bestimmt! Bei einem stand nicht fest, ob er ermordet wurde oder nicht. Jedenfalls war er in der Bucht ertrunken.

Fast alles, was auf der Insel geschah, kam der Frau vom Kleinen Garten zu Ohren; und wenn ein Mord verübt wurde, machte sie sich umgehend auf und wollte die näheren Umstände erfahren, wollte wissen, wo es geschehen war, wer ermordet worden war, wer der Mörder war, warum, womit – Letzteres war ihr eigentlich gleichgültig; sie war weder krankhaft neugierig noch war sie der Meinung, etwas aufklären zu müssen, das überließ sie der Justiz. Sie hatte bloß Mitleid mit dem Ermordeten und den Hinterbliebenen; sie wollte verstehen, wie es dazu gekommen war, für Linderung sorgen, wenn sie konnte – das war meist nicht der Fall.

Was sie aber tun konnte, war, der Ermordeten an diesem einen Tag im Jahr zu gedenken. Sie zündete keine Kerzen an oder legte Blumen nieder oder solchen Firlefanz; sie verbrannte auch keinen Weihrauch, Weihrauch hatte sie noch nie gemocht – sie gedachte dieser Menschen einfach nur und weiter nichts.

Damit hatte sie nach dem Tod ihres Sohnes begonnen. Jetzt sprach sie nicht mehr darüber, wie zu Anfang gelegentlich noch; denn ihr Sohn war ebenfalls ermordet worden, oder zumindest war sie dieser Meinung.

Das nahmen ihr manche Leute beinahe übel, die jungen Offiziere aus der Garnison in der Stadt an der Außenbucht wollten es ihr noch einmal ausführlich erklären: dass ihr Sohn, ein Offizier wie sie, ein Waffenbruder, gefallen war. Nicht bei einem offenen Kampf, das nicht, er war aus dem Hinterhalt erschossen worden; aber jemanden aus dem Hinterhalt zu erschießen verstößt bei Gefechten nicht gegen die Regeln – er war ehrlich gefallen! Da durfte man nicht von einem Mord sprechen.

Doch ihnen gegenüber sprach die Frau vom Kleinen Garten nicht von Mord, und wenn sie sie trafen, sagten die jungen Offiziere nichts davon, was es hieß zu fallen.

Ein paar Alte, die bisweilen noch über »solche Dinge« sprachen, fragten sich flüsternd, ob sie etwa doch geheime Kräfte besaß – ob sie deshalb unbedingt allein sein wollte? Aber es war nichts darüber bekannt, dass sie sich mit »solchen Dingen« beschäftigte. Sie ließ auch nie eine weise Frau zum Geisterbeschwören in den Garten kommen, wie ihre Großmutter früher, zu Lebzeiten.

Ihre Großmutter! Ach, die! Das war etwas anderes, die hatte ganz bestimmt geheime Kräfte gehabt, ohne jeden Zweifel! Aber die Frau vom Kleinen Garten nicht, sonst hätte sie doch wohl mal die drei spukenden Mädchen in ihrem eigenen Garten gesehen – wenn doch alle anderen sie sahen.

All das und noch viel mehr und der Himmel über ihr machten die Insel aus.

Der Kleine Garten

Das Mädchen wurde im Kleinen Garten geboren und seine Mutter wollte es Felicia nennen. Der Vater war damit einverstanden, wie immer, wenn die Mutter etwas wollte. Die Großmutter nicht. »›Die Glückliche‹! Dass du es wagst, dein Kind ›Die Glückliche‹ zu nennen! Wie willst du das denn vorhersagen?«

Doch die Mutter ließ sich nicht davon abbringen.

Die Großmutter nannte das Kind kein einziges Mal beim Namen. »Enkeltochter«, sagte sie immer, und ab diesem Moment »Sohn« und »Schwiegertochter« zu den Eltern – Enkeltochter und Sohn waren freundliche Wörter, Schwiegertochter nicht!

Das Mädchen verbrachte die ersten sieben, ja fast acht Jahre seines Lebens auf der Insel in den Molukken. In der Stadt an der Außenbucht besaß die Familie ein altes Haus und dort wohnte sie mit ihren Eltern, weil ihre Mutter nicht im Kleinen Garten wohnen wollte und weil sie immer das machte, was sie wollte, und nie, was sie nicht wollte; sie konnte es sich leisten, denn ihr gehörte alles Geld. Ihre Familie besaß eine Zuckerplantage auf Java, und das war doch wohl was anderes als ein kümmerlicher Gewürzgarten auf einer Insel in den Molukken!

Ihr Vater ging oft zum Garten, fast jede Woche, und manchmal durften Felicia und ihr Kindermädchen mit.

Es gab nichts Schöneres für sie als einen Besuch im Kleinen Garten an der Binnenbucht!

Allein schon, weil sie in einer Prau hinfuhren: Zuerst gingen sie die Allee hinter der Festung entlang – dem »Schloss« – zu einer überdachten Anlegestelle, wo die Prau ihrer Großmutter sie schon erwartete.

Wenn sie im Garten ankamen, wurde die Glocke geläutet.

Bei Flut konnte die Prau an einer Steinmole in der Binnenbucht anlegen, bei Ebbe trugen die Ruderer sie einen nach dem anderen auf einem Stuhl ans Ufer; manchmal hob einer von ihnen Felicia mit Schwung aus der Prau und setzte sie sich auf die Schultern, Ruderer sind bärenstark!

Später durften sie und das Kindermädchen ab und zu die Fischer aus dem Dorf am anderen Flussufer ein Stück in ihrem Boot begleiten, meist einer Auslegerprau mit Segeln. Wenn es windstill war, pfiffen die Fischer und baten »den Herrn Wind«, doch zu kommen und sein langes Haar zu lösen. Sie sangen und lachten und unterhielten sich und zogen Susanna, das Kindermädchen, wegen ihrer dicken Arme und Beine auf.

Die Großmutter besaß eine weitere Prau, groß und ohne Ausleger, eine Staatsprau, in der beim Rudern getrommelt und ein kleiner Gong geschlagen wurde, doch die wurde nur selten benutzt. Dann saß Felicia immer mäuschenstill da und seufzte, weil es so schnell wieder vorbei war.

Im Garten konnte sie ein Stück ins Meer waten (aber Susanna musste achtgeben, dass keine Seeigel da waren), sie konnte am Strand unter den Platanen Muscheln suchen und im Wasserbecken im Wald baden. Sie durfte, sogar im Zitronengarten, beim Obstpflücken helfen; zwischen den Zitronenbäumchen standen einige größere Pampelmusenbäume, darunter eine Sorte mit rotem Fruchtfleisch. »Weil du ihn so gern magst, Enkeltochter, gehört der Baum dir«, sagte die Großmutter. »Du hast recht: Die roten Pampelmusen sind viel süßer als die weißen.« Sie durfte im Wald Kanarinüsse sammeln, durfte den »singenden Bäumen« lauschen.

Aber im Wald wohnte auch das Palmweinmännchen!

Bevor eine hohe Arengpalme angezapft wurde, hängte der Zapfer zum Schutz vor Dieben ein aus rohem Holz geschnitztes Männchen in den Baum: Es war gut eine halbe Elle groß, in Lumpen gekleidet, mit Schnurrbart und einer Perücke aus schwarzen Palmhaaren, einem feuerrotem Mund, weiß-schwarz funkelnden Augen; mitten durch seinen Leib steckte ein schwarzer Rattandorn, fast so lang, wie das Männchen groß war, fingerdick und so spitz wie eine Nadel, von hinten nach vorn hindurchgebohrt.

So weit oben in der hohen Palme konnte das Männchen nicht viel Böses anrichten, aber manchmal kletterte es geschwind die schmale Leiter aus Rattantau hinunter und verfolgte jemanden mit seinem Stichel. Dann musste man sich in Acht nehmen, sich rechtzeitig verstecken!

Susanna, das Kindermädchen, hielt immer und überall Ausschau nach dem Männchen, aber Felicia vertraute ihr nicht.

Bisweilen begleiteten sie den Kuhhirten – dann waren sie in Sicherheit – aus dem Wald und in die Hügel, vielleicht würden sie ja einen wilden Hirsch sehen. Felicia glaubte, dass sie vor einem wilden Hirsch keine Angst hätte, nicht einmal von Nahem; vor den Kühen aber fürchtete sie sich, selbst aus der Ferne.

Und sie ging allein mit Susanna in das grüne, das stille Tal, wo es wegen der gackernden Hühner und der schnatternden Enten nie völlig still war. Aus den Hühnern machte sie sich nichts, die stoben davon, wenn man mit dem Arm wedelte und »sch« machte – die Enten konnte sie jedoch nicht ausstehen.

Enten waren falsch und gemein! Nicht im Fluss, wenn sie tauchten und schnatterten und sich langsam mit der Strömung in Richtung Binnenbucht treiben ließen – aber dort, am Strand, wurden sie zu plumpen, grausamen Viechern, die allem hinterherwatschelten und es, wenn es nicht schnell genug entkommen konnte, auffutterten, vor allem die niedlichen Entenkrabben.

Einmal hatte Susanna ihr eine zum Anschauen auf die Hand gelegt: Ihr Panzer war glatt und leuchtend braun, kaum größer als der Nagel eines kleinen Fingers, acht hellrote Beinchen, zwei rote Miniaturzangen, eine rechts und eine links. Arme kleine Krabben, die sich von vornherein geschlagen gaben, die zarten roten Beine und Zangen anzogen, sich zu einer Kugel zusammenrollten und sich so, bei lebendigem Leibe, von den Enten hinunterschlucken ließen.

»Es sind gute Krabben«, sagte Susanna, »sie tun niemandem etwas zuleide, sie sitzen bloß still im Bauch der Enten. Ab und zu strecken sie ein Beinchen aus und kitzeln sie, das mögen die Enten und legen gleich ein Ei! Aber wehe, wenn die Enten diese anderen, ganz braunen Krabben verschlucken, die zwicken ihnen von innen den Bauch kaputt.«

»Sterben die Enten dann?«, fragte Felicia. Ihr wäre nichts lieber gewesen als das.

Natürlich starben sie dann!

Felicia schien es, als wären bisher nur niedliche Entenkrabben verschluckt worden; die Enten waren immer noch gleich zahlreich und gleich lebendig.

Aber das war alles nichts im Vergleich zu dem anderen: zu dem Schrecklichen, dem ganz Schrecklichen dort, im Tal beim Flüsschen – eine große, offene weiße Muschel, die Trinkschüssel der Hühner, und in dieser Muschel hatte das Biest gewohnt, wohnte es immer noch –, der Leviathan, sagte Susanna – sie sprach es Ewijatang aus.

Susanna, ihr damaliges Kindermädchen, hatte eine Krankheit, die ihre Arme und Beine anschwellen ließ, sodass sie aussahen wie pralle braune Würste, an denen die Hände und Füße mit ausgestopften dicken Fingern und Zehen hingen; dennoch waren die unförmigen Hand- und Fußgelenke noch beweglich und sie konnte mit ihnen flink zupacken (und die Krankheit war nicht ansteckend, hatte der Arzt gesagt).

Susanna war Felicia ein bisschen unheimlich: zum einen wegen dieser dicken Arme und Beine, zum anderen aber, weil sie sich manchmal sehr seltsam verhielt. Sie war äußerst fromm und nahm Felicia immer an menschenleere Orte mit. Das tat sie zu Hause, in der Stadt an der Außenbucht, aber auch im Kleinen Garten – damit sie ungestört ihre Psalmen aufsagen konnte.

Sie kannte alle Psalmen auswendig und rezitierte sie auf Malaiisch, mit lauter Stimme, und so lernte Felicia sie ebenfalls. In ihrem Alter können sich Kinder Texte leicht merken, ob sie sie nun begreifen oder nicht.

Susanna hatte einen Lieblingspsalm: den hundertvierten. Felicia konnte ganze Abschnitte von Psalm 104 auf Malaiisch aufsagen, ohne ins Stocken zu geraten. Dabei war es ein schwieriger Psalm, viele unbekannte Tiere kamen darin vor: die Waldesel, die Störche in den Tannen (Störche, das waren die Vögel Lakhlakh), die Steinböcke aus den hohen Bergen, die Kaninchen in den Felsspalten und die brüllenden jungen Löwen (Löwen hießen Singa) und dazu all das wimmelnde Getier im Meer, groß und klein, und die Schiffe und der wirklich, wirklich entsetzliche Ewijatang!

Ebendieser Ewijatang war es, von dem Susanna behauptete, er wohne genau hier – in der Muschel unter den Bäumen beim Flüsschen in dem grünen, dem stillen Tal im Kleinen Garten.

Die Muschelschale war gigantisch, bestimmt einen Meter im Durchmesser, außen mit einer Art rauem Kalk besetzt, tief gefurcht und am Rand gezackt, innen glatt und elfenbeinfarben – dabei war es bloß die eine Hälfte. Niemand wusste, wo die andere Hälfte abgeblieben war.

Früher hatte es zwei gleiche Muschelschalen gegeben, die exakt aufeinanderpassten und an einer Stelle unauflösbar miteinander verbunden waren; nur das Biest in ihrem Innern war stark genug, die zwei zentnerschweren Schalen nach Belieben zu öffnen und zu schließen.

Susanna führte ihr vor, wie es das machte: Sie legte die schweren Handgelenke sorgfältig zusammen, hielt die dicken braunen Hände in Form einer Muschel mit den Fingerspitzen aufeinander; dann klappte sie die Schalen ruckartig auf – zu – auf – zu. Sie hatte eine solche Kraft in den Händen, dass ihre Fingerkuppen jedes Mal deutlich hörbar aufeinanderprallten.

»So!«, sagte sie. »So!«

Und dann beschrieb sie das mit der Muschel verwachsene Biest. Es sah furchterregend aus: dick und unförmig wie ein großer, voller Sack, und seine Haut war ledrig, fleckig und gestreift wie die einer Schlange, aber doch anders: weiß mit braun und schwarz und dazu dunkelblau. Außerdem war es blind!

»Ohne Augen«, flüsterte Susanna dann und kniff ihre Augen zusammen.

Felicia wusste nicht, warum, doch das fand sie am schrecklichsten von allem.

Einen Mund hatte das Biest aber und konnte fressen, oder jedenfalls saugen.

Und die Muschelschalen hatten damals nicht weithin sichtbar auf der Erde gelegen – unter Wasser lagen sie, am Grund der Bucht, an einer flachen Stelle, versteckt zwischen den Korallen und überwuchert von Algen und langem Seegras.

Zuerst drückte das Biest also die beiden Schalen – vorsichtig – einen Spalt auseinander, sagte Susanna, und noch ein bisschen weiter und noch ein bisschen mehr und wartete dann vollkommen reglos ab, bis jemand kam – ein Korallentaucher oder ein Fischer oder jemand anderes – und in diesem Moment musste Felicia, ob sie wollte oder nicht, die Hand oder den Fuß in die Schale legen.

»So!«, sagte Susanna und ließ blitzschnell und mit aller Gewalt die Handkante auf Felicias Arm oder Bein auf dem gezackten Rand der Muschel sausen. »So! Ganz ab! Und sieh nur das viele Blut.«

Das Mädchen blieb stocksteif stehen – die Schalen waren geschlossen und ihre Hand oder ihr Fuß lagen abgetrennt darin, und jetzt würde das Biest sie also auffressen. Es täte furchtbar weh und sie wüsste nicht, wohin mit dem blutenden Stumpf.

»Es saugt daran, es schmeckt ihm«, sagte Susanna. Wenn Felicia es aber nicht mehr aushielt und zu schniefen begann, wurde sie von ihr getröstet. »Ist ja gut! Es frisst nicht nur Hände und Füße, weißt du? Manchmal fängt es auch Fische in seiner Schale und frisst die; und es hat eine Freundin, eine Garnele, nicht länger als ein Finger – so ein kleines Fingerchen von dir –, die mit ihm in der Schale wohnt. Das Biest gibt der Garnele etwas ab, aber sie muss ihm beim Fangen helfen: Sie muss ihm sagen, ob es die Schalen noch weiter öffnen oder lieber schließen soll. Das Biest kann ja nichts sehen, das weißt du, es hat ja keine Augen.«

Susanna machte eine kurze Pause, damit Felicia sie fragen konnte: »Hat es denn Ohren? Kann die Garnele mit ihm sprechen?«

Doch seit dem ersten Mal wollte sie es nicht mehr fragen; Susanna musste also selbst erzählen, dass der Ewijatang nichts hören konnte, weil er keine Ohren hatte – »keine Augen, das weißt du, und keine Ohren« –, aber die Garnele hatte Zangen und zwickte das Biest damit in seine ledrige Haut, dann wusste es, was zu tun war: die Schalen öffnen oder schließen.

Mit ihrem dicken Zeigefinger und dem dicken Daumen ahmte Susanna eine scharfe Garnelenzange nach, nahm Felicias Haut zwischen die Nägel und kniff sie in den Arm.

»So!«

Felicia schrie auf: Das war schmerzhafter, als eine Hand oder einen Fuß am Rand der Muschel abgetrennt zu bekommen! Am liebsten hätte sie Susanna geschlagen; sie hatte es schon versucht, aber Susannas kräftiger, dicker brauner Hände wegen ging das immer schief. Also schluckte sie nur und tat ihr Bestes, um nicht zu weinen; ihre Großmutter sah es nämlich immer, wenn sie geweint hatte, wollte wissen, warum und sagte dann: »Du musst lernen, stolz und aufrecht zu sein, Enkeltochter, und darfst nicht wegen jeder Kleinigkeit weinen.«

Das ließ sie sich nicht gern sagen – sie weinte ja nicht wegen jeder Kleinigkeit, aber ihrer Großmutter konnte sie doch wohl kaum vom Ewijatang erzählen.

Die Großmutter war klein und drahtig, mit dunkler Haut, dunklem Haar und dunklen Augen; sie hielt sich immer kerzengerade und war stets tadellos gekleidet. Meist trug sie einen hellen Seidensarong aus Timor oder von einer der anderen Inseln und dazu eine Kebaya aus leichtem, weißem Batist mit einem breiten Spitzensaum und nur wenig Schmuck: eine goldene Haarnadel im Dutt, eine Brosche, um die Kebaya zusammenzuhalten, Armreife aus schwarzer Koralle, die wie gebogene Zweige um ihre Handgelenke lagen (gegen Rheuma), und zwei Eheringe an einer Hand, ihr eigener und der ihres jung verstorbenen Mannes. Ihre Pantoffeln waren aus buntem Samt mit goldenen Rankenornamenten; den Stoff bestickte sie selbst, bevor der chinesische Schuster in der Stadt an der Außenbucht ihn zu Pantoffeln verarbeitete.

Die schönen Kebayas nähte sie ebenfalls selbst und sie stellte Ambrakugeln und Räucherwerk und Arzneien her. Dazu wog sie erst Kräuter und Wurzeln auf der Waage ab oder sie trennte einfach nur Stücke von der Länge eines kleinen Fingers oder des obersten Fingerglieds ab, schabte sie sauber und zerstampfte sie in einem Holz- oder Porzellanmörser – niemals in einem Metallmörser! Manche wurden gekocht und anschließend durch ein Leintuch geseiht; oder ein Tee wurde daraus gebrüht – immer mit Regenwasser, denk dran!

Felicia hatte eine heilige Scheu vor den Arzneien ihrer Großmutter. Zum Glück waren die meisten nicht für Kinder gedacht, außerdem war sie nie krank; doch einem Sud entkam keiner, weder Jung noch Alt, er wurde aus einer hellen, orangegelben Wurzel gewonnen und diente zur Blutreinigung nach dem Monsunwechsel. Er schmeckte bitter wie Galle. Und einmal im Monat natürlich Wunderöl, wenn sie es zu Hause noch nicht bekommen hatte – mit Kaffeeextrakt oder einem Schluck Anislikör, das durfte sie sich aussuchen.

Kochen und einlegen konnte die Großmutter ebenfalls sehr gut: Essiggemüse, Marmelade, Muschelsaucen (schwarze und weiße), und Kanarikuchen backen. Das alles machte sie selbst und zu Hause, zusammen mit ein paar alten Dienstboten von früher.

Alles im Haus stammte von früher, sogar der Inhalt der »schönen Schublade« ihres Kleiderschranks.

Es war ein antiker Schrank voller Ritzen und Spalten, seine Füße waren gedrechselt, an der Vorderseite in Klauenform; beide Türen mussten geöffnet sein, wenn man die Schublade herausziehen wollte. In den Fächern darüber lagen Stöße von Kleidern, Sarongs, Kebayas und Unterwäsche, außerdem, ordentlich übereinandergestapelt, Schachteln und Körbe mit Gewürzen und Wurzeln und Räucherwerk – ihr Geruch überlagerte alles andere, am stärksten jedoch roch der Weihrauch. Hin und wieder trug die Großmutter eine Eisenschale mit durchgeglühter Holzkohle aus der Küche in ihr Schlafzimmer, stellte sie in die Schublade und streute ein paar Weihrauchkrümel darauf. Echten arabischen Weihrauch, wachsgelb und fast durchsichtig. »Die geronnenen Tränen des Propheten Mohammed, schau mal!«, sagte sie. Felicia schaute, doch sie wusste nicht genau, wer Mohammed war, sie kannte ihn nicht.

Ein dünner Rauchkringel stieg auf; nie verwehte der süßliche, berauschende Duft, selbst wenn die Türen den ganzen Tag offen standen und die kühle Luft aus der Binnenbucht von morgens bis abends ins Zimmer fächelte. Der Schrank und vor allem die »schöne Schublade« waren gesättigt mit Weihrauchduft.

Der Boden der Schublade war ordentlich mit Reispapier ausgelegt, und an der hinteren Wand, ein Stück die Schrankrückseite hochgeschoben, lag ein Fetzen uralter, bunter Seide aus Palembang, wie man sie an den Kratons trug, die so gut gegen Halsschmerzen hilft – ein schmaler Streifen um die Kehle genügt.

Auf einer Seite der Schublade ein schöner Fächer in Ajourarbeit, aus echtem Schildpatt, mit Intarsien aus echtem Gold. »Aus unserer Jugend«, sagte die Großmutter, »wir hatten alle fünf so einen dabei, wenn wir in der Stadt an der Außenbucht oder in einem der Gärten zum Tanzen gingen.«

Sie hatte vier Schwestern gehabt, keine Brüder, nur Mädchen! »Wir haben uns ständig in den Haaren gelegen, mochten uns aber trotzdem gern. Im Kleinen Garten ging es damals fröhlich zu, Enkeltochter. Auch hier wurde getanzt, hinten auf der Gewürzterrasse; dann wurden Lampions in die Bäume gehängt. Bald hatte jede von uns einen Kavalier, ein Kavalier ist ein Liebster«, erklärte sie. »Man soll sich zwar nicht selbst loben, aber wir waren alle fünf wirklich hübsche, nette Mädchen, und im Nu verheiratet und fort.«

Sie war mit ihrem Mann nach Java gezogen, er hatte dort eine Stelle beim Zoll; nicht viel später wurde sie Witwe und kehrte mit ihrem kleinen Sohn Willem (so hieß er nach einem Großvater väterlicherseits) wieder zurück in den Kleinen Garten und blieb dann dort. »Ja, Enkeltochter, so ist das manchmal im Leben.« Und ihr kleiner Sohn Willem war nun also Felicias Vater.

Die anderen Schwestern kehrten nie zurück, keine von ihnen: Drei waren mittlerweile gestorben, »tja« – und die vierte wohnte weit weg in Nordamerika.

Auf der anderen Seite der Schublade stand ein aus Orchideenwurzeln geflochtener Korb aus Makassar; darin verwahrte die

Großmutter ihre »Juwelen«. Sie besaß nicht viele, ihren Goldschmuck trug sie, und so lagen in dem Korb nur ein paar Broschen, eine Kette mit Anhänger, eine schöne kleine Muschel mit einem silbernen Rand, lose Kristallstückchen und Halbedelsteine; ein Amethyst, ein Katzenauge (der Träume wegen), eine durchbrochene goldene Frucht mit einer selbst gemachten Ambrakugel darin. Felicias Großmutter schraubte die Frucht auf und ließ die Kugel in der Hand hin und her rollen, sodass sie sich erwärmte. »Riech mal, wie sie duftet!« Felicia mochte den Geruch von Ambrakugeln nicht, wagte es jedoch nicht zu sagen. Die Kugel kam wieder in die Frucht, der Korb wurde geschlossen und weggeräumt: Das war alles sehr schön, aber es war nicht der Schatz.

Der Schatz lag in der Mitte der Schublade und bestand aus drei Dingen: einem Teller und zwei weißen Spanschachteln.

Der Teller war klein, aus Steingut, einfarbig grün und leicht craqueliert – ein echter Giftteller aus Seram.

»Er warnt einen vor Gift«, sagte die Großmutter.

Wenn etwas Giftiges auf den Teller gelegt werde, verfärbe er sich vor Schreck, von etwas besonders Giftigem bekomme er Risse, und bei etwas außerordentlich Giftigem bestehe die Gefahr, dass er, pardauz!, entzweibreche.

Einmal hatte Felicia gefragt, was Gift sei.

»Gift ist dasselbe wie Vergiftetes, wie Venenum«, sagte die Großmutter und sprach Venenum mit einem harten F aus.

Da fragte Felicia nicht weiter: Fenenum, so viel begriff sie, musste etwas Schreckliches sein, nichts, zu dem man Fragen stellte oder über das man redete oder sich auch nur Gedanken machte.

Die zwei Spanschachteln lagen auf dem Teller.

In der einen, die wiederum sorgfältig in ein Stück Leinen eingeschlagen war, wurde der »Schlangenstein« aufbewahrt. Aber Schlangenstein war nicht gleich Schlangenstein, es gab verschiedene Sorten. Zum einen die kleinen weißen Steine, die

Schlangen manchmal im Maul haben und an denen sie saugen, wenn sie durstig sind; dann gab es den Karfunkelstein, den eine bestimmte Schlangenart auf der Stirn trug und der im Dunkeln glutrot leuchtete, doch der war äußerst selten. Solche Schlangen durfte man nicht erschlagen, sonst erlosch die Glut unmittelbar und für immer. Gelegentlich verschenkten die Schlangen den Stein, ließen ihn irgendwo für jemanden liegen, und wenn sie trinken oder baden wollten, legten sie ihn ebenfalls ab – der Stein sollte nicht nass werden. In diesem Augenblick konnte jemand den Karfunkelstein finden und ihn mitnehmen. Doch nur ihm selbst nützte das: Mit Karfunkelsteinen durfte man nicht handeln, man durfte sie weder kaufen noch verkaufen, sonst erlosch die Glut ebenfalls unwiederbringlich. Man musste den Stein finden oder geschenkt bekommen.

Felicias Großmutter hatte bisher weder den Karfunkelstein einer Schlange gefunden noch einen geschenkt bekommen. »Einfach so geschenkt, umsonst, zum Behalten«, sagte sie da, »schade, Enkeltochter, nicht wahr?« Ihr Schlangenstein war von ganz anderer Art. Mit diesem Stein konnte man die Bisse von Schlangen oder anderen giftigen Tieren, die Stiche bestimmter Fische oder Skorpione – Spinnentieren – heilen. Der Stein sog das Fenenum aus der Wunde. Später wollte die Großmutter Felicia zeigen, wie man ihn verwendete, das hatte sie ihr versprochen. Aber vorerst durfte sie ihn sich nur ansehen; er war nicht ganz weiß, mit zarten dunklen Strichen und Flecken. Die Großmutter sagte, es sei der Herr Jesus am Kreuz. »Ganz deutlich! Schau nur!«

Felicia gab sich große Mühe, es zu sehen. Es leuchtete ihr ein: Der Herr Jesus war gut, sie wusste, wer er war, sie kannte ihn, warum sollte er also nicht auf einem Stein sein, der die Menschen von Fenenum heilte? Sie konnte ihn nur nicht so gut erkennen.

Die andere weiße Spanschachtel war mit Resten hellblauen

Pantoffelsamts ausgekleidet und ein anderer Stein lag darin. Er sah aus wie ein gewöhnlicher weißer Kieselstein mit einem leichten Perlmuttschimmer, unregelmäßig geformt und mit Ecken und Kanten; daneben lag ein weiterer Stein, als wäre ein Stück des größeren Kiesels abgebrochen. Doch das durfte man auf keinen Fall denken und schon gar nicht aussprechen!

Der winzige Stein war das Kind des großen Steins. Zuerst war er nicht da gewesen: Der größere Stein hatte »ganz allein« in der geschlossenen Spanschachtel gelegen – und eines Morgens lag dann das Kind daneben, »in der Nacht geboren«, wie die Großmutter sagte, als sie die Schachtel wieder verschloss.

Außerdem befanden sich in der Schublade noch einige gewöhnliche Muscheln – in der Form eines Kreisels, oben spitz und unten flach, außen waren sie grünlich –, kein bisschen schön, genau dieselben klebten überall in der Bucht an den Felsen. Die Tiere in ihrem Innern lebten noch, sie bekamen nichts zu essen, genauso wenig wie auf den Felsen; dennoch blieben sie monatelang am Leben und raschelten bisweilen herum, wobei die Schale immer wieder übers steife Reispapier schabte.

Ihre Aufgabe war es, den Schatz zu hüten und Wache zu halten; auf die Schildwachen passte die Großmutter gut auf und holte immer rechtzeitig neue vom Strand. Solange lebendige Schildwachen den Schatz hüteten, würde kein Dieb sich in seine Nähe wagen, und solange der Schatz in der Schublade lag, wäre das Haus im Kleinen Garten gefeit gegen Unglück und Krankheit und Armut und Fenenum und andere unaussprechliche Dinge. Und sie alle, die dort wohnten, wären – nicht glücklich, dieses Wort würde die Großmutter niemals in den Mund nehmen –, aber, so Gott will, nicht allzu unglücklich –

Falls sie je noch den Karfunkelstein einer Schlange fände oder bekäme – einfach so geschenkt, umsonst, zum Behalten! – und (das wagte sie kaum zu denken) den Grünen Armreif! Dann hätte sie einen Schatz von Fünf!

Fünf! Fünf sei eine besonders gute Zahl, aber das würde wohl nie geschehen.

Jetzt seien es drei Schätze – drei seien auch ziemlich viele. Der Mensch müsse sich mit dem begnügen, was er habe, und selber für den Rest sorgen! Und dann sagte sie wieder: »Du musst lernen, stolz und aufrecht zu sein, Enkeltochter, und darfst nicht wegen jeder Kleinigkeit weinen oder dich fürchten!« Oder: »Solange wir nur stolze Menschen bleiben!«

Später ging Felicia auf, dass ihre Großmutter mit »stolz« tapfer meinte, jedenfalls glaubte sie das.

Und wie und warum sie vom Kleinen Garten weggegangen waren, daran erinnerte sich Felicia ebenfalls, und dass damals die Rede von den drei Mädchen gewesen war; von ihnen hatte sie noch nie gehört, obwohl sie oft an den drei Gräbern am Waldrand vorbeigegangen war. Susanna, ihr Kindermädchen, hatte ihr nicht von ihnen erzählt, aber schließlich stammte sie nicht aus dem Kleinen Garten.

Der Anlass war ein Streit über das alte Haus der ersten Plantagenbesitzer gewesen, von dem noch Fundamente und einige Mauerreste unter den Bäumen lagen, rechts vom ehemaligen Gästepavillon. Felicias Mutter war auf eine Idee gekommen, Ideen hatte sie immer, und wollte das Haus wieder aufbauen lassen.

Früher hatte dort ein Steinhaus mit einem Obergeschoss gestanden, nicht über die gesamte Fläche, sondern nur an der Vorderseite – der Große Saal –, mit einer Reihe hoher Fenster mit einer Balustrade davor, zur Bucht hin. Das Obergeschoss sollte nicht wieder aufgebaut werden, natürlich nicht, man hatte aus den vielen Erdbeben gelernt: Der Große Saal sollte ins Erdgeschoss verlegt werden und wiederum hohe Fenster oder besser gesagt Fenstertüren haben, die sich öffnen ließen, um direkt ins Freie treten zu können. Wieder mit einer schmiedeeisernen

Balustrade, verschnörkelt und ein bisschen vergoldet! Vor dem Saal eine große Blumenrabatte und durch die Bäume der schöne Blick auf die Binnenbucht.

Den Blick hatte man jetzt schon.

Es ging vor allem um den Saal! Auf den Rest des Hauses legte Felicias Mutter keinen großen Wert. Sie wollte nicht dort wohnen, ganz bestimmt nicht! Aber sie hatte sich schon auf die Suche nach alten Möbeln und Leuchtern gemacht. Eine große Raffles-Lampe hatte sie aufgestöbert: zwei an einer Glaskette übereinander hängende, rundum mit Kristallstäben verzierte Glocken aus Mattglas; zwei kristallene Wandleuchter dazu – ein weißer Marmorboden, wie früher, das wäre wunderbar! Und dunkelrote Wandkacheln und eine rotbraun lackierte Holztäfelung (wie die Chinesen sie machten) und hier und da ein Hauch von Gold; ganz weiß getünchte Wände, antike Möbel, nicht zu viele, nur einige gute Stücke. Die Großmutter könnte ja ihren Kleiderschrank und die Raffles-Stühle mit Armlehnen, die um den Esstisch standen, aufarbeiten lassen.

Sobald der Große Saal fertig wäre, wollte sie ein Fest bei Kerzenschein und Musik veranstalten; und alle Gäste sollten in erleuchteten Staatsprauen zu den Schlägen von Gongs und Trommeln kommen – das würde in der Binnenbucht bestimmt wunderschön klingen.

Sie kam sogar einmal selbst in den Kleinen Garten, um die Großmutter um Erlaubnis zu bitten.

Doch die sagte bloß Nein, kurz und bündig – nein, nein! Und das zu Felicias Mutter.

»Aber warum denn nicht, in Gottes Namen?«

»Das weißt du genau, Schwiegertochter. Weil es ein Unglückshaus ist.«

Erst wollte die Großmutter keine weitere Erklärung abgeben, doch als Felicias Mutter nicht abließ, sagte sie: »Warum tust du so, als wüsstest du nicht, dass die drei kleinen Mädchen aus unserer Familie in diesem Haus gestorben sind, alle drei am selben Tag? Und hast du etwa auch vergessen, dass das Haus später vom Erdbeben zerstört wurde und dass die Urgroßmutter deines Mannes und ihr kleines Kind oben im Großen Saal waren und verschüttet wurden und das Haus dann in Flammen aufging? Weißt du das alles nicht mehr?«

»Du lieber Himmel!«, sagte Felicias Mutter. »Das ist doch ewig her.«

»Ob kurz oder lang spielt keine Rolle: Unglück bleibt Unglück, Schwiegertochter!«

Die zuckte mit den Schultern. »Ach, du weißt doch, dass ich nicht so viel auf solche Dinge gebe. Wenn du nur einverstanden bist, kann der Bau gleich beginnen. Du wirst schon sehen, wie schön es danach hier ist«, sagte sie, »und es soll dir auch kein Loch in den Geldbeutel reißen, die Kosten trage ich!«

Die Großmutter setzte sich noch aufrechter hin als sonst; sie schwieg einen Moment, blickte hinaus, zu der Stelle, an der das alte Haus gestanden hatte, und zur Binnenbucht hinter den Bäumen. »Hier ist es jetzt schon schön«, sagte sie, »aber du bist dumm, Schwiegertochter, strohdumm! Du musst noch sehr viel lernen – Geld, ich weiß schon, Geld braucht man, wenn man sich etwas kaufen will, aber«, und dann sagte die Großmutter etwas wie – Glück kann man sich damit nicht kaufen, Unglück nicht abwenden, »das tut mir dann leid für dich, Schwiegertochter.« Nun war sie richtig zornig. »Und Manieren hast du auch keine: Bei uns zu Hause – nicht auf Java, piekfein auf der Zuckerplantage, nein, nein, einfach nur hier –, hier im Kleinen Garten an der Binnenbucht, da hat man uns, meinen Schwestern und mir, beigebracht, dass über Geld und Geldbeutel nicht geredet wird!«

Das wiederum war schlimm: Die Besitzer des Kleinen Gartens auf der Insel in den Molukken waren nämlich von viel vornehmerer Herkunft als die Familie, der die große Zuckerplantage auf Java gehörte. Also geriet Felicias Mutter ebenfalls in Rage, so sehr, dass sie sagte, sie werde keinen Fuß mehr in den Kleinen Garten setzen und wolle nicht länger am Ende der Welt an der Außenbucht wohnen – keinen Tag länger (das sagte sie immer), sie nicht und ihr Mann nicht und auch ihre Tochter Felicia nicht!

Darum zogen sie kurze Zeit später alle drei nach Europa.

Und an den Abschied sollte Felicia sich immer erinnern, weil sie damals die Schlange mit dem Karfunkelstein bekommen hatte.

Zum Abschied war ihre Mutter doch zum Garten mitgegangen: Sie fand es besser, sich in Frieden zu trennen. Bevor sie alle drei mit der Prau übersetzten, nahm die Großmutter das Mädchen beiseite und ging allein mit ihr, ohne Eltern, in ihr Zimmer. Sie musterte sie einen Augenblick aufmerksam, gab ihr dann die Hand: »Auf Wiedersehen, Enkeltochter«, sagte sie, »ich werde noch da sein, wenn du zurückkommst, ich warte hier auf dich. Würdest du das bitte laut nachsprechen, damit du es nicht vergisst: ›Meine Großmutter wartet im Kleinen Garten an der Binnenbucht auf mich.‹«

Felicia wiederholte ihre Worte, obwohl es ihr einen Schauer über den Rücken jagte, so etwas laut aussprechen zu müssen. Anschließend öffnete die Großmutter den Kleiderschrank, aber nicht die »schöne Schublade«, und holte hinter einem Stapel Sarongs eine runde Apothekerdose aus Pappe mit einem Armreif darin hervor, Felicia hatte ihn noch nie gesehen. »Für die Rückreise«, sagte sie.

Felicia fand den Armreif wunderschön: eine goldene, mit Rubinen besetzte Schlange, nicht nur die Augen waren aus Rubinen, sondern der ganze Rücken bis hinunter zur Schwanzspitze war damit besetzt; er war spiralförmig gebogen.

»Oh«, sagte sie, »wie schön! Die Schlange mit dem Karfunkelstein. Du hast sie also doch bekommen, Oma«, in einem leicht vorwurfsvollen Ton – warum hatte sie ihr die Schlange noch nie gezeigt?

»Strohdumm bist du, Enkeltochter!«, sagte die Großmutter. »Das ist doch nicht die Schlange mit dem Karfunkelstein! Diese ist aus Gold und die andere lebt, das ist ein Unterschied«, und mit dem Kind an einer Hand und der Dose mit dem Armreif in der anderen ging sie wieder hinaus.

Noch ein Mal, zum letzten Mal, saßen sie unter den Platanen an der Binnenbucht und tranken selbst gemachten Vanillesirup mit Zitrone (aus dem Garten) und aßen ein Stück selbst gebackenen Kanarikuchen.

»Lieber Sohn, Schwiegertochter«, sagte die Großmutter, »diesen Armreif schenke ich meiner lieben Enkeltochter für die Rückreise.«

Felicias Eltern sahen sich an – was sollte das denn? Für die Rückreise? Sie waren doch noch nicht einmal fort.

»Sie darf den Armreif weder tragen noch damit spielen, solange sie klein ist, damit er nicht verloren geht, und später darf sie ihn weder verkaufen noch verschenken. Und passt auf, dass er nicht gestohlen wird, sie braucht ihn für die Rückreise.«

Felicias Mutter zuckte mit den Schultern, und wenn später die Sprache auf den Armreif kam, nannte sie ihn immer nur »dieses grässliche Ding« oder »diese Scheußlichkeit«. Felicias Vater sagte: »Vielen Dank, Mutter, das ist ein sehr kostbares Geschenk für die Kleine« (sonst machte er nie so viele Worte), und es klang traurig, vor allem das »Kleine«, Felicia hätte um ein Haar geweint. Aber das durfte sie nicht, das würde ihre Großmutter nicht gut finden – stolz, du musst stolz sein –

Als sie kurz darauf in der Prau davonfuhren, stand die alte Frau kerzengerade unter den Bäumen am Strand und winkte mit einem kleinen Batisttaschentuch; hinter ihr standen die alten Dienstboten, ganz in Schwarz gekleidet, und winkten mit ihren großen gestärkten Taschentüchern – unaufhörlich wurde die

Sklavenglocke geläutet –, Felicia und ihr Vater winkten und winkten und winkten.

Felicia wagte nicht, zur Seite zu schauen, ihr war, als weinte ihr Vater; ihre Mutter blickte starr geradeaus, winkte nicht – weinte sie etwa ebenfalls? Nein, das konnte nicht sein!

»Darf ich meine Dose einfach nur in der Hand halten?«, fragte sie.

»Ja«, sagte ihr Vater, der zu allem Ja sagte, gab ihr die Dose, wischte sich über die Augen und schnäuzte sich.

Felicia saß stumm mit der Dose in der Hand da. Sie wollte sie nicht öffnen, sich die Schlange mit dem Karfunkelstein nicht ansehen – nicht jetzt!

»Pass auf, sonst fällt dir das Ding noch ins Wasser«, sagte ihre Mutter.

Felicia sah sie schweigend an – die Augen ihrer Mutter waren sowieso schon gerötet. »Wer waren die drei Mädchen?«, fragte sie.

»Welche Mädchen?«

»Von denen Oma gesprochen hat, als sie an diesem einen Tag so wütend auf dich war – die gestorben sind.«

Ihr Vater setzte zu einer Antwort an, doch ihre Mutter ließ ihn nicht zu Wort kommen. »Ich will nicht, dass du mit ihr über diesen Unsinn redest«, sagte sie und an Felicia gewandt: »Ach, nichts weiter! Drei Mädchen, die früher einmal gestorben sind«, und sie wedelte sie mit einer knappen Handbewegung weg.

Nach einer Weile bogen sie um das Kap herum zur Außenbucht und dann zur Stadt, und von dort aus weiter nach Europa.

***

Das Schiff aus Java kam an diesem Morgen zu früh in der Außenbucht an und dampfte gemächlich zum Hafen. Ein leichter Morgennebel hing tief über der Bucht und der Stadt und den Bergen, als läge die Insel noch zugedeckt und schliefe, ohne das geringste Interesse am neuen Morgen oder an dem zufällig einlaufenden Schiff oder woran auch immer.

An Deck stand eine junge Frau an der Reling: klein und stämmig und mit einem rundlichen, jungenhaften Gesicht, widerspenstigem braunen Haar, wachen dunklen Augen unter den hochgezogenen Brauen. Ihre Kleidung war seltsam unpassend: ein schickes, aber abgetragenes Sommerkleid, ein ehemals elegantes Hütchen mit zerzausten Schmuckfedern, feine Strümpfe, hochhackige Schuhe mit schief abgelaufenen Absätzen – Felicia auf dem Rückweg zum Kleinen Garten an der Binnenbucht, wo ihre Großmutter sie erwartete, wie versprochen.

Am Kai standen viele Leute, aber ihre Großmutter war nicht darunter; vielleicht war sie ja in der Zwischenzeit gestorben – die Reise hatte Monate gedauert. Und dann? Was sollte sie dann tun?

Doch kaum war die Laufplanke ausgelegt, trat ein altes Paar auf sie zu – Dienstboten? –, tadellos in Schwarz gekleidet; die Frau trug schwarze Pantoffeln mit nach oben gebogenen Spitzen und hielt ein zusammengefaltetes und gestärktes blütenweißes Taschentuch in der Hand. Sie hatten größere Kinder bei sich – Kinder?, eher Enkel –, alle vier hatten dunkle Haut und krauses Haar, keine Kopfbedeckung und nackte Füße, mit Ausnahme der alten Frau in den Pantoffeln.

Sie und ihr Mann ergriffen Felicias Hände und nannten ihre Namen und die der Kinder, biblische Vornamen, Nachnamen mit vielen A und U, zeigten vom einen zum anderen und redeten und lachten, alles sehr schnell und durcheinander; die alte Frau schluchzte mitunter kurz auf und schniefte laut, ohne das zusammengefaltete Taschentuch zu benutzen.

Felicia erkannte sie nicht, konnte sich nicht an ihre Namen erinnern, verstand das Malaiische nicht mehr; sie nickte und lachte bloß, aber genauso gut hätte sie weinen mögen – warum nicht!

Alle begleiteten sie durch den Salon zu ihrer Kabine; dort

beugten sie sich über den Tragekorb, sahen einander an. Sie schlugen die Hände zusammen, schüttelten den Kopf, riefen »Ach Gott! ach Gott!«, als hätten sie noch nie ein kleines Kind gesehen.

Felicia hatte den Jungen zuvor gebadet, gefüttert, adrett angezogen: ein Jäckchen aus echter Brüsseler Spitze (das Abschiedsgeschenk ihrer Mutter) über dem Leibchen und der Windel. So hatte er ruhig in seinem Korb geschlafen, doch nun wachte er auf. Er war ein hübscher, kräftiger kleiner Junge mit dunklen Haarbüscheln und großen, hellbraunen Augen, die immer weit aufgerissen waren, als staune er über alles in seinem Blickfeld.

Der alte Mann kümmerte sich sofort um Kulis, die die Koffer tragen sollten, und trieb sie an – hopp, hopp, wir müssen los. Sie kamen sich in der kleinen Kabine gegenseitig in die Quere: Felicia nahm den Jungen auf den Arm, die beiden Alten ergriffen je einen Henkel des Tragekorbs, die großen Kinder trugen ein paar Taschen und den Stoffhund, um den sie sich zuerst gebalgt hatten; die Kulis schleppten die Koffer hinaus. Felicia hatte sich bereits am Vorabend von allen verabschiedet, sie konnten unverzüglich von Bord gehen.

Am Ende des Kais stand ein Wagen mit grünen Holzjalousien, eine Art Palankin, mit einem Kutscher auf dem Bock, ein paar kleinen Pferden davor: Es war das einzige Fuhrwerk auf der Insel. Die Umstehenden gafften, die beiden großen Kinder strahlten.

Sie fuhren im Schritttempo durchs Chinesenviertel mit seinen Lädchen, vorbei an einem Markt. Immer wieder steckte der alte Mann den Kopf hinaus, ob die Kulis mit den Koffern wirklich mitkamen. Dann hielt ihn die alte Frau gut an seinem langen Mantel fest, damit er ja nicht aus dem altersschwachen Wagen fiel; das erzürnte den Alten und er versuchte sich loszureißen, die beiden großen Kinder kicherten.

Um diese Uhrzeit waren nur wenige Menschen unterwegs,

doch diese Wenigen blieben stehen, um sie zu betrachten, zu grüßen.

Ein großer, von Bäumen gesäumter Platz, eine Allee an Mauern entlang, den Wällen einer Festung, zu einer überdachten Anlegestelle.

Der Nebel lichtete sich allmählich.

Überall standen dicht belaubte hohe Bäume bis an die Außenbucht; in den Gräben und auf der Böschung neben der Allee, auch auf den Festungswällen, wuchsen Gras und Unkraut und niedriges Gestrüpp – die ganze Welt war grün an diesem Morgen. Und zwischen den unbewegten Baumstämmen immer wieder das kabbelige Wasser der Außenbucht und die silbernen Sonnenspiegelungen auf dem Meer, weiße Schaumkronen, schräge helle Streifen von der Brandung auf dem Blau; darüber reglos die dunkle gewellte Küste am anderen Ufer, und darüber wiederum der noch diesige Himmel.

Am Bootssteg lagen eine große Auslegerprau und eine kleinere Prau fürs Gepäck, mit Ruderern und einem Steuermann. Die Männer stiegen aus und halfen ihnen aus dem Palankin, der Alte zeigte auf Felicia und von ihr zu den Ruderern. Felicia nickte, lachte; die Ruderer nickten und lachten ebenfalls, betrachteten den Jungen in seinem schönen Jäckchen auf ihrem Arm – na, so was!, na, so was!

Als die Kulis da waren, wurde die kleinere Prau sogleich beladen. Felicia wollte eben ihre Tasche suchen, doch der Alte holte schon ein altmodisches Damen-Retikül aus verschlissenem grauem Leinen und mit einem silbernen Bügelverschluss hervor und zählte das Geld langsam und gewichtig ab: für den Kutscher des Palankins, für die Kulis – einer nach dem anderen. Jeder mischte sich ein, unter großem Gelächter und Gerede stritt man und einigte sich schließlich.

Felicia stand da und sah zu und erkannte plötzlich die Geldbörse: Es war die Haushaltsbörse ihrer Großmutter – mein Knipser, gib mir doch mal meinen Knipser –, sie war sich sicher, und da fiel es ihr wieder ein: Das war die Allee hinter dem »Schloss«, das die Anlegestelle, von der sie immer mit ihrem Vater und Susanna, dem Kindermädchen, zum Kleinen Garten an der Binnenbucht abgefahren waren – sie war wieder zurück.

Der alte Mann und die zwei Kinder stiegen in den Bug der großen Prau; Felicia setzte sich auf die Bank in der Mitte, den Jungen auf dem Schoß, er konnte schon sitzen, wenn auch nicht lange. Die alte Frau neben ihr hielt ihnen einen Sonnenschirm aus geöltem Papier über den Kopf, leuchtend bunt mit Blättern und Blumen und großen Schmetterlingen bemalt, der Junge sah ihn unaufhörlich mit weit offenen Augen an. Ihr Boot wurde vom Ufer abgestoßen und fuhr vorneweg, die kleine Prau folgte. Die Ruderer, zwei auf jeder Seite, schaufelten das Wasser mit kurzen, breiten Rudern; anfangs zogen sie kräftig durch, doch als die schmale Prau Fahrt aufgenommen hatte, tauchten sie die Ruderblätter nur dann und wann hinein. Der Steuermann hinten lenkte ebenfalls mit einem Ruderblatt, schaufelte das Wasser einige Schläge links, dann wieder einige rechts; mal lag die Prau mit dem einen Ausleger auf dem Wasser, mal legte sie sich mit einem kurzen Aufklatschen auf den anderen um.

Die Sonne hatte den Nebel vertrieben, aber trotzdem war die Luft nicht klar und das Licht blieb silberweiß, grell.

Es rauschte überall um sie herum: die Bucht, das Klatschen der ins Wasser getauchten und wieder herausgezogenen Ruder, die Spritzer, die leise an den Rumpf der Prau und die Streben der Ausleger platschten; und, wenn sie dicht an der Küste entlangfuhren, die sanft auslaufenden Wellen auf dem Sand und an den Korallenriffen; der Wind in den Bäumen. All das unterlegte die alte Frau ununterbrochen mit ihrer eintönigen, monotonen Stimme; wenn ihr einfiel, dass Felicia sie sowieso nicht verstand, verstummte sie einen Moment und lächelte verlegen hinter dem zusammengefalteten weißen Taschentuch.

Nach einer Weile wurde das Kind schläfrig und Felicia legte es in den Korb zu ihren Füßen. Sogleich hielt die Alte den Sonnenschirm über den Korb statt über ihre Köpfe; sagte wieder etwas, deutete auf Felicia. »Ge-nau-wie-Groß-mutter«, sagte sie mühsam, zeigte auf den zufrieden in der Helligkeit und dem Rauschen und dem sanften Schaukeln der Prau dösenden kleinen Jungen, »ge-nau-wie-Herr-Wul-lum«, und streckte den Arm in Fahrtrichtung aus.

Wollte sie damit sagen, dass die Großmutter damals genauso mit ihrem Sohn Willem zum Kleinen Garten an der Binnenbucht zurückgekehrt war?

Vielleicht hatte sie es ja sogar miterlebt – Felicias Vater würde in einigen Jahren fünfzig werden, also musste er vor fünfundvierzig, knapp fünfzig Jahren ein kleiner Junge gewesen sein.

Dann wäre die alte Frau damals also etwa zwanzig gewesen? Und heute Ende sechzig, wie ihre Großmutter. Das alles berechnete Felicia sorgfältig, als wäre es von größter Bedeutung: vor gut fünfundvierzig, fast fünfzig Jahren – das war gar nicht so lange her, genauso gut hätte es heute sein können.

Sie beugte sich vor, in den Schatten des Sonnenschirms über dem Korb, musterte den Jungen – ihre Großmutter mit dem kleinen Willem in der Prau, und mit einem Kindermädchen? Oder vielleicht mit einer einheimischen Spielkameradin vom Garten, die sie begleitet hatte, als sie ihren Kavalier heiratete und mit ihm nach Java zog – in die Ferne, und nun ging es also wieder zurück – was für ein Mensch mochte er wohl gewesen sein, der so jung verstorbene Mann ihrer Großmutter?

Darüber hatte sie noch nie nachgedacht; ständig musste sie an Dinge denken, an die sie nie zuvor gedacht hatte, in der Helligkeit und dem Rauschen und dem sanften Schaukeln der Prau.

Ihr Mann war ein »Fremder« in einem Hotel gewesen: Kein Wunder, in Europa lebten sie und ihre Eltern die ganze Zeit in Hotels, »keinen Tag länger«, hatte ihre Mutter immer wieder geschimpft, und auf zum nächsten Hotel. Ein attraktiver, vornehmer Fremder, »er sieht aus wie ein Diplomat«, befand ihre Mutter und war ganz von ihm hingerissen (sagte sie) – Felicia war ebenfalls von ihm eingenommen, sagte es jedoch nicht; und ihr Vater sagte überhaupt nichts, wie üblich. Und der Mann? »Das Zuckergeld deiner Mutter«, sagte er bisweilen, wenn sie unter sich waren. Sein Tonfall war leicht spöttisch und manchmal ein bisschen melancholisch.

Dieses Zuckergeld musste für alles herhalten; in seiner Heimat hatte ihr Mann eine »Ehrensache« gehabt und konnte nicht mehr dorthin zurück; niemand wusste, wovon er vorher eigentlich gelebt hatte.

Sie heirateten, unternahmen viele Reisen, lebten ebenfalls in Hotels, teuren Hotels, manchmal mit den Eltern, manchmal ohne; sie langten bei dem Zuckergeld kräftig zu. Ihre Mutter hatte nichts dagegen, sie regelte alles – fünf Jahre lang; dann kam es zum Zuckerkrach auf Java.

Endlich erwartete Felicia ein Kind, wie sie es all die Jahre herbeigesehnt hatte, im Zimmer eines teuren Hotels und mittellos; der Mann konnte nichts, sie konnte gut Klavier spielen; ein Zettel im Spiegelrahmen: von – nach Amerika, und versuchen – ein neues Leben für sie und das Kind, und später – er hätte sich bis dahin etwas von ihrem Schmuck genommen für die Reise, ihm sei nichts anderes übrig geblieben – und – Li – so nannte er sie. Er hatte das restliche Zuckergeld genommen und ihren ganzen Schmuck und die Schlange mit dem Karfunkelstein – das hätte er nicht tun dürfen – sie hatte ihm von der Schlange mit dem Karfunkelstein erzählt. Er hätte auch nicht weggehen dürfen, bevor das Kind da war, bevor er sein Kind gesehen hatte –

Als der Junge ein paar Monate alt war, lieh sie sich von Verwandten in Holland Geld für die Rückreise; da hatte ihr Vater ausnahmsweise ein Mal im Leben etwas gesagt: »Das ist gut, wir gehören in den Kleinen Garten.« Doch ihre Mutter wurde wütend. »Jetzt nimmst du uns noch den kleinen Willem weg, und ich kann später nie mit ihm spazieren gehen oder ihm etwas kaufen«, und weinte. Schließlich konnte sie doch noch Geld für das viel zu teure Spitzenjäckchen auftreiben – ihre Großmutter, frisch verwitwet, und ihr kleiner Sohn Willem kehrten zusammen in der Prau zurück – ja, so ist das manchmal im Leben, Enkeltochter.

Das Kind im Korb hieß Willem nach seinem Großvater Willem und sie war ebenfalls allein. Sie kehrten zurück, um ein Dach über dem Kopf zu haben und etwas zu essen; und sie musste ihren kleinen Sohn Willem irgendwie großziehen – er würde schon groß werden, dachte sie, und später eine Frau und ein Kind haben. Vielleicht sogar eine Tochter? Die Tochter würde eines Tages heiraten und ihren Sohn Willem nennen, nach seinem Großvater Willem; der Mann dieser Tochter würde sterben oder weggehen – nach Amerika, vielleicht! – das war weit weg, und eines Tages würde sie ... »Ja, so ist das manchmal im Leben, Enkeltochter!« Wer? Wer würde das sagen? Sie, Felicia, zu ihrer Enkeltochter? Nein! Das war Unsinn, da stimmte etwas nicht – sie war doch selbst die Enkeltochter. Sie dachte, nie zuvor hatte sie das gedacht – in der Helligkeit und dem Rauschen und dem sanften Schaukeln der Prau: Wiederholungen, Wiederholungen, nichts als miteinander verknüpfte Wiederholungen. Immer wieder eine Tochter mit einem kleinen Sohn und einem Mann, der stirbt oder fortgeht – Adieu, Lebewohl – und immer wieder dasselbe von vorn und wieder von vorn und noch einmal.

Der alte Mann im Bootsbug rief etwas, sie hörte ihn nicht; die alte Frau neben ihr stupste sie an. Er deutete: auf ein niedriges Kap zur Rechten, offenbar das äußerste Ende der Außenbucht, zur Linken die Binnenbucht wie ein See mit grünem Ufer, dort irgendwo lag der Garten. Sie nickte (so wie er) – ja, ja, natürlich – wen kümmerte das schon?

Die Prau fuhr nun nicht länger an der Küste entlang, sondern quer über die Binnenbucht – war hier denn nichts in Reichweite, das sie kaputt schlagen, zerbrechen, in tausend Stücke bersten lassen konnte?

Sie beugte sich über den Rand der Prau, schöpfte etwas Wasser in die hohle Hand – das Wasser war kühl –, sie benetzte ihr Gesicht, nahm den albernen Hut ab, noch eine Handvoll Wasser – benetzte auch ihr Haar! –, richtete sich wieder auf: Sie war nicht ihre Großmutter und genauso wenig ihre Enkeltochter! Sie, die Felicia hieß – »die Glückliche«, ja, so hieß sie – sie kam mit ihrem lieben Kleinen zu seiner Urgroßmutter (welches Kind hat schon eine Urgroßmutter?) in einem Garten an einer Bucht – gab es irgendwo eine schönere Bucht?

Der Junge könnte dort spielen, wie sie dort gespielt hatte, mit Muscheln und Korallen, mit den Entenkrabben mit ihren roten Beinchen, mit zahmen Vögeln; er würde sich vor dem Ewijatang fürchten und vor dem Palmweinmännchen – Kinder müssen sich vor etwas fürchten. Die Fischer würden ihn in ihren Prauen mitnehmen und ihm beibringen zu rufen – den Herrn Wind –, welches Kind wäre da nicht glücklich?

Und sie war gar nicht verwitwet, ihr Mann lebte noch; egal, was geschehen war, er lebte noch. Für einen Moment legte sie ihre kühle nasse Hand auf die trockene warme Hand in ihrem Schoß: Bitte, lass ihn am Leben bleiben, bat sie, Amen –

Sie löste die Hände wieder voneinander, stupste die alte Frau an, zeigte auf den Jungen im Korb. »Nicht Willem«, sagte sie, »nicht Willem«, während sie die Lippen krampfhaft bewegte und den Kopf schüttelte. Wie sollte er sonst heißen? Ihr fiel auf die Schnelle nichts ein. »Nicht Willem! Wimpie! Wimpie!«

Das Gesicht der alten Frau, erst angespannt, in dem Bemühen, sie zu verstehen, entspannte sich, sie nickte, sie hatte sie genau verstanden – nicht Herr Wul-lum, sondern Himpies! –, sogleich rief sie es quer durch die Prau den anderen zu: »Himpies!«, und deutete auf ihn, und dann stimmten sie, der Steuermann, die Ruderer, die beiden Alten und die zwei großen Kinder zusammen ein Lied an, über den Kleinen Himpies von der Insel Saparua mit seinem Gummibauch.

Sie sangen mehrstimmig, einer pfiff seine Partie, der andere brummte im tiefen Bass, der Alte hielt plötzlich ein Holzstück in der Hand und schlug damit an den Rand der Prau, gab den Takt an, die beiden Kinder klatschten in die Hände, die alte Frau schob das gestärkte Taschentuch in den Ärmel, drückte Felicia den Sonnenschirm in die Hand – schnell, sie wollte ebenfalls klatschen.

Felicia hielt den Sonnenschirm und versuchte, dem Lied zu folgen, sie verstand nicht viel, nur immer wieder: Himpies, der Kleine Himpies, von der Insel Saparua.

Der kleine Himpies im Korb wachte auf; er rollte sich auf den Bauch, kam erst auf Knie und Ellbogen, dann setzte er sich mit einem Ruck und einer Drehung in seinem zerknitterten Spitzenjäckchen aufrecht hin und blickte erstaunt über den Rand des Korbes. Er war klatschnass.

So kamen sie zum Kleinen Garten an der Binnenbucht.

Eine Glocke wurde geläutet.

Die Großmutter stand unter den Bäumen am Strand, in einem orangefarbenen Seidensarong und einer weißen Kebaya, hochhackige Pantoffeln an den Füßen und ein Taschentuch in der Hand, als wäre sie die ganzen siebzehn Jahre so stehen geblieben. Sie war ein bisschen kleiner geworden und ihre Haut dunkler als früher, ihr Haar jedoch noch nicht grau.

»Da bist du ja, Enkeltochter«, sagte sie, »ich habe auf dich gewartet. Und du hast also deinen Sohn Willem mitgebracht?«

»Er heißt Himpies, Oma.«

»Findest du das einen schönen Namen? Na, wie du meinst! Guten Tag, Himpies«, sagte die alte Frau und wollte ihm die

Hand geben wie einem Erwachsenen.»Willkommen hier, ich habe schon einen Raritätenschrank für dich angelegt.«

Dann führte sie sie zum Haus, über die Steinstufen zur breiten Seitenveranda hinauf und von dort zu ihrem Zimmer. Sie bekamen das vordere, das schönste der vier Zimmer, früher war es das von Felicias Eltern gewesen. Ihr englisches Doppelbett aus Kupfer stand noch da, mit all den großen und kleinen Kupferknöpfen, die Felicia als kleines Mädchen immer zählen wollte, außerdem ihr Kinderbett mit den Gitterstäben an der Vorderseite.

Die Moskitonetze und Vorhänge an den Fenstern und Türen und vor der Garderobe waren frisch gewaschen und gebügelt und blütenweiß.

In dem Zimmer ging eine große, magere Frau umher, nicht so tadellos in Schwarz gekleidet wie die anderen, sondern in einem bunten, reichlich zerknitterten Sarong und einer langen Kebaya.

»Das ist Scheba, Enkeltochter«, sagte die Großmutter, »und das ist meine Enkeltochter, Scheba, die mit ihrem kleinen Sohn Willem, ach, ich meine, Himpies, zurückgekehrt ist. Kennt ihr euch nicht mehr von früher?«

»Nein, wir kennen uns nicht«, sagte Scheba in gebrochenem Niederländisch. Sie nahm Felicia den kleinen Jungen ab, »komm, kleiner Himpies, wickeln.«

Der Junge schaute, sperrte die Augen noch weiter auf als sonst, zog das kleine Kinn ein, und dann lächelte er zum ersten Mal seine andere Mutter Scheba an.

Felicia ging quer durch das Zimmer. Von beiden Fenstern aus blickte man durch die Bäume auf die Binnenbucht, ansonsten gab es überall nur Türen: eine große doppelflügelige Tür zur Veranda, eine Tür zum Schlafzimmer ihrer Großmutter nebenan und eine weitere Tür, durch die man über eine Steintreppe in den Garten zur Zitronenplantage gelangte.

Das Zimmer war groß, mit den üblichen Möbeln darin: einige Schränke, ein Rattanregal, ein Waschtisch mit einer Marmorplatte und einem geblümtem Waschgeschirr darauf, ein Nachtstuhl hinter einem japanischen Wandschirm, Stühle und ein Tisch. Auf der marmornen Tischplatte ein bunter Blumenstrauß und ein Glas voller Öl mit einem Docht darin als Nachtlicht. An den Wänden hingen einige reich verzierte Petroleumlampen.

»Wo sind die drei kleinen Mädchen hin?«, fragte Felicia.

Die Großmutter sah sie an. »Die drei kleinen Mädchen? Von wem sprichst du?«

»Die auf dem Schirm vor dem Nachtlicht.«

»Ach, die! Die meinst du also, dass du das noch weißt, Enkeltochter!« Das sollte sie an jenem Tag immer wieder sagen. »Sie sind natürlich noch da, warte mal kurz!« Sie verließ das Zimmer und kehrte mit einem Glasschirm zurück, stellte ihn auf den Tisch. »Diese Mädchen?«

Es war ein kleiner Schirm aus rosa Mattglas in einem schwarzen schmiedeeisernen Rahmen mit schnörkeligen Füßen: Unter einem rosa Baum saßen zwei rosa Mädchen auf einer Wippe und ein drittes rosa Mädchen sah mit Reif und Stock in der Hand zu ihnen herüber – alle drei steckten in steifen rosa Kleidern mit Biesen, trugen hohe Knopfstiefel, rosa Hüte mit Krempe und flatternden Bändern; ein kleiner rosa Hund sprang fröhlich um sie herum. Am rosa Himmel flog ein Schwarm rosa Schwalben davon – weit weg –, zum rosa Süden hin.

»Ja, diese Mädchen!«, sagte Felicia. Jetzt stand der Schirm also wieder da, wie früher, und das Licht würde nachts ganz rosa hindurchschimmern.

»Dass du das noch weißt, Enkeltochter!«

Im Schlafzimmer ihrer Großmutter hatte sich nicht viel verändert. Felicia warf einen Blick auf den Schrank mit den gedrechselten Klauenfüßen, fragte jedoch an diesem ersten Tag nicht nach der »schönen Schublade«, dem Schatz, den Schildwachen des Glücks, auch die Großmutter erwähnte sie nicht; das Zimmer roch immer noch nach Weihrauch, dem echten arabischen, den Tränen des Propheten. Daneben lag das Gästezimmer – natürlich musste es ein Gästezimmer geben.

Und das letzte Zimmer, das hinterste der vier, diente als Wohnraum und Esszimmer zugleich: ein altes schwarzes Klavier, in der Zimmermitte ein runder Esstisch mit Raffles-Stühlen, darüber eine Petroleumlampe, außerdem ein Büfett, ein Speiseschrank; in der Ecke ein Rattansessel. An den Wänden hingen einige alte blaue Korbteller ordentlich in einer Reihe – alles genau wie früher.

Doch eine Sache war neu: ein kleiner rot lackierter Vitrinenschrank, an den Felicia sich nicht erinnern konnte – unten hatte er Schubladen, oben zwei Glastüren. Die Großmutter wies sie sogleich darauf hin. »Der Raritätenschrank für Himpies!«, sagte sie.

Hinter den Glastüren stand alles noch durcheinander; in den oberen Fächern Gläser und Geschirr für festliche Anlässe, grüne Weingläser, Mokkatassen, eine große, weiß-goldene Teetasse – »Zum Wiegenfeste« –, eine silberne Eiskaraffe (als ob es auf der Insel jemals Eis gäbe). Dazwischen lagen die Perlmuttlöffel für die scharfen Muschelsaucen – aus echtem Nautilus-Perlmutt mit viel Rot und Grün.

In dem Fach darunter ein aus Gewürznelken geflochtener Korb voller Früchte, aus dem inneren, weichen Teil des Sagopalmenholzes geschnitzt und in klaren bunten Farben bemalt, schräg dahinter saß ein ausgestopfter Paradiesvogel auf einem Ast: sein Schwanz wie eine Fontäne aus Gelb und Gold, sein satingrüner Kopf geneigt, als würde er wirklich gleich in eine Frucht picken, täuschend echt!

Im Fach darunter Korallen: Zu beiden Seiten und hinten an der Wand standen durchsichtige *Seefächer*, sogar die allerzartesten – das *Seenetz* und das *derbe Leinen* in gedämpftem Purpurrot und Dunkelgelb; einige Zweige rotes *Hirschgeweih*; ein Stück *Meerestau* aufrecht zwischen einem weißlichen *Perlenbaum* und einem kleinen Baum aus schwarzer Koralle. Auf einem seiner nackten schwarzen Zweige steckte eine Auster, die Ähnlichkeit mit einem kleinen Vogel hatte – einem roten Vogel mit einem Schnabel und einem langen Schwanz (so wuchsen sie tatsächlich in der Bucht, unter Wasser, an den schwarzen Korallenzweigen). Eine große Muschel – ein *Tritonshorn* – lag daneben, im Innern orangerot, mit einem schönen runden Loch darin. »Als Blasinstrument für Himpies!«

Die Großmutter zog auch kurz die obere Schublade voller kleiner Muscheln auf: Eine Muschel lag ein Stück von den anderen entfernt, Felicia fand sie besonders schön und die Großmutter sagte: »Ja, das ist ein *doppeltes Venusherz*, Enkeltochter, es ist sehr selten.«

Rumphius' Bücher befanden sich in der untersten Schublade.

Auf der Seitenveranda, zwischen den Steinsäulen, standen Pflanzenkübel, außerdem ein Diwan mit geblümtem Bezug und ein niedriger runder Tisch davor.

Genau wie früher spazierten zahme Vögel durchs Haus, hier ein Paar grüner Wellensittiche, da ein kleiner schwarzer Lori mit einem lahmen Fuß. Sie konnten sich frei bewegen, im Kleinen Garten gab es nie Katzen oder Hunde.

Der kleine Junge musste versorgt werden, sein Brei musste gekocht und er gefüttert werden; danach schlief er einfach in seinem Korb weiter. Felicia und ihre Großmutter aßen zusammen, ruhten kurz, packten weiter aus, Scheba half ihnen dabei.

Zwischendurch ging Felicia immer wieder hinaus: Auf der rechten Seite, unter den Muskatnussbäumen, lagen immer noch die Fundamente des Hauses der ersten Plantagenbesitzer, und dahinter, etwas weiter weg, war das grüne, das stille Tal mit den Ställen und Schuppen und dem ganzen Federvieh, dem kleinen wilden Flüsschen, der großen weißen Muschel des Ewijatangs – dabei war es nur die Trinkschüssel der Hühner.

Auf der linken Seite und hinterm Haus der Wald, die Badestelle unter dem Wasserreservoir mit dem Löwenkopf, die drei vernachlässigten Gräber; von dort aus ging sie nicht weiter in die Hügel, sondern wandte sich zur anderen Seite und spazierte zum breiten Fluss unter den Bäumen, mit dem Dorf am anderen Ufer ein Stück flussabwärts.

Nichts war mehr so wie in ihrer Erinnerung.

In dem Haus, dem ehemaligen Gästepavillon, hatte sie die Möbel und Dinge von früher wiedererkannt, alt und verschlissen zwar, aber sie waren noch da; und das Haus war belebt, ihre Großmutter, Dienstboten, deren Kinder, ein paar Vögel liefen dort herum.

Das Haus, vor allem die Nebengebäude mit den dicken Mauern, wirkte recht stabil, die bronzene Sklavenglocke hing immer noch in ihrem Glockenstuhl aus Holz.

Aber hier draußen: die weiten Hügel mit den Rosensträuchern, die dunklen Felsen zum Tal hin; die Bäume und Palmen im Wald und überall – manche zierlicher und schlanker, andere breiter, höher gewachsen –, die Platanen am schmalen Strand an der blauen Binnenbucht, so fürstlich in verwittertes Silbergrau und dunkelstes Grün gekleidet; das lebendige Wasser überall – das der Bäche und Flüsse, die aus dem Löwenmaul plätschernden Wasserstrahlen, das an- und abschwellende Rauschen der leichten Brandung – ein kurzes Klatschen an ein Riff – der Kleine Garten! Dennoch – wie konnte es irgend sonst so ausgestorben sein, so einsam und verlassen, ein bisschen traurig, ein bisschen farblos, im gnadenlos weißen Sonnenlicht wirkte alles »schäbig«, wie ihre Mutter immer sagte – und so schrecklich, schrecklich weit weg – von allem und allem – und von jedem.

Die große Küche in einem der Nebengebäude war voller Menschen, die redeten und lachten, doch es klang, als kämen ihre Stimmen von anderswo.

Die Großmutter ging manchmal hinüber, um nach dem Rechten zu sehen, und bat sie dann mitzukommen. Jedes Mal sah sie wieder neue Gesichter, hörte wieder neue Namen (alle hatten ellenlange Namen).

»Wer sind diese ganzen Leute?«, fragte Felicia. »Hast du so viele Hausangestellte?«

»Natürlich nicht, Enkeltochter«, sagte die Großmutter, »wie kommst du denn darauf? Nur die beiden, die dich vom Schiff abgeholt haben, der alte Elias und Sarah, das sind meine Dienstboten von früher. Sarah und ich kennen uns schon unser ganzes Leben, ich bin mit ihr befreundet. Ihr Sohn Hendrik hütet die Kühe, Scheba ist seine Frau, die kennst du jetzt auch, sie haben keine Kinder. Ein anderer Sohn, Moses, ist Gärtner. Die beiden Kinder, die mit beim Schiff waren, sind die ihres dritten Sohnes. Wochentags gehen sie in der Stadt zur Schule, sie sind sehr aufgeweckt. Aber heute haben sie freibekommen: Sie heißen Josua und Susanna.«

»Mein Kindermädchen früher hieß auch Susanna.«

»Ja, die Dicke«, sagte die Großmutter, »früher ...«, doch sie sprach nicht weiter über früher.

»Und die anderen?«, fragte Felicia.

»Sie helfen manchmal im Garten aus oder rudern mich irgendwohin. Und einige sind nur wegen Himpies gekommen. Bring ihn kurz zu ihnen, wenn er wieder wach ist, damit sie ihn sehen können.«

Später wurde das Kind auf eine Matte unter einen Baum gebracht und immer wieder kamen Leute zu ihm, niemals zu viele zur selben Zeit; sie sprachen mit ihm, sangen ihm Lieder vor. Der kleine Junge saß still mit dem Stoffhund unterm Arm da und blickte ernst, die beiden großen Kinder Josua und Susanna setzten sich neben ihn, Scheba ließ ihn nicht aus den Augen.

Währenddessen packte Felicia die letzten Sachen aus, räumte die Schränke ein. Ihre Großmutter half ihr dabei, es machte ihr Freude, sie sah sich alles an, erzählte, stellte viele Fragen – nur der Name des Mannes wurde an jenem Tag mit keinem Wort erwähnt, genauso wenig wie später; die Worte »deine Mutter« fielen nur selten, »mein Sohn Willem, mein Sohn Willem« dafür umso häufiger. Als sie fertig waren, fragte die Großmutter: »Du hast ja gar keinen Schmuck mehr, Enkeltochter, wie kommt das? Deine Mutter kaufte immer – Früher gab es so viele Juwelen – Musstet ihr nach dem Zuckerkrach alles verkaufen? Wie schade! Aber du hattest doch deinen Armreif für die Reise, hat er für die Reise genügt?«

Felicia sagte Nein, es sei nicht genug gewesen für die Reise, sie habe sich Geld von einem Verwandten ihrer Mutter leihen müssen, demselben, der ihren Eltern bis auf Weiteres unter die Arme griff.

»So was!«, sagte die Großmutter erschrocken, »dann hast du ja Schulden, Enkeltochter – Schulden muss man zurückzahlen.«

Der Abend brach früh herein und der erste Tag war vorbei.

Felicia legte den Jungen in das große Doppelbett unters Moskitonetz, in seinem Korb, damit er nicht herausfallen konnte; sie wollte ihn in dieser ersten Nacht nicht in dem fremden Kinderbett schlafen lassen.

Das Nachtlicht schimmerte durch den rosa Schirm und draußen, an der Decke der Veranda, brannte eine große Petroleumlampe.

»Lass die Tür nach draußen ruhig offen«, sagte die Großmutter, »es ist angenehm kühl und dann können die Leute Himpies noch eine Weile sehen. Sie wecken ihn bestimmt nicht auf.«

Denn selbst im Dunkeln kamen noch Leute über den Fluss und gingen mit einer brennenden Fackel unter den Bäumen hindurch zum Haus, zur großen erleuchteten Küche. Und dann sah Felicia manchmal Paare oder Männer und Frauen allein, jung und alt, zu ihrem Zimmer gehen; die Männer blieben in der Tür stehen, die Frauen gingen hinein – nicht lange! Warum sollte man sich ein schlafendes Kind lange ansehen? Und Scheba war bestimmt irgendwo in der Nähe und passte auf. Ihre Großmutter und sie saßen in der abendlichen Kühle zusammen am Strand an der Binnenbucht, unweit des Pavillons; das Licht der Lampe auf der Veranda fiel vors Haus, zwischen die Bäume.

Es war Flut, die kleinen Wellen liefen dicht vor ihren Füßen aus.

»Es gibt gutes Essen für alle«, sagte die Großmutter, »Schildkrötenfleisch mit Gewürzen, es köchelt schon den ganzen Tag in einem dicken Bambusrohr vor sich hin, das verleiht ihm einen ganz aparten Geschmack, und Sarah kann so gut Fisch mit gestampften Kanarinüssen und Limetten und Spanischem Pfeffer braten – köstlich, das muss sie dir auch beibringen, Enkeltochter. Dazu Sago und Sagobrötchen, Muschelsaucen, weiße und schwarze, alle beide. Kanarikekse habe ich vorgebacken. Und frischen Palmwein gibt es, davon werden sie nicht so schnell betrunken, und außerdem«, sie zwinkerte ihr zu, »außerdem ein bisschen guten Arrak von früher, und Kaffee natürlich.«

»Für diese vielen Leute! Geht das überhaupt, ist es nicht zu teuer?«, fragte Felicia besorgt.

»Es muss sein! Es gehört sich so, weil sie wegen Himpies gekommen sind. Und es stammt ja alles von hier, außer dem Arrak, den habe ich aufgespart. Den verwende ich sonst für Arzneien, weißt du!«

Felicia hatte sich so hingesetzt, dass sie zwischen der offenen Tür des Zimmers, in dem der Junge schlief, und der Veranda hindurch zu den Nebengebäuden blicken konnte. In der Küche wurde gesungen, jemand spielte ein Saiteninstrument, ein anderer blies perlend klare Läufe und Triller auf einer Bambusflöte.

An der Stelle, wo sie saßen, war es still – nur das Rauschen des Wassers.

»Lauschst du der Binnenbucht? Du bist so still, Enkeltochter – drei kleine Wellen hintereinander – der Vater, die Mutter, das Kind, sagen sie hier, hörst du?«, und die alte Frau wiederholte es noch einmal, im Gleichklang mit den Wellen.

Felicia war von weit her zurückgekommen. Und nun saß sie hier, wie sie es sich immer gewünscht hatte, am Strand im Garten auf der Insel in den Molukken, und lauschte der Brandung – der Vater, die Mutter, das Kind – sagt das doch nicht, sagt einfach nur das Kind. Und die Wellen, gehorsam, flüsterten – das Kind – das Kind – das Kind –

»Hast du noch Kühe, Oma?«

»Ja, Enkeltochter.«

»Und Hühner und Enten, habe ich gesehen.«

»Ja, wegen der Eier.«

»Und gibt es den Gemüsegarten und die vielen Obstbäume noch?«

»Natürlich, Enkeltochter«, die alte Frau zögerte einen Augenblick – worauf liefen diese Fragen hinaus? »Und den roten Pampelmusenbaum, kannst du dich an den noch erinnern?«

Felicia blickte im Zwielicht zu ihr hinüber. »Sollen wir nicht versuchen, das alles in der Stadt an der Außenbucht zu verkaufen: Milch, Eier, Obst und Gemüse? Und früher hast du doch immer Essiggemüse und kandierte Früchte und Muschelsaucen gemacht und Räucherwerk und Ambrakugeln und Armreife gegen Rheuma. Kannst du mir das nicht beibringen?«

Die Großmutter rutschte auf ihrem Stuhl weiter nach vorn und setzte sich so kerzengerade auf, als hätte sie einen Besenstiel verschluckt. »Was soll das heißen, Enkeltochter? Verkaufen? Für Geld? Wir? Das kann doch nicht dein Ernst sein, wir haben doch selbst nichts dafür bezahlt. Die Milch und die Eier bekommen wir von unseren Tieren, das Obst und das Gemüse aus dem Garten, die Muscheln aus der Bucht; schwarze Koralle für die Armreife bekomme ich von den Korallentauchern im Tausch gegen Arzneien, wenn sie krank sind. Bleibt nur Zucker, weißer Zucker für die kandierten Früchte, denn Palmzucker kann man dafür nicht verwenden. Den habe ich früher jedes Jahr aus Java bekommen, vom Betrieb deiner Mutter, einen runden Korb voller weißem Zucker, aber jetzt nicht mehr. Und alle Zutaten für die Ambrakugeln muss ich kaufen, und Gold natürlich, das gibt es hier nicht!

Aber für kandierte Früchte braucht man keines! Und ich habe noch eine Menge Vorratsgläser, und Ambrakugeln in goldenen Früchten müssen nicht sein, die habe ich seit Jahr und Tag nicht mehr gemacht – aber an das Rezept kann ich mich noch gut erinnern, und an das für die kandierten Früchte ...« Fast atemlos unterbrach sie sich.

Felicia tat, als habe sie Letzteres nicht gehört. »Da siehst du mal, manches musst du eben doch kaufen und du musst die Menschen für ihre Arbeit bezahlen, und selber arbeiten ...« Sie streckte die Hand aus, nahm die der alten Frau mit dem schwarzen Korallenzweig um das schmale Handgelenk in ihre eigene. »Die Arbeit deiner Hände«, sagte sie.

»Ja, Enkeltochter, aber auch unsere Hände haben wir bekommen, einfach so geschenkt, umsonst, zum Behalten«, wie sie früher immer zu sagen pflegte. Doch sie entzog ihr die Hand nicht gleich wieder und sagte nach einer Weile: »Ich verstehe schon, du meinst, dass wir Geld verdienen müssen: wegen deiner Schulden!«, flüsterte sie und dann wieder laut: »Und damit Himpies später zur Schule gehen kann, ja, das ist gut, er soll ruhig lange zur Schule gehen und viel lernen, damit er klug wird. Ob er wohl Arzt werden möchte, was meinst du? Dann bekommt er meinen Schlangenstein geschenkt, kannst du dich an den noch erinnern? Also müssen wir zwei eben Kauffrauen werden«, sie kicherte, »auch Kaufleute können stolze Menschen sein, oder etwa nicht, Enkeltochter?«

Sie standen auf und gingen ins Haus. Die Großmutter zeigte ihr, wie man die Türen und Fensterläden schloss, wie man die Lamellen der Jalousien öffnete und einrasten ließ. »Du brauchst keine Angst zu haben«, sagte sie, »hier bist du in Sicherheit.« Ob sie dabei an die Schildwachen in der »schönen Schublade« dachte?

Sie half Felicia, den Korb aus dem Bett zu heben, und sah zu, wie sie den friedlich schlafenden Jungen wickelte, hinten an der Wand erst eine Gummiunterlage und ein Moltontuch aufs Bett legte und dann den Jungen darauf. Sie gab Felicia einen Gutenachtkuss. »Zieh dich ruhig um, ich komme gleich wieder und stecke das Moskitonetz fest«, versprach sie. Und so geschah es.

»Schlaf schön, Enkeltochter, im Kleinen Garten zusammen mit Himpies.«

Felicia war müde, blieb aber noch lange wach. Es war nicht dunkel, das kleine Nachtlicht schien rosa durch den rosa Schirm mit den drei rosa Mädchen. Nach so vielen Nächten auf einer schmalen Liege in einer kleinen Kabine an Bord kam ihr das Bett riesengroß und sehr breit vor; neben ihr lag der Junge klein und verloren in dem schemenhaften Raum zwischen den weißen Laken und dem Himmel aus weißen Moskitonetzen. Draußen war es nicht ganz still: die leise Brandung der Binnenbucht, manchmal für einen Moment der säuselnde Wind in den Bäumen dicht beim Haus, die Stimmen, die jetzt nicht mehr aus den Nebengebäuden, sondern von weit her kamen – ob die Leute hinten auf der Gewürzterrasse tanzten? Oder sangen? Die Bambusflöte klang kristallklar, schmelzend süß, nah.

»Das ist ein *doppeltes Venusherz*, Enkeltochter, es ist sehr selten.«

Morgen würde sie ihre Großmutter fragen, ob es nicht irgendwo noch ein Einzelbett gab, vielleicht im Haus der Familie in der Stadt an der Außenbucht.

***

Ein paar Tage nach ihrer Ankunft schickte die Großmutter Felicia mit ihrem Sohn und Scheba für eine Weile in die Stadt an der Außenbucht, um Besuche abzustatten. »So gehört sich das: Wer ankommt, muss die anderen begrüßen.«

Zuvor hatte sie eine Namensliste für sie angefertigt und ihr erzählt, wer wer war und warum sie diese Menschen besuchen sollte: aus reiner Höflichkeit oder weil sie ihr Ratschläge geben, ihr später vielleicht weiterhelfen könnten. Sie sollte sich im Voraus ankündigen, fragen, ob man sie empfangen könne, und alles in der Reihenfolge erledigen, wie es auf der Liste stand – diesen Besuch so lang und jenen so lang. Außerdem gab sie ihr Geschenke mit: Vorratsgläser mit Essiggemüse, Gelee, kandierten Früchten, Muschelsauce (schwarze und weiße), einige Flaschen mit Sirup – für diesen und für jenen!

Der Frau des »Hauptmanns der Chinesen« und weiteren Damen im Chinesenviertel sollte sie am Vormittag einen Besuch abstatten, ebenso dem »Leutnant der Araber« – er war einflussreich und sehr neidisch auf den »Hauptmann«, obwohl er es sich nicht anmerken ließ. Diese Besuche durfte sie auf keinen Fall allein abstatten: Sie sollte Himpies mitnehmen und Scheba, die ein bisschen Niederländisch sprach, und die beiden großen Kinder Josua und Susanna, »aber frag erst, ob sie schulfrei bekommen!«, und den Wachmann und seine Frau und ihre Kinder, die im Stadthaus wohnten, wenn sonst keiner da war.

»Achte darauf, dass alle tadellos gekleidet sind.« Je mehr Menschen sie begleiteten, desto vornehmer wirkte es – nur schade, dass der Palankin so teuer war! Sie brauchte bei diesen Besuchen nicht viel zu sagen, man würde sie sowieso nicht verstehen – es genügte, gelegentlich freundlich zu lächeln. »Und denk dran, steh nicht zu früh wieder auf, das gehört sich nicht.«

Sie sollte versuchen, Freundschaft mit dem Besitzer des einen Hotels und mit der Besitzerin des anderen zu schließen (in Hotels wird immer alles Mögliche gebraucht), und wenn sie dem Militärarzt abends einen Besuch abstatten könnte, falls sie sich traute – dem Leiter des kleinen Militärkrankenhauses –, denn auch in Krankenhäusern werde immer alles Mögliche gebraucht.

Sie sollte im Haus der Familie in der Stadt wohnen, Scheba würde für alles sorgen.

Als sie zurückkamen, war die Großmutter ganz gespannt: Was für einen Empfang hatte man ihnen in der Stadt an der Außenbucht bereitet? Und was hatte der gesagt? Und was jener? Und waren sie nett zu Himpies gewesen? Und zu ihr?

Felicia erzählte: Jeder sei nett zu Himpies gewesen, genau wie zu ihr; und dieser habe jenes gesagt und jener das. Und wenn sie wolle, könne sie in der Stadt an der Außenbucht Klavierunterricht geben, das tue dort noch niemand.

»Willst du etwa sogar Klavierunterricht geben, Enkeltochter, auch gegen Bezahlung!«

Als Felicia dann noch fragte, warum sie das Haus in der Stadt nicht herrichteten und vermieteten, war die alte Frau so entrüstet wie nie. »Meinst du damit etwa, dass wir unser Haus vermieten sollen? Für Geld? Wir? Das ist doch nicht dein Ernst«, aber wieder lenkte sie nach einer Weile ein: »Nun gut, damit Himpies – und damit du ...« Letzteres sprach sie lieber nicht laut aus und seufzte bloß.

Die Stadt an der Außenbucht bedauerte Felicia sehr: Die arme »junge Frau vom Kleinen Garten« (so wurde sie in der Stadt genannt), noch keine fünfundzwanzig Jahre alt, und schon ganz allein für ein Kind verantwortlich! Ob der Mann ihr davongelaufen war oder sie ihm? Und dann noch hierherzukommen, zu einer alten Großmutter in einem verwahrlosten alten Garten, und das bei dem wenigen Geld, das Gewürze heute eintrugen! Sicher waren sie schon froh über Sagobrei und ein Fischchen aus der Bucht! Und sie wollten Handel treiben und gaben es sogar offen zu! Das konnte doch gar nicht gut gehen: Handel treiben musste einem in die Wiege gelegt sein.

Nach ein paar Jahren sagte die Stadt an der Außenbucht das nicht mehr.

In dieser Zeit hatten Felicia und ihre Großmutter den Kleinen

Garten gemeinsam in eine Art Musterhof verwandelt: Es gab dort Milch, frische Hühnereier, in Salz eingelegte Enteneier, Obst und Gemüse, Champignons, die sie auf dem Samenmantel der Muskatnussfrüchte zogen, dazu Vorratsgläser mit Essiggemüse, kandierte Früchten, Muschelsauce, schwarze und weiße, doch Letztere nur auf Vorbestellung.

Am frühen Morgen legte die Milchprau an der kleinen überdachten Anlegestelle hinter dem Schloss an: Die vollen Flaschen, die Körbe mit Obst und Gemüse wurden dort abgeholt, leere Körbe und Flaschen zurückgebracht, darum kümmerte sich ein Dienstbote. Felicia fuhr häufig mit, sie gab Klavierunterricht in der Stadt und ging ins Viertel, wo die Asiaten wohnten – aber niemals allein, das wollte die Großmutter immer noch nicht –, um mit dem chinesischen oder arabischen Händler über »das andere« zu verhandeln – denn die nahmen es ihr ab und verkauften es weiter – dieses »andere«, über das man nicht sprechen, von dem niemand etwas wissen durfte – die ganze Stadt wusste davon! Heilkräuter, trockenes Räucherwerk, eine gute Weihrauchmischung, vor allem aber Armreife gegen Rheuma aus schwarzer Koralle, mit oder ohne Goldverzierung, Ambrakugeln in durchbrochenen goldenen Früchten.

Nach einer Weile wurde »das andere« überallhin verkauft, auf die anderen Inseln und noch weiter weg nach Java und Sumatra und selbst nach Malakka. Es war am einträglichsten.

Am Anfang allerdings nur für den Händler, bis die Großmutter ihn mit der Staatsprau abholen ließ, damit er einmal zu Besuch in den Garten kam, dann durfte er sich auf der Seitenveranda auf den Diwan setzen und bekam ein Glas selbst gemachten Vanillesirup mit Zitrone aus dem Garten und ein Stück selbst gebackenen Kanarikuchen. Und die alte Großmutter setzte sich neben ihn und sah ihn nur einige Male an – damit hatte sich das erledigt.

Sie hatten Glück – nicht allzu viel Unglück! – im Kleinen Garten.

Was sie pflanzten, gedieh, die Tiere waren gesund, die Menschen zufrieden. Der Goldschmied aus der Stadt ließ sich im Garten nieder, bei all der Arbeit, die es dort gab, und alle paar Monate kam diese alte Frau, die Bibi, bei der die Großmutter alles kaufte, was »nicht von hier« war, auch die graue Ambra, auch das Gold. Graue Ambra wurde mit Gold aufgewogen, sie kosteten beide gleich viel! Niemand durfte bei den Verhandlungen zugegen sein, anfangs nicht einmal Felicia.

Das Haus in der Stadt wurde zu einem guten Preis vermietet, außer einem Pavillonzimmer, das Felicia behielt, falls sie einmal in der Stadt an der Außenbucht übernachten musste. Für die Gewürze bekamen sie einen recht ordentlichen Preis.

Die Zuckerkrise war vorüber und Felicias Eltern konnten wieder ein angenehmes Leben führen, doch das hinderte ihre Mutter nicht daran, nachdrücklich zu klagen. Umgehend nahm sie sich einen »Rechtsgelehrten« (wie sie sagte), um Felicias Mann in Amerika aufzutreiben. Ist er in Nordamerika? In Südamerika? Dass du das nicht einmal weißt! Sie glaubte, er sei vielleicht mit einer anderen verheiratet – dann können wir ihn wegen Bigamie verklagen, da sind sie in Amerika ganz streng, und er landet im Gefängnis, wo er hingehört! Felicia könnte sich scheiden lassen und einen »Neuanfang machen«, schrieb sie, sonst müsse sie mindestens fünf Jahre warten. Sie wurde wütend, weil Felicia nicht darauf antwortete, und fragte dann, ob sie vorhabe, ihre Schulden zu begleichen, jahrelang gab es Gezänk um den exakten Betrag – und ob sie da in der Wildnis kein neues Klavier brauche? Dem kleinen Willem schickte sie Pakete mit schöner Kleidung, die er nie trug.

Felicias Vater schrieb seiner Mutter, wie gehabt, einmal im Monat einen kurzen Brief, und viele liebe Grüße an Felicia und den kleinen Willem.

Der kleine Himpies wuchs heran, ein hübscher und lieber Junge, gesund und zufrieden; alle hatten ihn gern. Dennoch wurde er nicht allzu sehr verwöhnt. Nie konnte man ihn finden, ständig musste man ihn suchen, ihn und seinen etwas älteren Bruder und Freund Domingus, den Sohn des alten Goldschmieds und seiner jungen Frau, die lange Zeit im Kleinen Garten wohnten.

Es war, als würde der Garten selbst die beiden Kinder einheimsen und sie verstecken: in dem Wasser rundherum, im Becken im Wald, bei dem klaren Bach, an dem kleinen Flüsschen und an dem großen Fluss, an den flachen Stellen in der Binnenbucht; in all dem Grün, in den Bäumen, im Wald hinterm Haus, inmitten der Rosensträucher auf den Hügeln und, weit weg, im Wald hinter den Hügeln am Fuß des Gebirges – dorthin hatten sie sich einmal verirrt und wurden erst im Stockdunkeln, tief in der Nacht, von einem Suchtrupp mit Fackeln wiedergefunden.

Heimlich schlichen sich die Jungen über den Fluss zum Dorf und verbargen sich in der Hütte des »Mannes mit dem blauen Haar«, um den Geschichten über seinen Sohn zu lauschen.

Die Fischer nahmen sie in ihren Booten mit oder sie versteckten sich in den Prauen am Strand – wer sollte die beiden da finden?

Bisweilen kränkelte die Großmutter, doch sie erholte sich jedes Mal und machte sich sogleich wieder ans Werk – ihre endlosen Geduldsarbeiten: die schwarzen Korallen am einen Ende zurechtstutzen, sie in Öl einweichen, aufwärmen, vorsichtig biegen, wieder und wieder, bis der Armreif Form angenommen hatte und gefasst werden konnte. Nach einer Weile konnte der Goldschmied den Reif mit goldenen Ornamenten oder einem goldenen Schlangenkopf und Schlangenschwänzen verzieren.

Für die Ambrakugeln die graue und die schwarze Ambra wiegen, sorgfältig fein reiben und zusammen mit Benzoe und Moschus und Rosenwasser und gemahlener Rasamalawurzel als festem Bestandteil (das war nur ein Surrogat) vermengen. Die durchbrochenen goldenen Früchte fertigte der Goldschmied an.

Das trockene Räucherwerk, das in Körben aus Palmfasern aufbewahrt wurde, mischen – Weihrauch.

Immer wieder Zuckersirup einkochen, mit dem Früchte und manche Fruchtschalen kandiert wurden.

Am meisten Zeit nahmen die Muschelsaucen in Anspruch, die schwarze und die weiße. Vorab mussten die Muscheln ausgespült werden – kein einziges Sandkörnchen durfte mehr darin sein, das ging ihr gegen die Ehre!

Sie war immer wieder neugierig auf das Ergebnis, dadurch blieb ihre eintönige Arbeit spannend, fast ein Abenteuer.

Das Leben im Kleinen Garten plätscherte ruhig dahin.

Nur Felicia war nicht ruhig: Andauernd wurde an ihr gezerrt und gezogen. Auf der einen Seite die Stadt an der Außenbucht, gar nicht so weit vom Garten entfernt, aber doch davon abgewandt, Teil einer anderen Welt – dort hinten in der Ferne.

Die Stadt der Möglichkeiten: ein Kommen und Gehen von Schiffen einmal im Monat – mit einem Schiff konnte jemand ankommen – ein anderer konnte gehen –

Eine Poststelle, in der einmal im Monat Post ankam und verschickt wurde – mit der Post konnten Briefe in die eine oder andere Richtung geschickt werden – zumindest, wenn eine Anschrift auf dem Umschlag stand –

Aber auch die Stadt der abendlichen Feste: Anfangs wurde Felicia überallhin eingeladen; nie waren ausreichend junge Europäerinnen da, jeder war bereit, dezent darüber hinwegzusehen, dass sie »Handel trieb«! Ganz fein, in einem Abendkleid von früher, mit dem Fächer aus echtem Schildpatt und Gold aus der Jugend ihrer Großmutter am Handgelenk, tanzte sie die lange, warme Tropennacht durch, tanzte mit diesem, tanzte mit jenem. Sie tanzte für ihr Leben gern – du kannst gut tanzen, Li – niemand nannte sie mehr Li. Zum Schluss begleitete sie ein galanter junger Mann nach Hause, zum Pavillonzimmer des Stadthauses, durch eine Allee mit hohen Bäumen, im Mondschein, in der Nacht.

In der Stadt an der Außenbucht wurde getuschelt, es sei kein Vergnügen, die junge Frau vom Kleinen Garten nachts im Mondschein allein nach Hause zu begleiten.

Auf der anderen Seite zog und zerrte der Garten sie zurück: über die Außenbucht zur blau bewegten Binnenbucht, zu der dem Garten eigenen grünen Stille – wo die beiden Jungen Himpies und Domingus sie Hand in Hand an der Steinmole erwarteten, die Glocke wurde für sie geläutet, ein Stück weiter wartete die alte Großmutter auf sie, noch etwas weiter die treue Scheba, jedes Mal – zurück zu der vielen Arbeit, die sie liebte, zu dem vielen Geld, das sie damit verdiente und das ihr ein Gefühl der Sicherheit gab.

Auf Dauer gewann der Garten die Oberhand. Dabei spielte die Kleidung ebenfalls eine Rolle! Als keine französischen Abendkleider, Schuhe und feinen Strümpfe mehr für sie da waren, unternahm sie erst noch einen Versuch: ein Schnittmuster aus der *Gracieuse*, der Modezeitschrift aus Holland, Seidenpapier, ein Kopierrädchen, ein »Stöffchen« aus dem Chinesenviertel, ihre Großmutter und Scheba nahmen Maß – doch es wurde nichts Gescheites daraus, meinte sie, und lehnte fortan die Einladungen zu den Festen in der Stadt ab. Danach lief sie eine Weile in langen weißen Bébés aus Baumwolle herum, die ihr nicht standen, und mit hochhackigen Pantoffeln, in denen sie umknickte; später in Sarong und Kebaya, keine hellen Seidensarongs wie ihre Großmutter, sondern kräftige, gelbbraune gebatikte Sarongs aus Java, schlichte weiße Kebayas, die bloßen Füße in flachen Ledersandalen. Sie sagte die Klavierstunden ab, ließ, wenn nötig, die Händler zu sich kommen und fuhr nur noch selten in die Stadt an der Außenbucht.

Der Garten hielt sie fest, kapselte sie nach und nach ein, zeigte ihr Dinge, gab flüsternd seine Geheimnisse preis –

Zu dieser Zeit sah sie den Muscheltanz.

Und Scheba zeigte ihr den Weg durch den Wald im hohen

Gebirge hinter den Hügeln zum Martaban-Gefäß, aus dem die kleine Quelle entsprang: Sie schöpfte das kristallklare Wasser in die Hand und trank es – bitter – bitter! Das hatte Scheba ihr vorher gesagt – sie konnte solche Dinge mit großem Nachdruck sagen – und auch dass man das Wasser, wenn man es erst einmal in den Mund genommen hatte, nicht wieder ausspucken durfte.

Felicia las, was Rumphius über die Korallenfrau geschrieben hatte, und suchte die Stelle in der Binnenbucht, wo sie angeblich ertrunken war und später wieder heraufgeholt wurde.

Jetzt erfuhr sie auch die Geschichte der drei kleinen Mädchen.

Am Ende ihrer langen Tage setzten sich Felicia und ihre Großmutter vor dem Schlafengehen immer einen Augenblick zusammen hin. Manchmal auf Stühlen am Strand an der Binnenbucht, andere Male auf dem Diwan draußen auf der Veranda oder einfach nur auf einer Matte auf dem Steinboden, an eine Säule gelehnt, ließen die Füße zum Garten hinunterbaumeln. Sie redeten nie viel; die Großmutter sagte ab und zu ein paar Worte, gab Felicia einen Ratschlag, »so oder so musst du das machen, denk dran!« Oder sie wiederholte ihr ein Rezept, »damit du es nicht vergisst!«

An jenem Abend sah es nach Regen aus, doch es blieb trocken – sehr warm, sehr dunkel. Ein Lichtschimmer fiel von der Veranda auf den Boden vor ihnen, auf die Fundamente des Hauses der ersten Plantagenbesitzer, das Felicias Mutter damals hatte aufbauen wollen, als es zu dem Streit gekommen war, sodass sie nach Europa aufbrachen, sodass Felicia in einem Hotel in Nizza einen Fremden kennenlernte, sodass – sodass – die Muskatnussbäume wuchsen dicht um diese Stelle herum –

Die alte Frau lehnte an der Steinsäule, sie war gerade erst wieder genesen. »Ich muss dir noch etwas sagen, Enkeltochter«, und blieb still.

»Sprich ruhig, Oma.«

»Das Haus darf nicht wieder aufgebaut werden!«

»Ach, das! Das weiß ich doch, das wolltest du damals schon nicht, und jetzt – du brauchst dir keine Sorgen zu machen, daran wollen wir unser gutes Geld nicht verschwenden.«

»Es geht nicht ums Geld«, sagte die alte Frau ungeduldig, »eines Tages wirst du genug Geld haben, und es liegt auch nicht daran, dass ich mich fürchte ...« Sie schwieg einen Augenblick. »Mein Vater«, sagte sie dann, »mein Vater war der jüngere Bruder der drei Mädchen, viel jünger! Er hat sie nie kennengelernt.«

»Darüber hast du nie gesprochen, Oma.«

»Ach«, sagte die.

Und dann erzählte sie die Geschichte der ersten Generation von Plantagenbesitzern mit den vielen Kindern, die – »mit Gewürzen verdiente man damals gutes Geld« – in dem schönen Haus gewohnt hatten, mit dem Großen Saal im Obergeschoss, wo der Boden aus weißem Marmor war – »den hatten die Gewürzschiffe auf dem Hinweg als Ballast an Bord« –, und mit den vielen Sklaven.

Auf der Insel Ternate gab es damals einen Sklavenmarkt, dort hatten sie sie gekauft – Sklaven aus Papua, die waren nicht so teuer, im Gegensatz zu denen von der Insel Bali.

Die Kinderfrau der drei ältesten Töchter war eine balinesische Sklavin. »Sie war sehr schön, Enkeltochter, das fanden alle, auch der Vater meines Vaters, glaube ich, der Vater der drei kleinen Mädchen. Und deshalb hasste die Mutter der Mädchen sie, und deshalb hasste sie wiederum die Mutter der Mädchen – es beruhte auf Gegenseitigkeit – so ist das dann, ja!«

Und sie erzählte, dass die drei kleinen Mädchen gestorben seien, alle drei an einem Tag, vergiftet? Mit Venenum? – »Fenenum, du weißt schon!« – oder an einem Magenleiden? Niemand fand es je heraus.

Eines Tages, als der Vater nicht da war, zeigte die Mutter die Sklavin beim Gericht in der Stadt an der Außenbucht an, und sie wurde abgeholt und im Schloss verhört – zwei Mal hintereinander – »damals hat man die Leute noch gefoltert, Enkeltochter, Sklaven erst recht! Sie hat nie gestanden, auch beim zweiten Mal nicht, aber schließlich war sie Balinesin – Balinesen sind sehr klug, sie wissen, sie kennen ein Mittel gegen Schmerzen – vielleicht wusste, ja kannte auch sie das Mittel. Danach musste man sie wieder laufen lassen.

Mein Vater sagte dieses eine Mal – jeder hatte Sklaven, es war die Zeit der Sklaven, das sei das Schlechte an dieser Zeit gewesen, hat mein Vater gesagt. Jede Zeit hat ihr Schlechtes, aber die Menschen können trotzdem gut sein! In der Zeit der Sklaven hätte man gut zu den Sklaven sein können, sagte mein Vater. Sein Vater war gut, aber seine Mutter nicht, seine Mutter sei grausam gewesen, das hat er selbst gesagt! Von seiner eigenen Mutter sagte er das, Enkeltochter, und auch, dass die Geschichte nicht gestimmt hätte, mit den drei kleinen Mädchen, dass seine Mutter sie nur erfunden hätte! Ach, niemand kennt die Wahrheit, niemand weiß, wer die Schuld daran trug.

Die Leute hier im Garten haben früher, immer, wenn sie über den Tod der Mädchen gesprochen haben, gesagt, und sie sagen es heute noch, dass man ihnen Gift gegeben hat, aber sie können es nicht wissen, sie waren nicht dabei. Mein Vater hat gesagt, dass es nicht stimmt, aber auch er konnte es nicht wissen, auch er war nicht dabei – niemand weiß es. Ach, wenn sie doch damals nur meinen Giftteller aus Seram gehabt hätten!

Die Sklavin hat noch lange gelebt, mein Vater konnte sich gut an sie erinnern, sie konnte danach nicht mehr laufen, hat er gesagt, ach, Enkeltochter! Dann ist sie wohl gestorben und das Haus ist bei dem schrecklichen Erdbeben eingestürzt und die Mutter meines Vaters war mit einem weiteren kleinen Kind (sie bekam ständig Kinder) oben im Saal, als es geschah, und sie wurden verschüttet und sind verbrannt, ach!

Dieses eine Mal sagte mein Vater: ›Das Haus ist ein Unglückshaus, es darf nicht wieder aufgebaut werden. Aber denk nicht mehr an das andere, sprich nicht darüber, damit es nicht noch einmal geschieht‹, und jetzt habe ich es doch getan, aber wer sollte es dir sonst – würdest du das bitte einmal laut nachsprechen, damit du es nicht vergisst! Nur: ›Das Haus darf nicht wieder aufgebaut werden‹, du weißt jetzt, warum nicht«, flüsterte sie, »das brauchst du nicht zu sagen.«

Als Felicia es ihr nachgesprochen hatte, seufzte die alte Frau tief und lehnte sich wieder zurück.

Felicia hatte steif und unwillig geklungen, und so war es auch: Sie empfand einen tiefen Widerwillen, eine Abscheu – es fiel ihr schwer, sitzen zu bleiben – ihr Sohn, Himpies! Niemals hätte sie ihn hierherbringen dürfen, in diesen abgelegenen Garten, so von Gott und allem verlassen und völlig von der Außenwelt abgeschnitten: durch die Flüsse, die Binnenbucht, das Gebirge, dazu noch auf einer Insel – ebenfalls abgeschieden – mit dem vielen Wasser drumherum – nirgends die kleinste Möglichkeit wegzukommen. Eine Falle in einer Falle, so wie früher diese zwei hasserfüllten Frauen – zusammen in einer Falle – und die drei kleinen Mädchen! Heute, ja, heute war es anders, das wusste sie wohl, aber trotzdem: Himpies in seinem Bett, als ob – »Oma!« Sie rief es laut. »War dieses Haus? Ist ... Ist es hier ...? Ist der Kleine Garten ... Liegt ein Fluch auf dem Kleinen Garten? Sag mir lieber die Wahrheit.«

»Ein Fluch? Das darfst du nicht sagen, Enkeltochter. Ein Unglückshaus, ja, aber Unglück ist nicht dasselbe wie ein Fluch, und der Garten ... Der Kleine Garten? Ob er ... Nein, das ist nicht dein Ernst, es kann nicht dein Ernst sein. Wo Menschen sind, gibt es Unglück, Kummer, manchmal sogar Schlechtigkeit, Venenum – ›Fenenum‹, du weißt schon –, aber deswegen sind wir Menschen noch lange nicht verflucht, das darfst du nicht sagen, Enkeltochter, es ist nicht gut.« Die alte Frau straffte den Rücken und schüttelte ununterbrochen den Kopf; es dauerte eine Weile, bis sie sich wieder beruhigt hatte. »Ich verstehe schon, was du meinst: Wenn wir dem Bösen begegnen, erschrecken wir, wir bekommen Angst, aber das dürfen wir nicht. Wir müssen versuchen, stolz und aufrecht zu bleiben!«

Sie lehnte sich wieder an die Säule und sagte erst nach einer Weile: »Wenn du Ananas kandieren willst, weichst du sie am besten über Nacht in Kalkwasser ein, Enkeltochter.«

Felicia antwortete nicht, blickte sie aber an: »Du siehst manchmal Dinge, Oma, nicht wahr?«

»Ja«, sagte die alte Frau zögernd, »manchmal habe ich das Gefühl ... Aber ... Aber nicht deutlich.«

»Hast du die drei Mädchen schon mal gesehen?«

»Ich? Einmal habe ich es geglaubt, ja, aber dann war es doch nicht so.«

»Und alle anderen hier, die sagen ...«

»Du darfst ihnen nicht glauben!«, unterbrach die alte Frau sie heftig. »Der eine plappert es dem anderen nach, die Leute plappern immer alles nach. Früher, als ich noch nicht lange mit meinem kleinen Willem zurück im Kleinen Garten war, stand ich einmal dort«, sie zeigte hinters Haus zum Waldrand, »zusammen mit unserer alten Küchenhilfe von damals. Sie ist schon lange tot, du hast sie nicht gekannt – die hatte das Zweite Gesicht. An diesem Tag war ich traurig, das war ich damals öfter, so wie du heute, Enkeltochter, und da sagte sie plötzlich, bestimmt, um mich aufzumuntern: ›Schauen Sie mal, gnädige Frau! Die drei Mädchen, da gehen sie vorbei, scht!‹, und als ich fragte: ›Wo denn?‹, sagte sie: ›Da hinten!‹, und zeigte zu den Bäumen. ›Sehen Sie sie denn nicht? Dort, still, alle drei‹, und sie deutete ihre Größe mit der Hand an: so, und so, und so, als würde sie sie wirklich sehen. ›Nette Mädchen sind es‹, sagte sie, ›die beiden Großen lachen gern, aber die Kleine nicht!‹«

Als Felicia ins Bett ging, war das Zimmer mit den weiß getünchten Wänden, den hellgrauen Jalousietüren und Fensterläden und all den weißen Moskitonetzen und Vorhängen aus

Gaze zwar still, aber ganz offen und hell in dem leuchtenden rosa Schein der Nachtlampe, vollkommen frei von nächtlichem Dunkel und Angst und Geheimnis. Himpies schlief in seinem Kinderbett: die Arme und Beine weit von sich gestreckt, allem entrückt, selig. Sie musterte ihn einen Augenblick. Ab jetzt würde sie ihn den drei Mädchen auf dem Schirm vor dem Nachtlicht jeden Abend Gute Nacht sagen lassen. Später würde er von den anderen drei Mädchen erfahren, die vergiftet worden waren, das konnte sie nicht verhindern. Doch bis dahin würde er sie vielleicht verwechseln und die drei glücklichen Mädchen in Rosa für Elsbet, Keetje und Marregie halten – die beiden älteren auf der Wippe und die Kleine, die nicht lachte, mit dem Stock und dem Reif in der Hand. Er wüsste nicht, wer wer war –

Neben aller anderen Arbeit ließ Felicia sogleich die Fundamente des alten Hauses ausgraben; mit dem Schutt voller weißer Marmorscherben konnte die Steinmole an der Binnenbucht verstärkt werden.

Ganz gleich, was sie später an dieser Stelle zu pflanzen versuchte, nie gedieh etwas dort. Wenn sie sich darüber beklagte, blickte die Großmutter sie nur wortlos an – so was von strohdumm! Was hatte sie denn erwartet?

Und die Bibi –

Zur selben Zeit, nach ihrer Krankheit, holte die Großmutter Felicia hinzu, wenn die Bibi kam, »damit du weißt, wie es sich gehört«.

Die Bibi stieg allein aus der Prau – die Glocke wurde nicht geläutet – die Großmutter blieb auf der Veranda oben an der Treppe stehen, gab der Bibi jedoch die Hand und bedeutete ihr, sich auf den Diwan zu setzen.

Die Bibi war klein und mager, sehr dunkel; sie trug einen bunten alten Sarong und eine einfarbige dunkle Kebaya, entweder dunkelgrün oder dunkelrot, aber nicht schwarz; ein buntes Tuch auf dem Kopf, nie legte sie es ab. Die christlichen Dienstboten (im Kleinen Garten gab es nur christliche Dienstboten und auch das Dorf am Fluss gegenüber war ein christliches Dorf) flüsterten, sie sei eine Muslimin, sicher habe sie eine Pilgerfahrt nach Mekka gemacht, sicher sei der Saum ihres Tuchs mit Allahs Namen bestickt, aber wer hätte sie danach fragen können? Solange die Bibi da war, hielten die anderen sich fern.

Die Großmutter holte ein Tablett mit einem Teller und einer Tasse und Untertasse, die der Bibi vorbehalten waren, aus dem Speisezimmer, sie wurden immer getrennt vom übrigen Geschirr aufbewahrt. Die Bibi weigerte sich, von Tellern zu essen und aus Tassen zu trinken, die andere benutzt hatten; auch wurde der Kaffee gesondert für sie gekocht und ein neues Glas kandierter Früchte geöffnet – die Bibi war eine große Naschkatze. Als Felicia einmal meinte: »Was für ein Affentheater!«, sagte die Großmutter, es gehöre sich so.

In der Zwischenzeit packte die Bibi ihren Korb aus und breitete den ganzen Inhalt auf dem Diwan neben sich aus oder auf dem niedrigen Tisch davor: getrocknete Kräuter, Wurzeln, Knollen, wohlriechendes Holz, mit verschiedenen Flüssigkeiten gefüllte Flaschen, Öle, das »allerbeste« Rosenwasser – alle Zutaten für Ambrakugeln, trockenes Räucherwerk, Weihrauch, Arzneien –, aber nicht nur das, auch Muscheln, Korallen, seltene Steine, kleine Schmuckstücke, Raritäten und vieles mehr!

Ein Ringlein, ausgeschnitten aus der weißen Marmormuschel und mit schwarzer Einlegearbeit; eine getrocknete Krebszange, die aussah wie ein winziger Schwan (wirklich haargenau so); ein feuerrotes Muschelarmband für Männer, die in den Krieg zogen; eine innen silbern ausgekleidete Seeigelschale; violette und gelbe Bergkristalle.

Aber auch echte Kostbarkeiten: das Horn eines Rhinozeros – ein Stein des Lebens (viele miteinander verschmolzene Metalle) – eine Kokosnuss von der Palme des Meeres und dergleichen. Sie verlangte unerhört viel Geld dafür, wollte sich eigentlich gar nicht davon trennen; diese Dinge hatte sie nur mitgebracht, um sie bewundern zu lassen. Die Großmutter schlug, wie es sich gehörte, die Hände zusammen und schüttelte den Kopf und bedeutete Felicia, dasselbe zu tun, anschließend kehrte sie zum Tagesgeschäft zurück. Die Waage wurde herbeigeholt; manchmal prüfte die Großmutter etwas auf Echtheit und roch daran – ein endloses Feilschen und Handeln. Dennoch schienen die beiden Alten im Voraus zu wissen, was gekauft und bezahlt werden würde. Die Großmutter legte beiseite, was sie behalten wollte, »hol mir mal meinen Knipser«, und immer befand sich in etwa der passende Betrag darin.

Alles andere packte die Bibi wieder sorgfältig in alte Lumpen, Schachteln, Beutel – manche Dinge durften um keinen Preis mit anderen in Berührung kommen! – und verstaute alles in ihren Korb. Noch mehr Kaffee wurde für sie gebracht, und Süßigkeiten; die Bibi stand auf, legte ihre sehnige dunkle Hand auf den Magen und sagte, sie sei völlig gesättigt; die Großmutter begleitete sie bis zum Treppenabsatz – niemals weiter –, ihre Hände berührten sich flüchtig.

Die beiden kleinen Jungen, die Scheba die ganze Zeit ferngehalten hatte, kamen angerannt, um zu schauen, ob etwas Schönes, Neues für den Raritätenschrank dabei war. Scheba klopfte den Überwurf des Diwans, die Tischdecke aus, schüttelte die Kissen auf und legte sie zurecht. »Zum Glück!«, sagte sie mit unterdrückter Wut zu Felicia – war es Wut oder etwas anderes?

Felicia sah sie an. »Ja, zum Glück!«, sagte auch sie, und wusste sogleich, was dieses »andere« war – Angst! Scheba fürchtete sich vor der Bibi, genau wie sie selbst.

Manchmal, wenn die Großmutter sie mit der Bibi allein ließ, konnte diese sie mit ihren schwarz glänzenden, tief in die Höhlen eingesunkenen Augen ansehen, die scharf wie Ahlen und todmüde zugleich waren – wollte sie ihr etwas sagen? Und *was*?

Nordamerika? Südamerika? Lebt er noch? Nein, er lebt nicht mehr – und vom Blick dieser Augen wurde ihr eiskalt.

Sie war immer froh, wenn ihre Großmutter zurückkam.

Die Bibi brachte bisweilen »Juwelen« mit; einmal schob sie Felicia einzelne Perlen in einem zugeschnürten Bündel herüber.

Felicia machte sich nichts aus Schmuck, doch diese Perlen wollte sie plötzlich besitzen – nichts anderes gab es mehr für sie als ihre Schönheit, ihre Rundung, ihren Glanz. Sie bekam einen kleinen Schreck, als die Großmutter ihr das Tuch aus den Händen nahm und es der Bibi zurückgab.

»Nimm die Perlen des Meeres zurück und zähle sie nach!«

»Ja«, sagte die Bibi, doch statt die Perlen nachzuzählen, sah sie Felicia unverwandt an. »Sie sind schön«, murmelte sie leise, fast ohne die Lippen zu bewegen, und legte die Hand an den Hals, »schön für eine Halskette – für eine Frau – ein Mann findet ...«

»Ja!«, sagte die Großmutter, »sehr schön, pack sie wieder ein und merke dir, dass du in Zukunft keine Perlen des Meeres mehr hierherbringen darfst, in den Kleinen Garten. Vergiss das ja nicht, Bibi!«

An diesem Tag verlief alles andere zäh; Felicia empfand ihre Großmutter zum ersten Mal als eine lästige Alte, die die Finger überall drinhaben wollte. Sie war doch kein Kind mehr, sie erledigte den Großteil der Arbeit und verdiente gutes Geld! Was ging es ihre Großmutter an, wenn sie sich Perlen für eine Kette kaufen wollte?

Als sie abends allein waren, kam sie darauf zurück –

Die Großmutter sagte: »Die Perlen des Meeres sind Tränen, Enkeltochter.« (Warum sagte sie immerzu Perlen des Meeres?)

»Ich gebe nicht so viel auf solche Dinge!«, sagte Felicia kurz angebunden – ihre Stimme war so scharf wie die ihrer Mutter.

»Nein, Enkeltochter, ich weiß.«

»Du kaufst doch immer arabischen Weihrauch und das sind auch Tränen, das hast du doch selbst gesagt.«

Die alte Frau lachte. »Strohdumm bist du, liebe Enkeltochter! Die Perlen des Meeres sind Tränen, die wir selbst weinen müssen, die anderen hat der Prophet Mohammed früher für uns Menschen geweint, so heißt es zumindest. Das ist nicht dasselbe.«

Beim nächsten Mal, als die Bibi kam, nach langer Zeit, geschah es von Neuem. Als sie allein mit Felicia war, reichte sie ihr eine aus einem Palmblatt gefaltete Schachtel mit einer Perlenkette darin.

Solche Perlen hatte Felicia noch nie gesehen, sie waren nicht aus Glas oder Metall, auch nicht aus Jade, glaubte sie, eher aus Stein oder gebranntem Ton – undurchsichtig und in sonderbar zarten, verwaschenen Farben: Orange, Ockergelb, Goldbraun, manche mit schwarzen Stellen; in dumpfen Farbtönen – fast schon schwermütig, fast so, als läge in der geflochtenen Schachtel etwas Herbstliches, etwas von Vergehen und Sterben.

Mit angehaltenem Atem betrachtete sie die Kette.

»Sie sind schön …«, sagte die Bibi wieder genauso leise und tonlos.

»Ja!«, sagte Felicia und sah sich nach ihrer Großmutter um, »ja, ich möchte sie dir abkaufen, was kosten sie? Sind sie sehr teuer, wie teuer sind sie?«

»Sie sind sehr teuer«, sagte die Bibi leise, doch wie teuer, sagte sie nicht.

Dafür war es zu spät, die Großmutter war wieder da, nahm ihr wie beim letzten Mal die Schachtel aus der Hand, schloss den Deckel und gab sie der Bibi zurück. »So ist das«, sagte sie, »sehr teuer! Für zwei von ihnen konnte man früher einen Menschen kaufen, nicht wahr, Bibi?« Und als die Bibi nicht antwortete: »Hast du dir nicht gemerkt, dass du keine Perlen mehr in den Kleinen Garten mitbringen sollst?«

Felicia schüttelte etwas von sich ab.

»Perlen! Es sind doch nur Perlen!« Sie funkelte ihre Großmutter wütend an.

»Sind das Perlen, Bibi?«, fragte die Großmutter.

Und die Bibi murmelte kaum verständlich: »Falsche Perlen, Perlen der Erde«, und sah unverwandt zu Boden.

Mit einem Ruck schob Felicia ihren Stuhl zurück, stand auf, entfernte sich wortlos. Sie ging ums Haus herum und in den Wald, setzte sich an den Rand des Wasserbeckens und weinte, sie, die niemals weinte – was gab es da zu weinen? Nichts gab es da zu weinen, sie wollte nicht weinen – er da – wo? – sie hier, und es war Herbst und das Leben verging –

Erst Tage später, abends an der Binnenbucht, sagte die Großmutter grüblerisch, wie es ihre Art war: »Schade, dass du diesmal vergessen hast, dich von der Bibi zu verabschieden, jetzt ist sie beleidigt. Haben dir die Perlen gefallen? Diese Perlen kommen aus alten Gräbern, deshalb heißen sie Perlen der Erde, nicht des Meeres – falsche Perlen; sie waren schon einmal unter der Erde. Das muss nicht heißen, dass sie Unglück bringen, nein, nein, manche Leute halten sie sogar für Glücksbringer und wollen sie gern haben, weil sie die Perlen so schön finden. Du auch, nicht wahr, Enkeltochter? Sie sind aber schon einmal mit jemandem zusammen begraben gewesen, vielleicht könntest du das nicht vergessen – die Perlen des Meeres ins Meer, die Perlen der Erde in die Erde, und dabei solltest du es bewenden lassen.«

Felicia fiel nichts anderes ein, als zuzustimmen.

Und noch viel später, kurz bevor Himpies sieben Jahre alt wurde und zur Schule kam, passierte die Sache mit den Muschelketten – da war es aus mit der Bibi.

Felicia und ihre Großmutter waren irgendwo im Garten beschäftigt, sie hatten vergessen, dass die Bibi an diesem Morgen kommen sollte, doch dann fiel es der alten Frau wieder ein. »Geh hin, schnell«, rief sie, »beeil dich!«

Die Bibi war schon da. Sie saß nicht auf dem Diwan, sondern auf dem Rand der Veranda, dicht bei der Säule, wo die Großmutter abends oft saß, ließ die Beine hinunterbaumeln. Beide Kinder waren bei ihr.

Himpies stand gleich neben ihr, dicht bei ihrem Schoß, und sie hielt ihm ihren Korb entgegen. Obenauf lag eine Kette aus glänzend weißen Muscheln (Porzellanschnecken), einige andere Ketten hatte sich der Junge schon herausgenommen und umgehängt: Eine lag mehrmals locker um seinen Hals, eine weitere hatte er sich von oben bis unten um den Arm geschlungen, eine dritte hielt er mit beiden Händen hoch – die lange weiße Kette hing in einem Bogen fast bis zum Boden. Er trug nur ein weißes Hemdchen und ein weißes Krempelhöschen; er war sehr braun gebrannt, nicht dunkelbraun, sondern ein helles Goldbraun; sein Haar war ausgeblichen, fast gelb – viel zu lang, es hing glatt zu beiden Seiten des Gesichts bis über die Ohren hinab, wie bei einem Pagen.

Er schaute nicht nach links und nicht nach rechts, blieb reglos und mit weit offenen Augen stehen – ängstlich und hingerissen zugleich –, ganz verzückt von der Pracht der glänzend weißen Muschelketten um ihn.

Auf einer Seite die dunkle, gebeugte Gestalt dieser seltsamen Alten, die immerfort leise »schön, schön, schön« sagte, auf der anderen Seite, hinter ihm, sein dunkelhäutiger Freund in einer dunkelblauen Hemdhose, der ihm zusah und ab und zu rief: »Nicht, Himpies, nicht!« –, vor dem Hintergrund der hohen grünen Bäume und des glitzernden hellen Blaus der Binnenbucht in der Sonne.

Felicia bemerkte nicht, dass ihre Großmutter sich durch die Nebengebäude und den überdachten Gang genähert hatte; nun stand sie, in ihren alten Gartenschuhen, mit zerknittertem Sarong und Kebaya, auf der Veranda hinter der Bibi. Sie sah erschöpft aus, leichenblass, und starrte genau wie sie auf das Kind in seinem Putz.

»Leg die Ketten weg, Himpies, sie gehören dir nicht! Gib sie sofort der – Hausiererin – zurück, Himpies.« Sie sprach deutlich, betonte jedes einzelne Wort, sagte »Hausiererin« und meinte damit die Bibi!

Die Bibi blieb mit dem Rücken zur Großmutter sitzen und nahm jetzt, ohne ein Wort, die Ketten entgegen, die ihr das Kind langsam und widerstrebend reichte. Die Großmutter klatschte in die Hände, rief: »Scheba!« Und Scheba, groß und mager und nachlässig gekleidet, rannte herbei, lief die Treppe der Nebengebäude hinunter und durch den Garten zu den Kindern; sie tat, als wäre die Bibi gar nicht da.

»Nimm unsere Kinder mit, Scheba, Himpies soll sich im Badezimmer die Hände waschen, ordentlich mit Seife schrubben!«

»Ja, in Ordnung, alte Herrin«, sagte Scheba mit lauter Stimme.

»Sieh zu, dass die Ruderer und der Steuermann etwas zu essen und zu trinken bekommen, sie sollen Bescheid sagen, wenn sie ausgeruht sind, damit sie die …«, würde sie wieder »Hausiererin« sagen?, »damit sie sie von hier wegbringen.«

»Ja, in Ordnung, alte Herrin«, sagte Scheba erneut, nahm Himpies und Domingus an die Hand und zog sie hinter sich her – Himpies drehte sich noch einmal um.

Als sie weg waren, wandte sich die Bibi der Großmutter zu, blieb jedoch mit dem Korb auf dem Schoß sitzen. »Der Junge fand die Muscheln schön, er wollte mit ihnen spielen«, sagte sie mit dieser schmeichelnden und zugleich drohenden Stimme, »die Mutter des Kindes hat es gesehen, sie hat nichts gesagt …« Die Großmutter ließ sie nicht ausreden: »Das Kind ist noch klein«, sagte sie kurz angebunden, »und dumm! Seine Mutter ist jung und noch nicht lange hier, sie ist auch dumm! Aber wir beide, du und ich, wir sind alt und nicht mehr dumm! Wir wissen, man hat uns beigebracht – oder sind das etwa nicht die Muschelketten, die die Berg-Alfuren auf Seram tragen, wenn sie auf Kopfjagd gehen? Wenn sie hinter Bäumen auf der Lauer stehen und mit Pfeilen schießen, wenn so viel Blut in den Boden sickert?« Sie trat noch einen Schritt näher auf die Bibi zu. »Und du wagst es, diese Muschelketten hierherzubringen, hier in meinen Garten, zu mir, einer Weißen, einer Christin, und zu unseren Kindern hier, die auch Christen sind und keiner Menschenseele etwas zuleide getan haben – jeder an seinem Platz – jedem das Seine – du weißt es, ich weiß es, das hat man uns beigebracht! Oder weißt du es etwa nicht, hat man es dir nicht beigebracht?«

Die Bibi stellte den Korb ab, erhob sich. Sie stand nun im Garten, lehnte sich mit den Knien gegen die Einfassung der Veranda, wandte der Großmutter den Kopf zu, streckte die Hände aus. »Ich bitte die gnädige Frau um Verzeihung.«

»Die Berg-Alfuren auf Seram kannst du um Verzeihung bitten, und dieses kleine Kind hier«, sagte die Großmutter.

Danach ließ sie sie doch wieder hinaufkommen und sich auf den Diwan setzen, holte Kaffee und Süßigkeiten, nahm sogar ihren Knipser und legte zwei Münzen auf den Tisch. »Damit du heute nicht zu Schaden kommst. Ich bin müde. Ich will mich ausruhen.« Einen Augenblick zögerte sie, dann fügte sie noch hinzu: »Schade, dass du auf eine weite Reise gehst, Bibi, und nicht mehr zum Kleinen Garten kommen kannst.«

Das griff die Bibi umgehend auf und entgegnete mit weinerlicher Stimme: »Ja, eine so schrecklich weite Reise! Allah allein weiß, ob ich je von dieser weiten Reise zurückkehren werde.«

Die Großmutter sah sie die ganze Zeit an, mit gesenktem Blick – würde sie sich nach all den Jahren von ihr verabschieden, ihr die Hand geben? Langsam schüttelte sie den Kopf, drehte sich um, ging zu ihrem Zimmer. »Kannst du mitkommen und mir helfen, Enkeltochter?« Darum hatte sie sie noch nie gebeten.

Felicia begleitete sie in ihr Zimmer; die Bibi blieb allein auf der Veranda zurück, trank ihren Kaffee, aß das Glas mit den kandierten Früchten leer, nahm das Geld, packte ihren Korb wieder ein, ging die Treppe hinunter und über den Strand und stieg in die Prau. Nach einer Weile kamen die Ruderer und der Steuermann, er stieß die Prau ab.

Als sie wegfuhren, versetzte jemand der Sklavenglocke einen einzigen dröhnend harten Schlag, sodass sie noch lange über die Binnenbucht schallte – Scheba!

Danach war das Scheppern zerbrechenden Porzellans zu hören: der Teller, die Tasse und die Untertasse.

Scheba steckte den Kopf zur Tür herein. »Sie nicht aus unseren Tassen trinken, wir nicht aus ihrer!«, sagte sie und verschwand gleich wieder.

Felicia war gespannt, was ihre Großmutter sagen würde, sie ging immer sehr sorgfältig mit allem um. Die alte Frau dachte kurz nach und sagte: »Sehr klug von Scheba, Enkeltochter.«

***

Und so kam die Bibi nicht mehr zum Kleinen Garten mit ihrem Korb und den Gaben Aphrodites, den Perlen des Meeres und der Erde, den Düften eines »glücklichen Arabiens« und den geronnenen Tränen des Propheten.

Der alte Goldschmied zog ebenfalls weg; seine ewig nörgelnde junge Frau hatte sich durchgesetzt. Sein Kohlenbecken und den Blasebalg nahm er mit, ebenso die anderen Werkzeuge, seine Vorbilder: einen kleinen Granatapfel, einen Rosenapfel, eine Mangostanfrucht – hauchzart! –, den Kopf und den Schwanz einer Schlange. Und seinen Sohn Domingus.

Himpies weinte zum ersten Mal echte Tränen.

Die Großmutter fand es an der Zeit, sich vom Verkauf des »anderen« zu verabschieden: von den Arzneien, dem Räucherwerk, dem Weihrauch, den Ambrakugeln. Die Armreife gegen Rheuma konnte sie weiterhin anfertigen, auch ohne Gold (bei näherer Betrachtung sei Gold gar nicht so gut gegen Rheuma), und sie denen, die sie haben wollten, direkt schicken; es gab schon viele Vorbestellungen. Dann bräuchten sie nur noch die zwei Hotels und das Militärkrankenhaus zu beliefern: Milch, Eier, Obst und Gemüse, sonst nichts, kein Essiggemüse, keine kandierten Früchte und keine schwarze oder weiße Muschelsauce. »Dann sind wir keine echten Kauffrauen mehr, Enkeltochter, und sie können Himpies in der Schule nicht damit aufziehen.«

Der Brief – dieser eine Brief – kam auch noch rechtzeitig.

Felicias Vater hatte ihn geschrieben: Der »Rechtsgelehrte« ihrer Mutter hatte noch einmal von vorn angefangen zu suchen und war diesmal auf eine Spur gestoßen – nicht in Amerika, sondern in Südfrankreich, hinter Marseille, auf der billigen Seite, in Richtung Spanien. Den Mann selbst hatte er nicht mehr angetroffen, er war vor ein paar Jahren an einer Lungenentzündung gestorben. Zuerst habe er noch über Geld verfügt und später nicht mehr, hätte die Besitzerin des letzten kleinen Hotels, in dem er gewohnt hatte, gesagt, und er sei einsam und nicht sehr glücklich gewesen; eine Sterbeurkunde war beigefügt und ihr Vater hatte unten in die Ecke des Briefes R.I.P. geschrieben, in Großbuchstaben.

Felicia und ihre Großmutter saßen zusammen auf der Veranda, nebeneinander auf dem Diwan, und sortierten die Post: dreißig Ausgaben von *De Lokomotief*, der Tageszeitung aus Java, zwei Nummern der *Gracieuse*, Bestellungen für Armreife, ein paar Briefe.

Felicia las ihren Brief – nicht weit weg also, nicht Amerika, weder Nord- noch Südamerika, gerade einmal um die Ecke – mit der gestohlenen Schlange samt dem Karfunkelstein im Gepäck war es weit genug gewesen, und ohne dass er das Kind gesehen hatte, und dabei – einsam und nicht sehr glücklich. Sie sah sich das R.I.P. an. Hatte ihr Vater ihn also auch gerngehabt? Sie sollte ihrer Großmutter den Brief zeigen oder es ihr erzählen – unmöglich! Sie fühlte sich nicht imstande, sich anzuhören, wie sie sagte: »Das tut mir ja so leid, Enkeltochter«, oder: »Vielleicht ist es besser so. Wenn sie Himpies jetzt in der Schule fragen, wo sein Vater ist, braucht er nicht zu schwindeln«, oder: »Besonders traurig ist Himpies bestimmt nicht deswegen, vergiss nicht, dass er ihn nie gesehen hat«, oder (das würde sie denken, aber nicht aussprechen): »Wer hat Schuld daran – hätte deine Mutter nicht – damals mit ihrem ganzen Geld …?« Und (das würde sie sehr wohl sagen): »Ach, jetzt ist es vorbei, auch für ihn, wenn wir nur alle stolze Menschen bleiben«, und »liebe Enkeltochter« würde sie sagen – unmöglich!

Trotzdem musste die Großmutter es erfahren, und sie schob ihr den Umschlag zu.

Die alte Frau nahm beide Briefbögen heraus und las sie: den Brief von »meinem Sohn Willem« und die Sterbeurkunde und nochmals den Brief, steckte die Bögen wieder in den Umschlag und gab ihn Felicia zurück. Einen Augenblick saß sie zusammengesunken da, schwieg, nickte ein paarmal, sah Felicia immer noch nicht an, starrte vor sich hin, mit Augen, so dunkel, so müde wie die der Bibi, ohne ein Wort – da draußen die Bäume, die Binnenbucht, der Himmel – alles – diese Welt – »Ja«, sagte sie dann, »ja, Enkeltochter«, weiter nichts.

Das war noch schlimmer.

In der folgenden Woche brachte Felicia Himpies in die Stadt an der Außenbucht, zu einer Lehrerfamilie, bei der er in Pension wohnen sollte. Am Samstagnachmittag konnte er nach der Schule mit der Milchprau nach Hause kommen und am Montagmorgen wieder hinfahren.

Jetzt ließ die Stadt an der Außenbucht das »junge« vor ihrem Namen weg und nannte sie nur noch »die Frau vom Kleinen Garten«, als wäre sie eine andere. Und das war sie wirklich: Ihr Mann war tot und ihr Kind wohnte schon nicht mehr bei ihr.

Alles war anders: Es wurde nicht mehr an ihr gezogen und gezerrt, es gab keine Möglichkeiten, keine Wahl mehr. Hier und jetzt, und ein einziges Ziel: dafür sorgen, dass ihr Sohn Himpies eine anständige Ausbildung, Rüstzeug fürs Leben bekam – Stiefel und Sporen, einen Helm auf dem Kopf, ein Schild in der Hand – Geld ist immer noch ein starker Schild!

Anstatt es jetzt, da viel weniger zu tun war, ruhig angehen zu lassen, stürzte sie sich im Gegenteil auf eine Fülle neuer Aufgaben. Sie ließ junges Vieh aus Bali kommen – der Viehbestand sollte vergrößert und verbessert werden –, sie bestellte Samen und Stecklinge aus aller Welt, ließ sich vom Botanischen Garten von Bogor beraten, pflanzte neue Sorten Obstbäume, Gemüse und Blumen. Sie versuchte Reis anzubauen – das gelang nicht –, danach machte sie sich, erst in kleinem, später in großem Maßstab, daran, die Hügel mit Kokospalmen zu bepflanzen – das gelang.

Die Großmutter war mit Felicias Vorhaben einverstanden, half ihr, wo sie nur konnte, sagte jedoch nicht viel dazu. Die Dienstboten – es gab immer mehr Dienstboten im Garten – und die anderen, die nur zum Arbeiten herkamen, beschwerten sich manchmal – dieses Gehetze immerzu! Besonders Scheba: Sie hatte sich angewöhnt, bei allem, was Felicia ihr auftrug, vor sich hin zu starren, wütend die Augenbrauen zusammenzuziehen und gedehnt »wo-zu?« zu fragen, »wo-zu?« Jetzt erst recht, da ihr kleiner Himpies nicht mehr bei ihr im Kleinen Garten wohnte.

Daneben kümmerte sich Felicia mehr denn je um ihren Sohn; unter der Woche fuhr sie wieder regelmäßig in die Stadt an der Außenbucht, holte Himpies um elf Uhr oder, indem sie vorgab, Besorgungen erledigen zu müssen, schon in der kurzen Pause von der Schule ab, fragte, was er gelernt habe. Wenn er nur für die Schule lernte, genügte ihr das nicht.

Sie übte stundenlang Klavier, um ihn gut unterrichten zu können, begleitete die Lieder, die sie mit ihm sang – auch die der Insel –, auf dem Klavier und wünschte sich, dass er Bambusflöte spielen lernte.

Bücher wurden bestellt, um sie ihm vorzulesen – sie erzählte ihm alle Geschichten, die sie kannte, auch die der Insel.

In der Stadt an der Außenbucht musste er sie zu dem Franzosen begleiten, der eine große Sammlung präparierter Schmetterlinge und Käfer und anderer Insekten hatte – Schubfächer über Schubfächer voller funkelnder, lebendiger Farben.

Und zu dem stillen, zurückgezogenen Mann, der die größte Korallensammlung der Molukken besaß und sie, zusammen mit kleinen Felsbrocken und Steinen und Bergkristall, verdrehten Knorren, ausgebleichten Tierknochen und allerlei Strandgut, auf den Regalen verschlossener Vitrinenschränke zu bizarren Landschaften arrangierte. Die verschlossenen Schränke öffnete er nur ungern für andere – aber wenn die Frau vom Kleinen Garten darauf bestand –

Dann war alles andere vergessen: Für Felicia gab es nur noch Himpies' Raritätenschrank, seine Muschelsammlung! Er sollte die schönste und größte Muschelsammlung der Molukken besitzen, heute und für alle Zeit!

Da kam auch die Bibi noch einmal ins Spiel.

Eines Tages überbrachte der Steuermann der Milchprau eine in ein Stück Stoff eingeschlagene Muschel. »Von der Bibi, ein Geschenk für den kleinen Himpies, und um Verzeihung zu erbitten.«

Die Großmutter nahm das Päckchen unschlüssig in die Hand (Himpies war nicht da), doch als Felicia die Muschel sah, rief sie »Oma! Es ist das *liebe Dingelchen*, glaube ich, es ist sehr selten, noch seltener als das *doppelte Venusherz*«, und sah umgehend in Herrn Rumphius' *Raritäten-Kammer* nach.

Es war tatsächlich das *liebe Dingelchen*.

»Und jetzt?«, fragte die Großmutter.

»Jetzt?«, sagte Felicia. »Nichts weiter, wir legen es in den Raritätenschrank.«

»Ich weiß ja nicht, Enkeltochter …«

Die Großmutter bestand darauf, dass Felicia sich erkundigte, wie teuer die Muschel war. Das war nicht weiter schwierig: Zu jener Zeit kaufte Felicia ständig Muscheln und tauschte sie um. Das *liebe Dingelchen* war äußerst kostbar.

Die Großmutter legte den entsprechenden Betrag in ein Blatt Papier und dieses dann, zusammen mit einigen Vorratsgläsern mit kandierten Früchten, in eine Schachtel und gab sie dem Steuermann der Milchprau mit, »eine Gegengabe für die Bibi und um uns zu bedanken«, sollte er ausrichten. Doch sie bat ihn nicht, zu fragen, ob die Bibi wieder zum Kleinen Garten käme.

So gelangte das *liebe Dingelchen* in die oberste Schublade.

Jede neue Muschel musste umgehend in der *Raritäten-Kammer* nachgeschlagen werden – welcher Gattung, welcher Familie, Ordnung und Klasse gehörte sie an? Die lateinischen Namen waren zu schwierig, aber die niederländischen konnte Himpies ruhig auswendig lernen, fand Felicia. Manchmal zog sie sonntags die Schublade auf, zeigte auf die Muscheln und hörte ihn ab und wurde wütend, wenn er die Namen vergessen hatte oder verwechselte.

Einmal hatte sie eine kleine Muschel namens *Aschenbrödel* gekauft.

Sie erfand eine Geschichte für Himpies, als Eselsbrücke für ihn, damit er sich die Namen merkte; hundert Muscheln kamen darin vor, die sie alle zusammen in die oberste Schublade legte, mit Ausnahme derer, die zu groß waren: eine *Seetrompete*, ein *Tritonshorn*, eine *Nautilus* – die blieben im selben Fach wie die Korallen liegen.

Die Geschichte der hundert Muscheln ging ungefähr so:

Eines Tages machte sich *Aschenbrödel* auf die Suche nach ihrem Prinzen. Sie musste zwar nach Übersee, doch es wimmelte von *Schiffchen der Holothurier*, und so war sie im Handumdrehen da.

Am Festland erwartete sie ein *weißes Eselchen* und sie ritt auf ihm, denn sie wusste nicht, wie weit es noch war. Allerlei freundliche Tiere und Vögel begleiteten sie: *Hirsche, kleine weiße Bären,* ein *Kamel,* ein *kleiner kletternder Löwe,* verschiedene Katzen: eine *Zypersche Katze* und eine *gefleckte Katze,* ein *granuliertes Kätzchen; Getreidehähnchen, Goldtuch* und *Silbertuch, Kampfhähne;* und um ihren Kopf flogen *Täubchen* und *Rebhühner.*

Ein *weißer Tiger* und ein *gelber Tiger* gingen vorweg, um den Weg frei zu machen und alles Gelichter zu verscheuchen: *kleine Skorpione* und *Tausendfüßler, Spinnenköpfe,* vor allem den *doppelten Spinnenkopf; Teufelsklauen, Schlängelein, Drachenhäuptchen, Kakerlaken* und den *Podagra-Krebs* – der hätte ihr sonst einen furchtbaren Schrecken eingejagt! (Und so weiter und so fort.) Nach einer Weile bekam *Aschenbrödel* Hunger und schaute in ihren mit allerlei Leckereien gefüllten Proviantkorb, obenauf lag eine *geblümte Kanari-Nuss,* doch die war viel zu schön zum Essen! Unterwegs schenkte ein *Bartmännchen* ihr einen Brautschatz – alles aus dem Meer: *Porphyr, Achat, Schildpatt, Marmor* und *Bernstein,* das Elfenbein eines *Elefantenzahns* und *Meer-Onyx* – der riecht so gut.

Unterwegs stießen sie auf ein *Prinzen-Begräbnis* mit allem Drum und Dran, aber zum Glück wurde nicht der Prinz von *Aschenbrödel* begraben.

Schließlich fand *Aschenbrödel* ihren Prinzen und sie kehrten zusammen zurück. Doch zuerst überreichten sie sich ihre Geschenke: Sie schenkte ihm den Schatz des *Bartmännchens* und er ihr ein *Venusherz,* aber kein gewöhnliches: ein *doppeltes Venusherz,* es ist sehr selten.

Hand in Hand gingen sie; *Aschenbrödel* in einem zitronengelben *Königsmantel* und mit einer kleinen, grün gefleckten *Krone* auf dem Kopf; er trug eine *Schweizerhose* und einen bunten *Mohren-Turban,* hatte eine *französische Beuteltasche* umgehängt. Die netten Tiere und Vögel blieben zwar bei ihnen, doch nun gingen sie in ihrem Gefolge; der *weiße Tiger* und der *gelbe Tiger* beschlossen den Zug.

Über ihren Köpfen waren *Wolken* und *Sonnenstrahlen*, aber auch *Sternchen*, ja sogar der *Morgenstern*; von allen Seiten erklangen *Musiknoten – Bauernmusik* und große, *wilde Musik* – Harfen wurden gespielt: *edle Harfen*, dazu die kleine Amouret-Harfe, das *liebe Dingelchen*; und es wurde auf *Seetrompeten* und *Tritonshörnern* geblasen.

Die kleinsten Muscheln lagen zu ihren Füßen ausgestreut wie vielfarbige Blumen: *Reiskörner, Knöpfchen, Meertulpen, Perlchen, weiße Äuglein, Salzkörner, rote Masern, blaue Tropfen, grüne Glimmerchen*, ja sogar die allerkleinsten Muscheln der Welt: *weiße Läuse*.

Sie reisten in einer prächtigen *Nautilus*, innen wie außen aus Perlmutt, übers Meer zurück.

An Bord waren nur *Admirale* (sechs Arten Admirale), überall wehten *Flaggen*, rechts und links von ihnen schwammen *Delphine* und schöne, hellgrüne *Frösche* und *Quaker* quakten neben ihnen her. Eine kleine *Fledermaus* kam zu *Aschenbrödel* und dem Prinzen geflogen; die sollten sie nachts mit ins Bett nehmen und sich unters Kopfkissen legen, dann hätten sie schöne Träume.

Und wohnen wollten sie lieber in einem Turm als in einem Haus: Dieser Turm hieß *Tour de Bra*, der *große apfelblütenfarbene Tour de Bra*.

Felicia fand ihre Geschichte richtig nett, sie las sie vor und zeigte dabei auf die Muscheln.

Als die Geschichte zu Ende war, sah sie, was für Blicke die alte Urgroßmutter und der junge Urenkel sich zuwarfen und wie sie sich erst noch wortlos anlächelten – nett! Sie fanden es sehr nett, dass sie, Felicia, es so nett fand und sich so an den Muscheln erfreute und an den ganzen verrückten Muschelnamen. Da begriff sie, dass sie das Kind zukünftig mit ihnen in Ruhe lassen musste.

Himpies war ein braver Junge und wollte gern gehorsam sein; jeden Montagmorgen fuhr er ohne zu murren in die Stadt an der Außenbucht, in die Schule. Im Kleinen Garten gab es keine, und

Kinder müssen nun mal zur Schule. Dort gab er sich Mühe, nicht allzu viel, aber doch genug, um nicht sitzen zu bleiben. Alles andere aber wollte er nicht: Klavier üben, die Bambusflöte spielen, womöglich auch noch Lieder singen! Er mochte es nicht, Geschichten vorgelesen zu bekommen, machte sich nichts aus präparierten Tieren; unheimliche Korallenlandschaften in verschlossenen Schränken konnte er nicht ausstehen – und Muscheln erst! Wie sollte er sich die Namen aller Muscheln der Welt merken? Überhaupt machte er sich nicht viel aus Muscheln, außer aus denen im roten Raritätenschrank, weil der rote Raritätenschrank nun mal zum Haus im Kleinen Garten gehörte – und den Kleinen Garten hatte er sehr gern.

Auf seine Weise – ohne großes Aufhebens – einfach so, wie der Garten eben war, wie er es sieben Jahre lang für Domingus und Himpies gewesen war. Die Kinder hatten sich den Garten nie bewusst angesehen, sie hatten nicht bemerkt, dass er »schön« war und so schrecklich abgelegen und still! Sie hatten die Angst im Garten nicht gesehen. Gemeinsam fürchteten sie sich nie.

Sie glaubten nicht an den wirklich, wirklich entsetzlichen Ewijatang, im Gegenteil, sie lagen den Korallentauchern in den Ohren, damit die ihnen eine neue *Klaffmuschel* mitbrachten! Diese ließen sich jedoch nicht darauf ein: Das war ein ungeheuer schwieriger Auftrag. Und was würde ihnen die alte Frau schon dafür geben? Außerdem zogen die beiden Muschelschalen mit dem Biest darin Blitze an. Die Jungen halfen beim Ankleiden und Neustreichen des Palmweinmännchens, steckten ihm einen frischen Rattandorn mitten durch den Bauch; als sie größer wurden, durften sie das Männchen selbst oben in die Palme setzen. Das machten sie am allerliebsten: die schmale, schwindelerregend hohe Strickleiter aus Rattan hoch in den Baum hinaufklettern und sich dort oben, stundenlang, im wiegenden Grün verstecken.

Die Geschichten des »Mannes mit dem blauen Haar« ängstigten sie nicht: Sturmangriffe auf eine Benteng, knallende Gewehre (die konnte er so gut nachmachen), kämpfen, verwundet werden, sterben – sein Sohn wurde immer verwundet. Sehr tiefe Wunden, furchtbar viel Blut! Doch er starb nie daran.

Aber Sterben war nichts Besonderes.

Sie hatten einen kleinen Friedhof im Wald, für alle Tiere, die sie gerngehabt hatten und die gestorben waren: eine verwundete Meeresschildkröte, die noch lange in einer Wanne voll Salzwasser weiterlebte und sie beim Füttern in die Finger biss, ein junges Wildschwein, das der Jäger im Dorf ihnen geschenkt hatte, ein junger Hirsch, ein Kasuarküken, das ihnen überall hinterherlief, wenn sie nur genauso kräftig auf den Boden stampften wie die Kasuarmutter, unzählige junge Eichhörnchen und Vögel – der schwarze Lori mit dem lahmen Fuß hatte ein Prachtgrab in der Mitte bekommen.

Jeden Tag kamen sie mehrmals an den Gräbern am Waldrand vorbei; sie wussten alles über die drei Mädchen in Rosa, die vergiftet worden waren, bis ins Detail. Das war ihnen schon begreiflich: Jemand, dem man Gift gibt oder der niedergestochen wird oder auf den hinterrücks mit einem Gewehr oder mit Pfeilen geschossen wird, stirbt, er wird ermordet – all diese Dinge wussten sie.

Auch, wie es bei Begräbnissen zuging.

Zu dieser Zeit waren, von einem Tag auf den anderen, die alte Sarah und der alte Elias kurz nacheinander gestorben.

Erst wurde die Tote gewaschen, fein gekleidet und in den Sarg gelegt (Kisten gab es im Kleinen Garten immer), die Großmutter legte stark duftende Kräuter, Sandel- und Kampferholz hinein, träufelte Duftöl dazu, gab eines ihrer schönen Leinenlaken her, um die Tote zu bedecken; dann konnten ihre Verwandten kommen, die anderen Bewohner des Gartens, ein paar Leute aus dem Dorf; auch der Schulmeister, der ein Gebet sprach. Sie sangen Psalmen – vielleicht hätten sie lieber das alte

Klagelied von den »hundert Dingen« gesungen – »O Seele von diesem oder jenem« – und »ä-ä-ä-ä, -ä-ä-ä-ä?« gerufen.

Der Schulmeister jedoch sagte: Der Herr hat's gegeben, der Herr hat's genommen –

Da waren die Kinder nicht dabei, aber später wieder, als die Männer, nachdem sie sich in Schwarz gekleidet hatten, im Fackelschein die Praue bereitmachten, den verschlossenen Sarg hinaustrugen und an Bord der Staatsprau unter das kleine Dach brachten, auf das sich später die Gong- und Tifa-Spieler setzten.

Am Strand lagen noch weitere große Auslegerpraue bereit für alle, die mitfahren würden; auf den Plantagen durfte niemand mehr begraben werden – das geschah auf einem der Friedhöfe bei der Stadt an der Außenbucht.

Man wartete das Morgengrauen ab, nicht den Sonnenaufgang – sobald der Himmel leicht ergraute und die Binnenbucht ein noch helleres, noch zarteres Grau annahm, die Bäume noch dunkler wirkten als sonst mit ihren nassen, schwer herabhängenden Blätterkronen, machte sich eine kleine Prozession Frauen durch die Bäume zum Strand auf, zu den Prauen. Alle in der gleichen schwarzen Kleidung, straff gewickelter Rokki und langes, langärmliges Baju; in einer Hand die schwarze Bibel und das große, zusammengefaltete weiße Taschentuch, in der anderen die schwarzen Sonntagspantoffeln mit der hochgebogenen Spitze, damit die beim Einsteigen in die Prau nicht nass wurden.

Scheba, die Schwiegertochter, vorneweg – da waren noch mehr solcher Frauen wie sie, groß und knochig und aufrecht; sie schritten langsam und feierlich und sehr würdevoll, als hielten sie außer dem Buch, dem Taschentuch und den Pantoffeln noch etwas anderes in den Händen – etwas vom Geheimnis von Leben und Tod – Tod und Leben –

Sobald sie an Bord waren, legten die Praue ab – die Staatsprau mit der Toten vorneweg; die Ruderer schaufelten das Wasser, die

Tifa-Spieler schlugen dumpf den Takt dazu, der Steuermann stand hinten. Die anderen Praue folgten.

Die Großmutter blieb mit den Kindern im Garten zurück. Erst standen sie am Strand und sahen den Prauen hinterher, wie sie die Binnenbucht überquerten; die Großmutter weinte ein wenig, wischte sich über die Augen und sagte: »Auf Wiedersehen, Sarah, gute Reise!«, und zu den Jungen: »Das müsst ihr auch sagen.« Die beiden sprachen es ihr nach.

Danach ging sie zur Sklavenglocke, sie zog nicht an der Schnur wie sonst, sondern nahm einen Holzstößel aus der Küche, wickelte ihn in ein Tuch und schlug damit langsam und gleichmäßig auf die Bronze – es klang, als würde irgendwo eine Kirchenglocke läuten – die Jungen standen links und rechts von ihr. Sie blieben den Rest des Tages in ihrer Nähe statt davonzulaufen wie sonst.

Bei Elias war es genauso.

Doch damals waren die Kinder zusammen im Kleinen Garten gewesen, jetzt war Himpies allein.

Anfangs kam Domingus, der in der Stadt an der Außenbucht eine andere Schule besuchte, noch manchmal mit, für den halben Samstag und den ganzen Sonntag. Doch eines Tages zogen der alte Goldschmied und seine junge Frau noch weiter fort, auf die Insel der Frau, und niemand wusste, welche Insel es war.

Danach kamen die holländischen Kinder aus Himpies' Klasse abwechselnd übers Wochenende; der Garten war nicht sehr freundlich zu den Neuen: Ihre Haut verbrannte zu sehr, sei es im Wasser, sei es in der Sonne, sie fielen vom Baum, stießen sich die Zehen an den Korallen, ein Kind trat in einen Seeigel.

Himpies verstand sich gut mit ihnen, aber eigentlich war es ihm egal, ob sie mit ihm zum Kleinen Garten kamen oder nicht, und so blieben sie schließlich fern.

Er lernte, im Garten allein zu sein – blieb manchmal irgendwo still stehen – die Augen weit geöffnet – und schaute, und er sah, dass der Garten schön war. Er nahm Einzelheiten wahr, eine nach der anderen: einen Baum, einen Felsen, eine Blume, eine Muschel am Strand, eine Krabbe, einen Vogel – manchmal hatte er Angst, so ganz allein, aber nur ein bisschen, er wusste selbst nicht, wovor.

Nun gesellte er sich öfter zu den Erwachsenen, redete mit ihnen und sah sie an – jeder mochte es, wenn der kleine Himpies zu ihm kam und mit ihm redete und ihn ansah, die Leute im Dorf am anderen Flussufer, die Dienstboten im Kleinen Garten, seine andere Mutter Scheba und seine Urgroßmutter, seine Mutter Felicia ebenfalls. Bei ihr saß er nicht oft zum Reden: Sie hatten einander lieb, doch der Junge konnte nicht gut mit ihrem ungestümen Wesen umgehen und damit, dass sie sich so sehr über dies und das und allerlei aufregte. Schon als kleiner Junge in der Volksschule sagte er, was er später oft wiederholen sollte: »Jawoll ja, Frau vom Kleinen Garten!«, und sah ihr kurz in die Augen und lächelte flüchtig; die Frau vom Kleinen Garten sagte dann nie etwas.

Nach der Volksschule schickte Felicia ihn auf die höhere Schule in Surabaya, auf der Insel Java, er kam zu einer Lehrerfamilie in Pension. Einmal im Jahr, in den großen Ferien, durfte er nach Hause kommen – für ein paar Wochen! Die Schiffsfahrt dauerte sehr lange und kostete viel Geld.

Nach dem dritten Jahr dort sagte Felicia, es sei Unsinn und es wäre besser, wenn er für die letzten beiden Schuljahre gleich nach Holland ging (»Europa« würde sie nie sagen) und dort Freunde fand, mit denen er zur Universität gehen konnte.

Himpies sah sie an und fragte: »Für wie lange?«

»Wie lange du in Holland bleiben musst, meinst du? Lange! Noch zwei Jahre höhere Schule, oder drei, Schulen schließen nie nahtlos aneinander an. Sechs Jahre fürs Medizinstudium, wenn du dich ins Zeug legst! Ein oder zwei Jahre an einer ausländischen Universität, um dich zu spezialisieren. Am besten alles hintereinander weg, dann hast du was Anständiges erreicht«, und ohne jede Rücksicht auf sich oder das Kind, »drei plus sechs plus zwei macht elf. Elf Jahre.«

»Nein«, sagte der Junge, »das geht nicht, das dauert zu lange.«

»Zu lange!« Sofort brauste Felicia auf. »Zu lange, um etwas Anständiges zu erreichen! Wie hättest du es denn gern? Bist wohl zu faul zum Lernen! Ach, ich weiß schon, du willst lieber im Kleinen Garten bleiben! In Schlafanzughose und Kebaya herumlaufen wie ein Eingeborener, Milch und Eier verkaufen, und Gewürze, die kein Mensch mehr haben will! Und dann sicher nach einer Frau mit Geld Ausschau halten«, fast wäre ihr »Zuckergeld« herausgerutscht, »oder dich von Sagobrei und einem Fischchen aus der Bucht ernähren, so stellst du dir das wohl vor!«

»Wir essen doch auch nicht nur Sagobrei und ein Fischchen aus der Bucht.«

Da erklärte Felicia ihm, wie sie, vor allem am Anfang, viel Geld damit verdient hatten, im Chinesen- und Araberviertel »das andere« von früher feilzubieten, damit hausieren zu gehen. Sie verschwieg nichts. »Und das war auch nur deshalb möglich, weil Urgroßmutter es gemacht hat. Wenn es sie nicht mehr gibt, kauft mir keiner mehr Armreife gegen Rheuma ab, du wirst schon sehen! Und zu lange, was soll das heißen: zu lange? Du bist noch jung, Himpies.«

Er sah sich um, als suchte er nach etwas, als wüsste er nicht, was er sagen sollte. »Dann sehe ich Urgroßmutter nie mehr wieder.«

»Nein, natürlich nicht, sie ist über achtzig, für die Tropen ist das steinalt«, und sie fügte sanfter als sonst hinzu: »Wir müssen alle sterben, Himpies, und bekommen nichts geschenkt.«

Der Junge sah sie wieder an. »Und du? Und Mutter Scheba? Und alle anderen und der Kleine Garten?«, stammelte er.

»Ach«, sagte sie, »du musst einfach nur denken: Wir halten es noch eine Weile aus. Der Garten auf jeden Fall.«

Da lächelte er verzagt. »Jawoll ja, Frau vom Kleinen Garten«, sagte er, doch seine braunen Augen mit den kleinen Sprenkeln blickten an ihr vorbei.

Als Himpies einige Jahre fort war, starb die Großmutter, ohne vorher schwer erkrankt zu sein – am Ende ihres Lebens schien es allerdings manchmal, als würde sie nach und nach all ihre Gewissheiten verlieren.

Von »Stolz« sprach sie nicht mehr oft.

Einmal sagte sie zu Felicia: »Wenn ich mal nicht mehr bin, musst du alles aus der ›schönen Schublade‹ in Himpies' Raritätenschrank legen, außer den Schildwachen. Die vergisst du sowieso, Enkeltochter, weil du nicht daran glaubst!«

Als Felicia auflachte: »Glaubst du denn daran?«, sagte ihre Großmutter: »Ich weiß nicht recht. Weißt du, ich war so viele Jahre allein hier im Garten, nur mit den Dienstboten. Sarah war meine Freundin und sie hat daran geglaubt, und mir – mir hat es gefallen, auch daran zu glauben.«

Sie vermisste den Jungen und fragte oft nach ihm. »Warum ist Himpies nicht da? Wo ist Himpies?«, und dann fiel ihr wieder ein, dass er Medizin studierte. »Er soll meinen Schlangenstein bekommen, denk dran! Und wenn er den Stein benutzt hat, muss er ihn anschließend in Milch legen, um das Fenenum wieder herauszuziehen.« Plötzlich stockte ihre Stimme. »Glaubst du auch nicht an den Schlangenstein mit dem Herrn Jesus, Enkeltochter?«

Ein anderes Mal wurde sie unruhig. »Haben wir immer noch nicht genug Geld? Warum soll Himpies Stabsarzt werden und eine Uniform tragen?« Sie beruhigte sich erst wieder etwas, als Felicia ihr erklärte, dass genügend Geld für ein gewöhnliches Medizinstudium da sei und dass er, wenn es nach ihr ginge, ganz bestimmt nicht Stabsarzt werden und in Uniform herumlaufen würde.

»Das ist gut, Enkeltochter, sorg dafür, dass Himpies keine Uniform trägt.«

Schließlich kam sie noch einmal auf die drei Mädchen zu sprechen. »Du darfst die drei kleinen Mädchen nicht vergessen – vergessen ist nicht gut«, und sie murmelte etwas über die Sklavin, die Zeit der Sklaven. »Es ist noch gar nicht lange her, Enkeltochter.«

Und dann sagte sie: »Meine Mutter war von hier, ein Kind der Insel, vielleicht sogar von hier, vom Kleinen Garten, und vielleicht war ihre Mutter noch – ich weiß nicht ...«, und sie schüttelte den Kopf.

An einem ihrer letzten Tage rief sie die Dienstboten einen nach dem anderen zu sich, gab ihnen ein Andenken, einigen Leuten aus dem Dorf ebenfalls; danach sagte sie zu Felicia, mit einer kleinen Geste, als würde sie ihr etwas überreichen: »Dir gebe ich den Kleinen Garten, Enkeltochter. Aber nicht, weil ich meinen Sohn Willem vergesse – ich liebe meinen Sohn Willem sehr«, und dann zählte sie die Namen derer auf, die sie in ihrem Leben am meisten geliebt hatte, »und meinen Mann und meine Eltern und meine Schwestern, alle vier, und dich, liebe Enkeltochter, und Himpies ...« Es war, als wollte sie noch etwas sagen, doch sie war müde und schlief ein, und kurz darauf starb sie, seelenruhig – in der Nacht.

In der Frühe, in der perlgrauen Morgendämmerung, brachten sie sie fort, alle begleiteten sie. Als sie in den Prauen wegfuhren, fiel Felicia ein, zu spät, dass niemand zurückgeblieben war, um »Gute Reise« zu sagen und die Sklavenglocke zu läuten – die Großmutter war tot, und wo waren die Kinder?

Für Felicia brach eine der schwersten Zeiten ihres Lebens an.

Sie machte sich Sorgen um Himpies. Er war wieder bei einer Lehrerfamilie in Pension, am selben Ort, an dem sich ihre Eltern mit all ihren Pekinesen nach dem Zuckerkrach niedergelassen hatten. Felicias Mutter wurde allmählich hinfällig und schrieb ihr lange, wirre Briefe voller Klagen. Ihr Vater schrieb regelmäßig, kurz und knapp, in seinen Briefen stand nur wenig: dass der junge Willem ein prima Kerl sei, alles bestens, er werde seinen Weg schon machen, und viele liebe Grüße. Der Lehrer und seine Frau hatten eine große Familie, noch weitere Kinder im Haus und nur wenig Zeit. Himpies selbst schrieb nur selten, manchmal monatelang nicht.

Es gab den Garten, aber der war ganz in seinem Grün versunken; Scheba war brummig, sagte nicht viel. Manchmal gab es dann nur die tiefe, surrende Stille um sie her – nicht einmal das Rauschen des Wassers und des Windes und der Bäume, und keine Stimmen.

Blieben die Arbeit und das Geld. Sie arbeitete hart, verdiente gut. Als ihre Mutter starb, war mehr Geld da, als sie sich je hätten träumen lassen – sie erbte es zusammen mit ihrem Vater.

Die Frau vom Kleinen Garten ist reich, sagte die Stadt an der Außenbucht.

Zu dieser Zeit fing sie an, Expeditionen auf der Insel zu unternehmen, überallhin. Kaum war sie unterwegs, ging es ihr besser; in einer Prau, lieber jedoch zu Fuß, in den Bergen herumkletternd, über Felsen und Klippen kraxelnd – kein Hang war ihr zu steil, kein Ziel zu weit. Sie schwamm in jedem klaren Gewässer, an dem sie vorbeikam.

Doch sie zog nicht allein los. Scheba fragte zwar erst lang gezogen: »Wo-zu?«, ging dann aber doch mit, zusammen mit zwei älteren Dienstboten – einer von ihnen mit einem Gewehr! Bisweilen kamen sie an Orte, an die sie besser nicht gekommen wären.

Auf diesen Expeditionen fing sie an, Antiquitäten zu sammeln: altes Porzellan und Töpferwaren, Möbel, Kristall, alles Mögliche – wiederum Raritäten. Sie hatte Arzneien bei sich, wie sie es von ihrer Großmutter gelernt hatte, und Geld – Angst hatte sie nie. Alle kannten sie: die kleine weiße Frau – die Dame an der Binnenbucht –, ein bisschen pummelig, mit krausem braunem Haar, in Sandalen, einem schlichten Sarong und einer weißen Kebaya. Hinter ihr drei von der Insel: die schlaksige große Scheba in einem bunten Rokki und Baju, zwei ältere Männer in Schwarz – mit dem Gewehr, einer alten, braunen Umhängetasche voller Arzneien, Körben mit Proviant und sauberer Wäsche für unterwegs, dem alten grauen Leinenbeutel mit dem silbernen Bügelverschluss fürs Geld.

Das Haus im Kleinen Garten füllte sich mit schönen Dingen – Teller auf langen Wandborden: *famille verte*, *famille rose* (Felicia mochte kein Blau); bunte Schalen und Wasserkrüge, kristallene Wandleuchter, Martaban-Gefäße auf dem Boden: solche mit Drachen oder Löwenköpfen, und eins mit zwei Kaninchen; schwarze Möbel mit Schnitzereien oder auch rötlich glänzende Blumen – aus Djatiholz, zum Teil mit Einlegearbeiten aus Kupfer oder Zinn.

Im Gästezimmer stand ein Himmelbett aus schwarzem Holz mit vergoldeten Ananasfrüchten an den vier Ecken.

Felicia wollte das Haus selbst nicht verändern, doch an den Wohnraum ließ sie einen Bogengang und eine Treppe zu einer großen Terrasse seitlich vom Haus anbauen, dem Zitronengarten gegenüber. Links und rechts davon ein aus dem Waldbach gespeister Teich – Lotosblumen wuchsen darin. Die alte Badestelle sollte unverändert bleiben.

Für den Umbau hatte sie reichlich Zeit: Nicht einmal vier der elf Jahre waren vergangen.

Während seines ersten Jahrs an der Universität schrieb Himpies, er wolle das Studium nicht fortsetzen, er werde an die Militärakademie in Breda gehen und sich zum Offizier ausbilden lassen – das dauere nicht so lange – er hoffe, seine Mutter sei damit einverstanden –

Felicia setzte sich mit dem Brief in der Hand an den Rand der Veranda, lehnte sich an eine Säule: Was tun? Hinfahren, ihn bei der Hand nehmen und zu einem ellenlangen Studium zwingen, das ihm nicht lag? Wenn sie die Insel verließ, konnte sie den Kleinen Garten genauso gut gleich aufgeben! Vor sich sah sie die immer noch spärlich bewachsene Stelle inmitten des Grüns, wo das alte Haus gestanden hatte – sah alles andere – all den Kummer, und es war, als hätte er Gestalt angenommen –

Sie stand sogleich auf, um zu antworten: Er solle tun, was er nicht lassen könne, und weiter über dies und das und allerlei vom Kleinen Garten, denn das wollte er schließlich wissen.

Felicia stand mit Scheba unter den Platanen am Strand; alle anderen blieben im Hintergrund – sie hatten ein bisschen Angst vor der Frau vom Kleinen Garten –, dennoch waren sie neugierig. Kein Mensch dachte daran, die Sklavenglocke zu läuten.

Felicia sagte nicht: »Da bist du ja!« und »Ich habe auf dich gewartet!«, wie ihre Großmutter früher. Sie sagte gar nichts. Der schlanke, gut aussehende Fremde aus dem Hotel stieg in einer weißen Uniform aus der Prau und kam ihr entgegen – ihr Herz blieb stehen –, aber als er dicht vor ihr stand, war es doch ein anderer, mit anderen Augen, den warmen, braun gesprenkelten Augen des kleinen Himpies, und er sagte: »Guten Tag, Mutter, da bist du ja, da bin ich endlich wieder!«, und umarmte sie, und: »Guten Tag, Mutter Scheba, du bist noch da, zum Glück bist du noch da!«, umarmte sie ebenfalls, rannte zu den anderen, schüttelte allen die Hand, klopfte allen zur Begrüßung auf die Schulter und sah sie an und lachte und wiederholte ständig: »Da bin ich wieder!«, und »Du bist ja noch da!«, und »Zum Glück bist du noch da«, zu allen und allem und jedem und jedem Ding, und lachte, und wollte alles gleichzeitig wissen. Wie es Felicia gehe? Und dem Garten? Und den Kokospalmen? Und den Kühen und der Milch und den Eiern? »Schaffst du das alles noch, Mutter?«, und »Das habe ich dir damals schon gesagt, dass Uroma jetzt nicht mehr leben würde! Machst du noch Armreife? Ich möchte dir dabei helfen. Sind die Wellensittiche auch tot? Wo soll ich schlafen? Wie geht es den Leuten im Dorf? Geht es allen gut, auch dem alten ›Mann mit dem blauen Haar‹? Hat sein Sohn wieder eine Benteng erstürmt?« Und: »Wo ist bloß Mingus hin? Eines Tages gehe ich Mingus suchen. Schläfst du jetzt in Uromas Zimmer? Ist da noch alles beim Alten? Wo kommen all diese schönen Sachen her?«

Er betrachtete seinen Raritätenschrank, zog die oberste Schublade mit der Geschichte von Aschenbrödel auf, nahm sofort das *liebe Dingelchen* heraus. »Wie heißt diese Muschel noch mal – ein Geschenk von der Bibi! Du musst mir die Geschichte von Aschenbrödel und dem Prinzen noch einmal erzählen, es war doch so, dass sie nicht in einem Haus gewohnt haben, sondern in einem Turm, dem Turm, dem apfelblütenfarbenen – schscht! Gleich fällt es mir wieder ein – der *große, apfelblütenfarbene Tour de Bra*, so hieß er doch, oder?«

Als Felicia eine weitere Schublade aufzog, die, in der jetzt auf dem glitzerbunten Stück Seide aus Palembang der ganze Inhalt der »schönen Schublade« lag, fragte er: »Warum hast du das gemacht? Und sogar ohne die Schildwachen des Glücks, was würde Uroma wohl dazu sagen?«, schaute und lachte. »Wann wird wieder gezapft? Wo ist das Männchen? Gibt es einen neuen Ewijatang?« Und wieder: »Ob wohl jemand weiß, wo Mingus hin ist?« Manchmal summte er Fetzen eines malaiischen Liedes, des einzigen Liedes, das er sich je gemerkt hatte, aber den Text wusste er nicht mehr.

»Dass alles noch da ist!« Und er warf den Kopf in den Nacken und lachte und schaute. Er wollte unbedingt die neue Terrasse und die beiden Lotosteiche sehen – beim Anblick des prachtvollen Himmelbetts im Gästezimmer mit den vergoldeten Ananasfrüchten an den Ecken pfiff er und sagte: »Jawoll ja, Frau vom Kleinen Garten!«, und sah ihr in die Augen und lachte laut.

Später beruhigte er sich etwas; sie saßen zusammen an der

Binnenbucht und tranken Tee und Felicia hatte das Gefühl, dass er sich doch nicht sehr verändert hatte. Er mochte etwas ausgelassener sein als früher – aber das lag vielleicht an der Aufregung; freundlich gegen jedermann war er immer schon gewesen, dazu leicht abwesend, auch das war heute noch so. Wenn sie ihn etwas fragte, ließ er ein wenig Zeit verstreichen, als hätte er sie nicht gehört, und antwortete manchmal wieder mit diesem zögerlichen Ja, und mit Ja-und-Nein.

»Warum hast du deinen Großvater nicht mitgebracht?«

»Tja, wir haben ab und zu darüber gesprochen, aber er konnte sich nicht dazu durchringen. Vielleicht, wenn er Omas Hunde an Bord hätte mitnehmen dürfen. Opa ist sehr nett, Mutter.«

»Ja«, sagte Felicia, »das ist er wirklich.«

Hatte er nicht bemerkt, wie kraftlos und erschöpft der alte Mann nach seinem langen Leben mit dieser schwierigen reichen Frau war – oder war ihr Vater immer schon so gewesen?

»Fandest du Oma nett?«

Er zögerte. »Nicht sehr nett, nein«, sagte er dann, »also, nicht so nett wie Opa, aber ... Sie hat es immer gut mit mir gemeint, sie wollte mir ständig etwas kaufen.«

Nett – und sehr nett – und nicht sehr nett, nein, aber –

Felicia warf ihm einen raschen Blick von der Seite zu. Ihr Sohn in Uniform, sie stand ihm gut. Aber warum eine Uniform? In ihrer Familie hatte es nie Offiziere gegeben. Plötzlich fiel ihr ein, was ihre Großmutter gesagt hatte: »Sorg dafür, dass Himpies keine Uniform trägt.« Ob sie es ihm sagen sollte? Nein, denn es ließ sich ohnehin nicht mehr ändern.

Er fing wieder an zu summen – das Lied wollte ihm nicht aus dem Kopf – verstummte abrupt; früher hatte seine Mutter ihm nicht erlaubt zu summen.

»Ich schlafe also in dem schönen Zimmer? Wunderbar! Mit den drei Mädchen in rosa Kleidern – gibt es die noch?«

»Natürlich«, sagte Felicia.

Sie hatte ihm das vordere Zimmer gegeben, sein Bett vor die beiden großen Fenster geschoben. Sie wusste genau, was er nachher tun würde: die Fliegenfenster und die Jalousien weit öffnen, damit er vom Bett durchs Moskitonetz hinausschauen konnte, zwischen den Bäumen hindurch zur Binnenbucht – die Binnenbucht unter den Sternen, im Mondlicht, im Sturm, im Regen – und den sanft auslaufenden Wellen und dem Wind in den Bäumen lauschen. Schon als kleiner Junge hatte er nicht in geschlossenen dunklen Räumen schlafen wollen.

Als er an diesem Abend in sein Zimmer ging, pfiff er immer noch das Lied, an dessen Text er sich nicht erinnern konnte.

Es begann mit den Worten »Aus der Ferne schauen«. War es ihm wirklich so schlecht ergangen?

***

Der Leutnant von Soundso lag anderthalb Jahre in Garnison in der Stadt an der Außenbucht (dafür sorgte sein sehr netter Major). Jeden freien Tag und fast alle Sonntage verbrachte er im Kleinen Garten an der Binnenbucht, und er nahm seine Kollegen und deren Frauen einen nach dem anderen oder alle zusammen mit.

Sie waren alle jung und nett – sehr nett, meinte Himpies. Felicia kamen sie vor allem sehr heutig vor.

Sie nannten sie »Kleine Mutter« und schütteten ihr gelegentlich ihr Herz aus: die schleppende Beförderung, Geldsorgen, ihre kleinen Kinder und gelegentlich, dass sie jemand anderen mehr liebten als den eigenen Mann oder die eigene Frau; dass das Leben hart war, dass sie diese Insel in den Molukken nicht besonders mochten – sie sei zu weit weg, und nur einmal im Monat ein Schiff, mit dem man wegfahren konnte, und dabei hätten sie manchmal solches Heimweh nach Hause, nach Holland.

Anschließend badeten sie wieder in der Binnenbucht oder

plantschten im Wasserbecken im Wald, picknickten und streiften weit hinaus in die Hügel, bis zum Fuß des Gebirges. Später saßen sie am großen runden Tisch im Speisezimmer auf den Raffles-Stühlen und aßen eine Reistafel von dem *famille-verte*-Service mit dem goldenen Wappen; neben jedem Teller lag das Tafelsilber und dazu ein Löffel aus echtem Nautilus-Perlmutt mit viel Rot und Grün für die würzigen Muschelsaucen, die schwarze und die weiße. Und es gab gebratenen frischen Fisch mit klein gehackten Kanarinüssen, Limetten und Spanischem Pfeffer – köstlich!

Abends wurde auf der neuen Terrasse getanzt – wenn die kleinen Zitronen- und die großen Pampelmusenbäume blühten, hing ihr schwerer, süßlicher Blütenduft in der Luft –, die Frau vom Kleinen Garten spielte Klavier, Himpies konnte gut eine Quadrille anführen, in den Bäumen hingen Lampions, und es ging fröhlich zu im Kleinen Garten.

Zwischen den Tänzen gingen die Paare am Strand an der Binnenbucht spazieren: Die jungen Frauen hatten einen Fächer, mit dem sie sich und ihrem Begleiter Kühle zuwedelten, hinter dem sie mit ihm flüsterten. Der Mond schien –

Dann spielte die Frau vom Kleinen Garten Chopin oder Schubert, niemals Lieder von der Insel. Nie »Der Abend ist zu lang, Liebste, und der Weg zu weit«, nie »Die Tifa ruft von weit her«, ja, nicht einmal »Aus der Ferne schauen«.

So gab es noch mehr Dinge, die beide, Felicia und Himpies, diesen heutigen Menschen vorenthielten, so nett sie auch sein mochten, als wäre es so ausgemacht.

Martin, den portugiesischen Matrosen, und die Tochter des Radschas an der Spitze der Binnenbucht – das mochte noch angehen, das Kap war schließlich nach dem Matrosen benannt; den Kraken gab es als Dreingabe. Aber nicht die Muscheltänzerin. Auch nicht den »Mann mit dem blauen Haar« – diese Erinnerung gehörte Domingus und Himpies gemeinsam, wie auch der Ewijatang und das Palmweinmännchen. Bei den drei Gräbern am Waldrand sagte einer der beiden, die Mutter oder der Sohn, wenn jemand danach fragte: »Ach, drei Kinder, die früher hier im Garten gestorben sind, vor langer Zeit.«

Und egal, wie weit sie in die Hügel und Wälder oben in den Bergen streiften, ohne Scheba würde niemand je das Martaban-Gefäß mit der bitteren Quelle entdecken.

Einer von ihnen schnappte zufällig auf, dass die Glocke eine Sklavenglocke war, und das fanden alle gruselig.

An solchen Tagen waren die Schlüssel für die Schubladen des Raritätenschranks verschwunden – Rumphius' Bücher – ach, die wollten sie sich ja doch nicht ansehen. Und wer würde es wagen, diesen heutigen Menschen gegenüber die von Herrn Rumphius so geliebte Korallenfrau in ihrem geblümten Baju auch nur zu erwähnen?

Zu jener Zeit war ein junger Stabsarzt, Bär, Himpies' bester Freund – ein Riese mit Quadratlatschen und Händen wie Pranken, mit denen er ganz vorsichtig zuzupacken verstand. Er nahm derbere Wörter in den Mund als ein gewöhnlicher Soldat, doch aus Rücksicht auf die Kleine Mutter fluchte er nicht in ihrem Beisein, im Garten beschränkte er sich darauf, alle naselang »verflixt und zugenäht« oder etwas Ähnliches zu sagen.

Er hatte ausgeprägte Vorlieben und Abneigungen: Frauen waren entweder bildschön und himmlische Engel oder durchtriebene Luder, Männer waren feine Herren oder elende Schufte; einen Mittelweg gab es nicht. Verglichen mit ihm wirkte Himpies manchmal etwas farblos, oder doch nicht? Seine braunen Augen mit den Sprenkeln waren es jedenfalls nicht.

Und dann gab es anscheinend in der Stadt an der Außenbucht noch eine junge Frau. Sie war nie in den Kleinen Garten mitgekommen – Felicia hatte sie noch nie gesehen und sollte sie auch nie sehen. Doch sie hörte die anderen von ihr sprechen, die junge Frau war mit einem Offizier verheiratet, hatte eine kleine

Tochter. Ihr Mann befand sich auf einer Expedition in Neuguinea, das dauerte immer eine Weile; währenddessen traf sie Umzugsvorbereitungen. Die Ehe war unglücklich, der Mann wollte sich nicht scheiden lassen, doch schließlich erklärte er sich einverstanden, dass sie mit der Kleinen zu ihrer Mutter zog – ihre Mutter war Irin und wohnte am anderen Ende der Welt in einem Nest in Irland. Es gab nur furchtbar wenig Geld. Die junge Frau hatte es nicht besonders eilig mit der Abfahrt. Bär erzählte ständig von ihr: Toinette, so hieß sie, war alles zugleich, ein himmlischer Engel und bildschön, mit schwarzem Haar und grünen Augen (wegen der irischen Mutter, Sie wissen schon), das Töchterchen Nette – Nettchen, wie Toinette immer sage – noch reizender, wenn möglich noch schöner, ein extrem nervöses Kind, berichtete der Arzt Bär besorgt, kein Wunder bei all dem Elend mit diesem Vater und Ehemann – dem elenden Schurken! Bär konnte sich gar nicht mehr beruhigen. »Und wenn er dahinterkommt, dass sie einen anderen hat, nimmt er ihr das Mädchen weg, das ist so sicher wie ...«, und verstummte dann erschrocken.

Eines Sonntagabends, bevor sie zu Bett gingen, waren Felicia und ihr Sohn zusammen im Wohnraum; sie standen vor dem Raritätenschrank. Himpies zog die oberste Schublade auf, wie er es öfters tat, fragte, ob Frau Soundso, die er kenne (sie sei die Gattin eines Offiziers), mit ihrem Töchterchen für eine Weile in den Kleinen Garten kommen könne, die Kleine sei erst kürzlich krank gewesen. Und er sah seiner Mutter in die Augen. Da hatte sie ihm noch nie etwas abschlagen können. »In Ordnung«, sagte sie kurz angebunden.

»Vielleicht würden der Kleinen – sie heißt Nettchen«, er lächelte flüchtig, »die Muscheln gefallen, die Geschichte von Aschenbrödel, erzähl sie ihr doch«, und er sah sich die schönen Muscheln in der roten Schublade an.

»Himpies«, sagte Felicia in ihrem schroffen Ton, »lass dich

nicht auf eine *perkara* mit einer verheirateten Frau ein. Das bringt nichts als Kummer, für alle Beteiligten!«

Sie verwendete das herabsetzende Wort *perkara* – Angelegenheit – Affäre.

Erst sagte Himpies nichts, blieb, groß und schlank in seiner weißen Uniform, vor dem roten Schrank stehen, dann beugte er sich über die Schublade, nahm eine Muschel in die Hand – nicht das *doppelte Venusherz*, sondern das *liebe Dingelchen*. Er legte sie ans Ohr – doch es war eine kleine Muschel, zu klein, um das Rauschen des grünen, grünen Meeres darin zu hören –, dann legte er die Muschel zurück und schloss die Schublade wieder.

»Jawoll ja, Frau vom Kleinen Garten«, sagte er, weiter nichts, aber ohne zu lächeln und ohne sie anzusehen. Und er ging in sein Zimmer.

Als Felicia im Bett lag, dachte sie – nun liegt er hier dicht bei mir in seinem Bett und schaut durchs offene Fenster auf die Binnenbucht und hat Kummer.

Und in der Stadt an der Außenbucht liegt die junge Frau mit dem schwarzen Haar und den grünen Augen in ihrem Bett und hat Kummer. Bestimmt hat sie die Kleine zu sich geholt, ganz dicht zu sich. Ob die Kleine auch Kummer hat?

Irgendwo im Busch auf Neuguinea liegt Bärs »elender Schurke« auf einem Feldbett – hat er ebenfalls Kummer, oder haben Schurken keinen?

Und ich liege hier in meinem Bett und habe Kummer, ich will keinen Kummer haben, ich habe genug Kummer gehabt, ich bin zu alt dafür – und jetzt kommt sie auch noch hierher!

Doch sie kam nicht zum Kleinen Garten: Einmal im Monat fuhr donnerstags das Schiff nach Java und von dort aus weiter, wohin man auch wollte, und mit diesem Schiff waren die junge Frau Toinette und ihr Nettchen völlig unerwartet abgefahren.

Bär kam, um es der Kleinen Mutter zu erzählen, er war völlig aufgelöst: »Toinette ist weg, einfach so, abgefahren, obwohl sie doch wusste, dass wir alle – alle zu ihr stehen. Kein Wort, kein Brief!«

Ach, dachte Felicia, so ein Brief –

»Ich bin auch nicht fürs Weggehen«, sagte sie, »aber was blieb ihr anderes übrig? Sie haben doch selbst gesagt, dass dieser Mann ihr die Kleine wegnimmt, wenn er herausfindet, dass es einen anderen gibt.«

Bär sah kurz auf.

»Sie wird Himpies doch wohl Bescheid gesagt haben, dass sie abfährt?«, fragte Felicia.

»Ich weiß es bei Gott nicht«, sagte Bär, »Himpies sagt kein Wort.«

Da fragte Felicia: »Wie lange ging das Ganze eigentlich schon? Glauben Sie, sie haben bis jetzt zusammengelebt?«

Bär wurde wütend. »Warum fragen Sie mich das, Kleine Mutter, das müssen Sie Himpies schon selbst fragen, wenn Sie es wissen wollen. Und ganz abgesehen davon, wäre es denn so schlimm?«

»Ich frage nicht deswegen«, sagte Felicia.

Beide schwiegen und dann sagte Bär: »Sie waren nicht lange zusammen, das ist immerhin ein Trost!«

Felicia antwortete nicht, starrte vor sich hin – armer Bär! Als ob kurz oder lang einen Unterschied machen würde.

Nach einer Weile kam Himpies zum Garten zurück, doch er redete nicht darüber und auch Felicia erwähnte es nicht.

Sie kaufte ihm eine große, hochseetüchtige Segelprau. Diese lag in einem Dorf auf der anderen Seite der Landenge vor Anker, auf der Außenseite der Insel, dort fand sich immer eine Besatzung. In ihrem letzten halben Jahr auf der Insel machten Himpies und Bär große Segeltörns zu den anderen Inseln und manchmal, aber nicht häufig, begleitete Felicia sie.

Sie wusste, dass Buchten und Felsen und Bäume, die sich über die Wellen beugen, Kummer nicht lindern können – gab es überhaupt einen Trost oder konnte man nur langsam am Kummer vorbeikommen?

So ein Tag im strahlenden Sonnenschein und Himmelblau, im Schatten eines stolzen, dunklen Segels, über rauschende Wellen, an unbekannten Küsten entlang – ob das wohl half? Für einen Augenblick, zumindest für diesen einen Tag.

Dann wurde Bär versetzt.

Kurz darauf schickte man Himpies, stellvertretend für einen kranken Kameraden, auf eine Expedition aus – nur kurz und nur nach Seram, ganz in der Nähe: eine Machtdemonstration, weil die Berg-Alfuren in letzter Zeit Ärger machten und viel zu oft auf Kopfjagd gingen.

Felicia kam mit der leeren Milchprau aus der Stadt an der Außenbucht zurück – sie hatte Post erhalten: einen Brief von Himpies. Er schrieb fast nie, und jetzt auf einmal diese seitenlange Epistel über alles Mögliche. Hier und da hatte er erstens, zweitens, drittens an den Zeilenanfang geschrieben, als müsste er seine Gedanken sortieren.

Erstens war hier – drei Mal darfst du raten. Mingus! Ich habe Mingus wiedergefunden, nach fast zwanzig Jahren (Na na, Himpies, so lange ist das wirklich noch nicht her). Zur allgemeinen Belustigung nennt er mich manchmal Tuan Himpies statt Tuan Leutnant. Ohne Tuan geht es anscheinend nicht – warum eigentlich nicht?

Jetzt ist er unser von allen geachteter Unteroffizier!

Du machst dir keine Vorstellung, er ist sehr nett. Ich finde ihn eigentlich ganz unverändert, ernst, ein bisschen zurückhaltend, aber das war er in meiner Erinnerung schon immer. Peinlich genau bei der Arbeit, gern gesehen bei den Männern, aber streng. »Gehorsam!«, sagt er, »ist das A und O.« Darüber hätte sich der Mingus von früher totgelacht!

Sonntags hält er für die einheimischen christlichen Soldaten

Gottesdienste ab, einen habe ich besucht. Er predigt gut, etwas schwermütig, wie ein Prophet, würde ich sagen. Oder liegt das am zeremoniellen Malaiisch? Er sprach über die Inseln aus Jesaja: »Wendet euch schweigend zu mir, ihr Inseln. Die Inseln sahen es und fürchteten sich, es erbebten die Enden der Erde, sie näherten sich und kamen herbei.« Kennst du das? Schön, nicht wahr? Diese »Inseln« sind es, die uns alle verbinden.

Zweitens: Noch ein Wort über die anderen hier, den Chef, einen Hauptmann, nicht sehr nett, er trägt die Nase hoch, hat aber überhaupt keinen Riecher für die Inseln. Nach dem Motto *familiarity breeds contempt* meint er, dass sein Leutnant nicht zu sehr *frère-et-compagnon* mit dem Unteroffizier sein darf, aber das ist nur seine Sicht der Dinge!

Der Arzt (nett) versucht immerhin, an den Inseln zu schnuppern, er fischt ohne Unterlass, sucht Muscheln und Korallen und interessiert sich für »Magie«! Unsere Expedition lehnt er in Bausch und Bogen ab: Auf Kopfjagd zu gehen heiße doch nur, »Seelenstoff« für die Gemeinschaft zu sammeln, für die Jünglinge, die zum Mann werden. Weshalb wir unbedingt unsere plumpe westliche Nase in diese Dinge stecken müssten?

Die Begeisterung des guten Doktors kühlte allerdings merklich ab, als wir letztens eine Partie frisch erjagter Köpfe aus einem Bergdorf mitbrachten. Sie waren in der Eile zurückgelassen worden, weil die Bewohner sich weiter hoch in die Berge zurückgezogen hatten.

Die Armen! Es waren nicht nur Köpfe von Erwachsenen, sondern auch von Kindern, sogar von ganz kleinen, glaube ich. Da durften sie ausnahmsweise einmal aus ihrem Dorf heraus, auf ein Feld ein Stück außerhalb, und schon sprangen Krieger aus dem Nachbardorf hinter den Bäumen hervor.

Die Krieger in ihrem rituellen Putz sähen prachtvoll aus, sagt der Doktor (das hat er in einem Buch gelesen), nackt, mit einem Lendenschurz aus milchweißer Baumrinde, die Haare über der

Schale einer Kokosnuss oder einem Stück Holz hochgebunden und mit den Federn des Paradiesvogels und einem Kranz aus weißen Muscheln geschmückt – den eigroßen, glänzenden Porzellanmuscheln, den Muscheln unserer Bibi also. Dazu eine Muschelkette um den Hals, große gelbe Ringe in den Ohren, grüne Laubbüschel an Armen und Beinen. Dass die Krieger in vollem Ornat prachtvoll aussehen, will ich gern glauben; ich hätte nichts dagegen, einen zu treffen, vorausgesetzt, ich trage ebenfalls mein Kriegsgewand. Außerdem bin ich der Meinung, dass man ihnen die Kopfjagd austreiben muss, Magie hin oder her.

Drittens: Um auf das Feldlager zurückzukommen – über unsere Mannschaften und die Kettensträflinge will ich mich nicht weiter auslassen, nur über einen, der, aus unerfindlichen Gründen, von einer zarten Zuneigung zu deinem Sohn Himpies erfasst wurde.

Er ist ein Massenmörder. Eine komplizierte Geschichte: Weil er mit einem der Gäste ein Hühnchen zu rupfen hatte, hat er eine Schwachsinnige dazu gebracht, einer ganzen Hochzeitsgesellschaft ein Päckchen Rattengift in den Kaffee zu schütten. Die meisten sind umgekommen, trotzdem stellte sich heraus, dass das Arsen von ihm kam; kurz und gut, er sollte so viele Male baumeln, dass sie ihm stattdessen lebenslänglich gegeben haben. Ein ausgedörrtes altes Männchen, bärenstark, glaube ich, vor allem seine Hände! Aber mit ihnen hat er es ja nicht gemacht. Wenn ich ihn mir so ansehe, ist er mir doch manchmal etwas »unheimlich«.

Jedes Mal, wenn wir unterwegs sind, sorgt er rührend für mich, am liebsten würde er den ganzen Urwald für mich erschließen, hinter jeden Baum schauen, die Pfade – und was für welche – unter meinen Füßen ebnen. Beruhigt dich das?

Viertens: Der Aufbruch hierher war sehr überstürzt und immer bleiben Dinge offen, die wir einander sagen möchten und doch nicht gesagt haben.

Natürlich hätte ich nicht Offizier werden sollen. Es tut mir vor allem deinetwegen leid, weil ich weiß, dass es dir nicht behagt. Und um meinetwillen? Ich bin jung, vielleicht stehst du mir später noch einmal zur Seite. Genauso denke ich über Toinette und Nettchen. Solange ihre Tochter klein ist, muss Toinette natürlich bei ihr bleiben, aber sie ist ebenfalls jung, vielleicht kommt noch eine Zeit, gibt es noch Möglichkeiten für uns: Ich könnte aus dem Dienst ausscheiden, an eine Landwirtschaftsschule gehen (Palmen pflanzen lernen!), und dann ziehen wir alle zusammen in den Kleinen Garten.

Aber das ist alles noch in weiter Ferne und es fällt mir schwer, es näher zu mir heranzuholen.

Hinzu kommt, wie Domingus es ausdrückt: Ich bin – wenn ich so sagen darf – zufrieden mit diesem und jenem. So geht es uns allen hier, jedenfalls fürs Erste: Wir sind zufrieden mit unserer Gemeinschaft, dieser frauenlosen Männergemeinschaft, auf unsere Weise Kriegsleute.

Ich auch! In erster Linie zufrieden mit Mingus, aber auch mit den Soldaten, sogar mit dem Hauptmann und dem Doktor und dem treuen Massenmörder; zufrieden mit dieser Insel, wieder eine Insel, ebenfalls schön, aber ganz anders, teuflisch steil. Allein schon die Wellen vom offenen Meer mit ihrem wiederkehrenden, immer gleichen schweren Donnern, wenn die Flut kommt, ganz anders als unsere kleine Plätscherbrandung in der Binnenbucht. Ich musste mich erst daran gewöhnen, aber es schläft sich gut zu diesem Geräusch.

Domingus und ich haben uns neulich über dich unterhalten. Er hat die größte Bewunderung für dich (ob er sich wirklich an dich erinnert oder redet man nur so über dich?) – wie die Frau vom Kleinen Garten kocht, noch besser als ihre Großmutter, dein Kanarikuchen, deine Bokassansauce (schwarz oder weiß), wie tapfer du bist, bereit, dich allem zu stellen. Zuerst würdest du den Dingen auf den Grund gehen, verhält es sich so oder so, und kein Geschwätz – jemand, auf den man sich verlassen kann.

Das stimmt. Ich kann das nicht, Mutter, aber bin ich deshalb ein Schwächling? Für mich ist alles relativ. Natürlich sehe ich das Gute und das Böse und versuche, mich auf meine Weise ans Gute zu halten, aber es fällt mir schwer, ein Urteil zu fällen. Genauso geht es mir mit unseren Erlebnissen, mit dem Leben selbst, würde ich sagen – es ist alles zugleich, lang und kurz, gut und miserabel. Sollten wir das Leben nicht nehmen, wie es ist, ohne uns allzu viele Gedanken darüber zu machen?

Manchmal kommt mir dann Uroma in den Sinn, die immer gesagt hat: Lerne, stolz zu sein – wenn wir nur stolze Menschen bleiben. Du glaubst, dass sie mit »stolz« tapfer meinte. Ja und nein, meinte sie nicht doch stolz? Das Wort Stolz hat etwas. Und die Tatsache, dass wir nicht »glücklich« sagen durften, und die Schildwachen in der Schublade. War es eigentlich vernünftig, die Schildwachen des Glücks aufzugeben? Mir geht so vieles durch den Kopf, aber für heute höre ich auf.

Pass gut auf dich auf, auf mich wird von allen Seiten aufgepasst, dein dich liebh. Sohn H.

Darauf folgten noch einige Postskripte: Danke für alle Köstlichkeiten, die Flaschen mit Muschelsauce, sogar mit einem Perlmuttlöffel dazu, für alle anderen guten Gaben – ich habe sie mit Domingus geteilt.

Du hast mir nie Näheres über die drei Mädchen in Rosa erzählt. Warum eigentlich nicht?

Grüße sie von mir und Mutter Scheba und alle anderen, die für mein Gefühl zusammen im gesegneten Kleinen Garten sind.

Felicia blieb mit dem Brief in den Händen sitzen.

Die Sonne stand noch am Himmel, doch von der Prau aus wirkten die Berge und Hügel und Wälder an der Küste so streng und dunkel und weit weg, dass die Binnenbucht weiter und offener schien als sonst.

Sie hatte den Brief gelesen und war froh darüber, froh und traurig – erfreut über sein Lob, traurig, weil er so weit weg war.

Sie machte sich Gedanken um ihn, wie so häufig: Einerseits war er seinem Alter weit voraus, als wäre er schon bereit, dem Unvollkommenen – einer unglücklichen Liebe, einem falsch gewählten Beruf – dem Verpassten, dem Verlorenen, ja, sogar dem Versagen einen Platz in seinem Leben einzuräumen, alles zu akzeptieren – und nicht nur das große Glück, den Erfolg, die Vollkommenheit. Aber war das nicht eher etwas für leidgeprüfte ältere Menschen, die ihre Lektion gelernt hatten?

Und dann plötzlich sein kindliches: Ich bin – wenn ich so sagen darf – zufrieden mit diesem und jenem. War das überhaupt kindlich?

Domingus, Unteroffizier und Prediger, der pedantische Hauptmann, der an Magie interessierte Arzt, der Massenmörder, die Soldaten, prachtvolle Berg-Alfuren mit Ketten aus makellos weißen Muscheln um den Hals, die armen erjagten Köpfe, die Brandung, seine Jugend, der Garten, die Frau Toinette, das Kind Nettchen, eine Flasche würzige Muschelsauce, ein Perlmuttlöffel, die Inseln von Jesaja – war das alles zusammen nicht schon ein ganzes Leben?

Dieses Leben, über das man sich nicht zu viele Gedanken machen soll – plötzlich verlangsamte die Prau ihre Fahrt, lag beinahe still.

Was denn jetzt schon wieder?

An einem der Ausleger habe sich etwas gelockert, sagte der Steuermann, die Rattantaue müssten erst wieder angezogen werden, sonst würden sie noch kentern – bestimmt würde es eine Weile dauern.

Immer war irgendetwas! Felicia sah verärgert erst vor sich hin, dann über den Bootsrand ins Wasser der Binnenbucht. Es war windstill und an dieser Stelle war das grüne und blaue Wasser klar, kaum bewegt, fast reglos –

Dann tauchten drei junge Meeresschildkröten auf, alle drei gleich groß. Ihre Panzer glänzend und fast hellrosa mit einem symmetrischen Muster aus dunkelbraunen, gelben und schwarzen Streifen und Flecken; jede hatte vier auf und ab flappende, ebenfalls gemusterte Flossen. Alle drei waren jung und hatten denselben ältlichen, kahlen Kopf auf einem faltigen Hals, glänzend schwarze Äuglein unter schläfrigen Augenlidern und einen großen, gelben, hakenförmigen Schnabel wie ein Vogel.

Sie ließen sich in die Tiefe sinken, mit angelegten Flossen, als würden sie ertrinken, kehrten an die Oberfläche zurück – sie blieben zusammen – schwammen mit einer wundersamen, bedächtigen und doch zarten Anmut über- und untereinander und aneinander vorbei, vorsichtig, ohne sich zu berühren.

Dann, genauso unerwartet, wie sie aufgetaucht waren, verschwanden sie wieder in der Tiefe und kamen nicht mehr an die Oberfläche zurück.

Felicia blickte vor sich hin und legte unbewusst den Kopf schief. »Kann man das so sagen – zufrieden mit den drei jungen Meeresschildkröten?«

In ihrem schroffen Ton rief die Frau vom Kleinen Garten: »Los, vorwärts! Beeilt euch! Wie lange soll es denn noch dauern? Wollt ihr heute noch nach Hause kommen? Ich schon!«

Als sie anlegten, war die Wasseroberfläche so blank und unbewegt, dass die Bäume und der weiße Pavillon sich in der Binnenbucht spiegelten – das kam fast nie vor.

Am nächsten Tag blieb Felicia im Garten, stand hin und wieder eine Weile unter den Platanen am Strand.

Am Spätnachmittag legte eine Prau an. Besuch? Sie erwartete keinen Besuch. Ein Militär, hochrangig, sogar der Major, der »sehr nette« Major höchstpersönlich; er begrüßte sie, setzte sich zu ihr, als würde er zum Tee kommen, sagte nicht viel, räusperte sich. Er sei gekommen, um ihr, zu seinem großen Leidwesen, mitzuteilen, dass sie eine Nachricht erhalten hätten, ein Berg-

Alfur habe aus dem Hinterhalt auf ihren Sohn geschossen, mit einem Pfeil – und verwundet, schwer verwundet –

»Sagen Sie es mir.«

»Ja«, sagte er dann.

»Wann?«, fragte sie, als spielte das eine Rolle.

»Gestern Nachmittag«, sagte der Major. Die Nachricht sei mit einer Eilprau gekommen, sie wüssten noch keine weiteren Einzelheiten.

Gestern Nachmittag, gestern Nachmittag, als sie die drei jungen, im Wasser tanzenden Meeresschildkröten beobachtet hatte.

Als der Major sich erhob, begleitete sie ihn zur Prau, dankte ihm, dass er gekommen war, um es ihr zu sagen. Danach blieb sie eine Weile an der Binnenbucht stehen, drehte sich um, ging die Treppe hinauf, über die Seitenveranda und den überdachten Gang zu den Nebengebäuden.

Der Abend brach herein.

In der großen Küche brannten ein paar Wandlampen, eine Hängelampe, und es waren viele Leute da: alle Dienstboten, die Saisonarbeiter, die bei der Gewürzernte halfen, die Ruderer, die Frauen. Vom Dorf her setzten noch mehr Leute mit dem Floß über – wie damals, als sie mit ihrem kleinen Himpies zum Garten gekommen war und sie ihn besucht hatten – so kamen sie jetzt, um ihn, der nicht da war, zu besuchen, und mit ihr in dieser Nacht zu wachen.

Heute wie damals ernst und schweigend und zurückhaltend: Denn sie alle spielten keine Rolle, genauso wenig wie Felicia; es ging um das Kind – um ihr Kind, ihre Kinder, die Menschenkinder – tot und lebendig.

Sie sagten nichts, blieben an Ort und Stelle sitzen oder stehen, blickten aber zu ihr. Scheba trat auf sie zu, stellte sich dicht neben sie, berührte sie beinahe.

Felicia nahm ihre beiden Hände einen Augenblick in ihre, bezwang sich mit aller Macht. »Du musst dafür sorgen, dass genug frischer Kaffee da ist«, sie nahm eine Hand fort und löste den Schlüsselring von ihrem Gürtel unter der Kebaya und gab ihn ihr, »und Arrak«, sagte sie, »und Kekse. Koche eine gute Mahlzeit, nimm dir, was du dazu brauchst, und lass dir von den anderen Frauen helfen, damit genug für alle da ist. Die Nacht wird lang. Ich bin im Haus.« Sie drehte sich um und verließ die Küche.

Sie trug selbst ihren kleinen Rattansessel ins Zimmer ihres Sohnes und setzte sich neben sein Bett, als läge er darin. Das Bett, das Kopfkissen und die Nackenrolle waren frisch bezogen; das Moskitonetz war offen, die Vorhänge hingen an den silbernen Haken.

Draußen war es dunkel.

Die Nachtlampe mit dem Glasschirm und den drei rosa Mädchen stand da, doch sie zündete das Licht nicht an – im Zimmer war es nicht dunkel; auf der Veranda brannte die Hängelampe und die Flügeltür stand offen – die Tür musste offen bleiben. Beide Fenster hinter dem Bett waren ebenfalls offen.

Manchmal kam der eine oder andere einen Moment zu ihr, sagte ein paar Worte oder blieb schweigend neben dem Bett stehen.

Zwischendurch dachte Felicia an all die Menschen, die nicht da waren, die tot oder abwesend waren – und dann schien es für einen Augenblick, als wären sie doch da, bei ihr im Zimmer und neben dem Bett, einer nach dem anderen – ihre Großmutter, ihre Eltern.

Einmal war auch er da in dieser Nacht, ihr Mann, der Vater von Himpies, dem er ähnelte und auch wieder nicht. Felicia schüttelte den Kopf. »Schade, dass du damals nicht warten konntest, dass du ihn nie gesehen hast, kein einziges Mal.« Das sagte sie leise, beinahe flüsternd, wie zum Trost.

Bär: Er fluchte so fürchterlich in einem fort – weil Himpies – »Hören Sie auf damit, Bär!«

Jetzt hätte Toinette hier bei ihr sein sollen – sie beide zusammen: Nettchen hätte im Gästebett schlafen können –, aber sie war selbst schuld, sie hatte ja damals keinen Kummer haben wollen wegen ihr.

Tief in der Nacht trat eine Frau ein. Felicia blickte auf – als sie bei ihr war, ergriff die Frau ihre Hände, zog sie zu sich heran, hielt sie kurz in ihren eigenen Händen fest – einen Moment lang spürte Felicia eine unbeschreibliche Erleichterung –, dann legte die Frau ihr die Hände wieder in den Schoß, weiter nichts, und ging wieder. Felicia sah ihr hinterher: Wer? Wer war sie? Die Vortänzerin des Muscheltanzes?

Der »Mann mit dem blauen Haar« kam ebenfalls; sein Sohn war schon vor einer ganzen Weile gefallen. Felicia stand auf und überließ ihm den Sessel, setzte sich auf einen Schlafzimmerstuhl. »Setzen Sie sich, Bappa«, sagte sie, und sie wechselten ein paar Worte über seinen Sohn, über ihren Sohn. Dann geleitete Felicia ihn zur Tür. »Vielen Dank, dass Sie gekommen sind, Bappa.« Er war steinalt geworden und färbte sich das Haar nicht mehr blau.

Sie dachte nach: Sein Sohn ist gefallen – Auge in Auge mit dem Feind, wie man so sagt; mein Sohn wurde aus dem Hinterhalt erschossen – das ist nicht dasselbe. Mein Sohn ist ermordet worden, dachte sie in diesem Augenblick zum ersten Mal.

Mingus war im Zimmer – der Unteroffizier Domingus, der sich auf Seram befand. »Du hast nicht gut auf ihn aufgepasst!«, sagte sie bitter.

Sie brachten ihr Kaffee.

Andere Leute kamen.

Eine ganz junge Frau – sie erwartete ein Kind – beugte sich über sie, streichelte ihre Hände. »Ihr Kleiner«, sagte sie.

Danach blieb Felicia mit geschlossenen Augen sitzen, kniff sie fest zusammen.

Ein Glas Arrak. »Trinken Sie.« Es war Scheba. Ein Teller mit einem Keks.

Noch mehr Menschen.

Die drei Mädchen in den rosa Kleidern waren auf dem Glasschirm, zwei auf der Wippe und eine mit Stock und Reifen in der Hand. Weil das Nachtlicht nicht brannte, waren sie zwar da, aber so verwischt und klein und flach, als gehörten sie schon nicht mehr dazu.

Die Nacht verstrich.

Der Himmel färbte sich grau, die Binnenbucht darunter nahm ein noch helleres Grau an, die Bäume waren triefend nass vor Tau und fast schwarz. Eine kleine Prozession von Frauen mit Bibel und Taschentuch und Pantoffeln machte sich zwischen den Bäumen hindurch zu den Prauen auf – keine Prau für ihren Sohn.

Felicia stand auf, löste die Tüllgardinen von den Haken, zog sie übereinander und steckte sie sorgfältig unter der Matratze fest. Dann verließ sie das Zimmer, zog die Tür hinter sich zu. Auf der Veranda brannte noch Licht.

Später erfuhr sie die Einzelheiten: Es war während einer kleinen Patrouille geschehen. Ihr Sohn war dabei gewesen, Domingus, seine Leute, ein paar Sträflinge.

Sie waren den Berg-Alfuren nicht begegnet und befanden sich bereits auf dem Rückweg. Zusammen ruhten sie sich auf einer Lichtung im Urwald aus, das bergige Gelände war sehr unwegsam. Ihr Sohn trug keine Kopfbedeckung, sein Kragen war geöffnet (sie wusste schon, wie, so stand er manchmal da, den Kopf für einen Moment in den Nacken gelegt), als ein Pfeil zwischen den Bäumen hindurchflog und direkt in seinen bloß liegenden Hals drang.

Er stürzte rücklings zu Boden, verlor sofort das Bewusstsein.

Die anderen wussten nicht, was sie tun sollten. War der Pfeil vergiftet? War es ein Pfeil mit einem Widerhaken, für Menschen? Sollten sie ihn entfernen, und wenn ja, wie? Der alte Zwangsarbeiter trat vor, sagte, er wisse, was zu tun sei – erst aus Zweigen eine Trage flechten, so leicht wie möglich, ihn darauflegen. Dann entfernte der Alte den Pfeil, Domingus wollte einen Verband anlegen, doch der Alte sagte: »Drückt die Wunde mit den Fingern zu.«

Jeweils vier Mann nahmen die Trage, immer im Wechsel drückte einer die Wunde zu. Sie liefen, so schnell sie konnten, es war höllisch schwierig, vor allem, dabei die Wunde zuzuhalten. Nach einer Weile wollte der Alte es nicht mehr den anderen überlassen. Einer ging voraus, um den Arzt zu holen, aber der war unauffindbar.

Ihr Sohn kam nicht mehr zu Bewusstsein, er atmete noch lange, schwach zwar, aber noch lange. Als sie schließlich beim Feldlager ankamen, war er bereits verblutet; es ging schon auf den Abend zu. Am frühen Morgen wurde er dann, auf einem Hügel in der Nähe der Küste, mit militärischen Ehren begraben.

Der alte Zwangsarbeiter bekam einen Nervenzusammenbruch und bat immer wieder laut um Vergebung und gab sich die Schuld an allem.

Erst einige Zeit darauf kam Domingus sie besuchen.

Felicia wäre es lieber gewesen, wenn er nicht gekommen wäre. Nach der allerersten Zeit, als sie Trost daraus schöpfte, jemanden über ihren Sohn reden zu hören oder sogar nur mit jemandem zusammen zu sein, der ihn gekannt hatte, kostete es sie jetzt jedes Mal Überwindung.

Dennoch wollte sie Domingus nicht absagen.

Er kam am späten Nachmittag, sie tranken Tee unter den Bäumen an der Binnenbucht. Er war ein stämmiger kleiner Mann, mit dunkler Haut, krausem, kurz geschorenem Haar, in Uniform; er sah freundlich aus, aber sie hätte ihn nicht auf Anhieb erkannt.

Felicia hatte das Gefühl, dass er sich in ihrem Beisein nicht wohlfühlte. Das tat ihr leid, aber sie konnte es nicht ändern.

Ob ihr seine Gesellschaft angenehm war, vermochte sie nicht zu sagen, vielleicht schon – nur wenig drang durch die festen Mauern, die sie um sich hochgezogen hatte.

Sie sprachen über dieses und jenes, jedenfalls Felicia. Ob er eine gute Reise gehabt habe? Ob die Expedition jetzt beendet sei? Was er als Nächstes tun werde? Wie es seinen Eltern gehe, lebten sie noch? Sein Vater leider nicht – schade –

Er antwortete höflich, aber knapp.

Sie fragte ihn, ob er sich noch an ihre Großmutter erinnere.

Ja, er erinnere sich noch an sie, die alte Frau Großmutter vom Kleinen Garten.

»Dein Vater hat schöne Dinge gemacht, ich habe noch ein paar Sachen. Wenn du willst, zeige ich sie dir. Vielleicht möchtest du etwas davon haben?«

»Ja, gern«, sagte er nur, und sie wusste nicht, worauf sich seine Antwort bezog. Sie sagte nicht »mein Sohn« und auch nicht »Himpies«, das ging nicht, damit wäre er nicht einverstanden gewesen. Warum eigentlich nicht?

Später, im Lampenlicht, erstellten sie gemeinsam eine Liste der Männer, die bei der Patrouille dabei gewesen waren. Felicia wollte sie für ihre Bemühungen belohnen, ihnen ein Andenken geben – besonders natürlich dem Alten.

»Soll ich ein Gesuch schreiben und um Strafminderung für ihn bitten?«

Domingus sah sie an. »Ich weiß nicht, ob sie dem Gehör schenken würden«, sagte er. »Immerhin hat er, glaube ich, zwölf Menschen umgebracht. Das ist nicht gerade wenig.«

Domingus schenkte sie Himpies' goldene Uhr mit Kette und seinen Perlmuttlöffel, darum hatte er gebeten – um ihn in die Hand zu nehmen, sagte er, Hände hätten ein gutes Gedächtnis. Und sie gab ihm eine kleine goldene Frucht mit einer Ambrakugel, aber was sollte er damit eigentlich anfangen?

Der Rest des Abends verging schnell, nach dem Essen sagte

Domingus, er wolle einige Leute im Dorf besuchen, auch Scheba und Hendrik, bei ihnen könne er übernachten.

»Der Freund meines Sohnes schläft in meinem Gästezimmer«, sagte Felicia knapp. Sie hörte ihn nicht zurückkommen.

Am nächsten Vormittag blieb Domingus noch bei ihr, sie besuchten zusammen alle alten Plätze. In dem grünen, dem stillen Tal gingen sie zu der weißen Muschel, aus der die Hühner tranken – »der wirklich, wirklich entsetzliche Ewijatang«, sagte Domingus.

»Wusstest du das auch?«

Domingus nickte. »Von Tuan Himpies!«

Sie wanderten in die Hügel, dort war es schön, wie immer.

Auf dem Rückweg kamen sie an den Gräbern der drei Mädchen vorbei, blieben kurz am Gatter stehen.

»Ich habe sie nie gesehen«, sagte Domingus.

»Nein, ich auch nicht«, sagte Felicia, »keiner von uns, glaube ich!«

»Tuan Himpies schon. ›Die Mädchen in den rosa Kleidern‹, hat er immer gesagt, dann muss er sie doch gesehen haben!«

»Ich glaube nicht«, sagte Felicia, gab sich jedoch keine Mühe, es ihm zu erklären.

»Wir wollten uns nicht eingestehen, dass wir sie nicht sehen«, meinte Domingus.

Und Felicia sagte: »Ja, so ist das.«

Sie gingen weiter durch den Wald, vorbei an den singenden Bäumen, den Arengpalmen, in die die Jungen das Palmweinmännchen hängen durften, wenn gezapft wurde, vorbei am Bach. Jetzt sprachen sie auch von »meinem Sohn« und von »Himpies« und »Tuan Himpies«, als wäre sein Name nicht mehr tabu.

Bei der alten Badestelle setzten sie sich auf eine Bank.

Felicia blieb still. Sie hätte ihn fragen wollen: Hast du ihn angesehen, als du da neben ihm hergegangen bist? Hast du ihn gerufen und »O Seele von diesem oder jenem« gesagt? Seine hundert Dinge aufgezählt, wie ihr das so macht? Da hat er noch gelebt – er war jung – junge Menschen sollten leben – vielleicht hättest du ihn ja zurückhalten können, in dem Moment – das alles wollte sie sagen, doch sie tat es nicht.

Sie kamen, wie, wusste sie selbst nicht, wieder auf den alten Zwangsarbeiter zu sprechen. »Was für ein Mensch war er?«, fragte Felicia. »Mein Sohn hat mir noch von ihm geschrieben, findest du, er ist ein schlechter Mensch?«

Domingus sagte: »Ach, Sie meinen, weil er diese ganzen Leute ... Aber das war ja nicht beabsichtigt.«

»Hat er manchmal darüber geredet?«

»Ja.«

»Glaubst du, es hat ihm leidgetan?«

»Nicht besonders, glaube ich. Er hat nur gehofft, dass er eines Tages freigelassen wird.«

»Hat er Heimweh gehabt?«

»Ja, das hat er. Und er hat gehofft, dass die Verräterin noch lebt, sagte er, dann würde er nämlich ...« Domingus deutete, mit der Hand oben an seinem Hals, einen Würgegriff an.

Felicia sah es: eine kräftige, braune gute Hand um einen geraden, breiten braunen Hals. Gleichzeitig schauderte es sie eiskalt hinten in ihrem Kopf – eine alte, gekrümmte magere Hand wie eine Klaue um einen jungen weißen Hals – so verletzlich, und alles rot, überall Blut. Sie straffte abwehrend den Rücken und die Schultern. »Hat er ... Er wollte Himpies doch wirklich nichts Böses antun, du bist dir da sicher?«

Domingus ließ die Hand sofort wieder sinken, sah sie verständnislos an, dann legte sich sein ganzes Gesicht in Lachfalten.

»Er und Tuan Himpies Böses antun, glauben Sie das wirklich? Er war doch wie ein altes Huhn, das noch ein Küken bekommen hat und ständig aufgeregt gackernd drumherum flattert. Ab und zu mussten wir darüber lachen, Tuan Himpies trieb es manchmal zur Weißglut, aber dann lachte er auch. Als der Pfeil angeflogen kam, lachten wir gerade zusammen über den Alten.«

Als der Pfeil kam – einfach so, seelenruhig – so. Es tat kaum weh.

Felicia saß neben Domingus auf der Bank. Sie mochte den Strand unter den Bäumen vor dem Haus lieber, hierhin ging sie nur selten. Dabei war es friedlich und grün und die kleinen Wasserstrahlen aus dem aufgesperrten Löwenmaul fielen leise plätschernd ins flache Becken, den Spielplatz für die Kinder, aus dem jetzt die Vögel tranken; und auf ihre knappe, schroffe Art fragte sie unvermittelt – wollte er nicht vielleicht irgendwann den Dienst quittieren, hatte er nicht genug davon, mal hier, mal dort umherzustreifen, sehnte er sich nicht nach eigenem Land? Solange sie hier im Kleinen Garten sei (solange sie lebte, würde sie hier sein), könnte sie ihm helfen, sich im Garten niederzulassen. Er könne ihr Angebot ruhig akzeptieren: Er wäre dann wie ihr angenommener Sohn, der angenommene Bruder ihres Sohnes Himpies, er könnte heiraten, eine Familie gründen.

Er sah sie an (von Nahem waren seine Augen dunkel, ein bisschen, nein, sehr melancholisch), und genauso direkt wie sie sagte er: Nein, er sehne sich nicht danach, sich niederzulassen. Und als Felicia nicht lockerließ: »Warum nicht? Magst du den Kleinen Garten nicht mehr?«, zitierte er leicht verlegen den Satz aus den Psalmen: »Wer auf fernen Schiffen dem Meere sich vertraut, in seiner Tiefe des Herrn Werk und Wunder schaut.« Das sagte er auf Malaiisch, dem Psalmen-Malaiisch, das sich stark von der gesprochenen Sprache unterscheidet. Als kleines Mädchen hatte Felicia die Psalmen gelernt, von ihrem Kindermädchen Susanna, vor allem den hundertvierten Psalm, aber das meiste hatte sie vergessen. Ein paar Wörter wusste sie noch: Der Vogel Lakh-lakh, das war ein Storch, Singa hieß Löwe und Hua war der Herr – deshalb verstand sie ihn nicht auf Anhieb.

»Möchtest du denn zur See fahren?«

Er lachte. »Nein, nein! Wir Menschen fahren doch unser ganzes Leben lang auf einem Schiff.«

Später begleitete Felicia ihn zur Steinmole und sah der Prau nach, wie sie die Binnenbucht überquerte. Natürlich wurde die Glocke wieder einmal vergessen – was für eine Nachlässigkeit in letzter Zeit! Und da ging er dahin, der Unteroffizier Domingus, der lieber ein bettelarmer fahrender Soldat bleiben wollte, als sich im Kleinen Garten niederzulassen. Und ihr Sohn war von einem Berg-Alfuren ermordet worden – ihr Sohn hätte nicht ermordet werden dürfen.

Der Regierungskommissar

Die andere Gewürzplantage auf der Insel, in der es spukte, lag an der Außenbucht; und diese war wirklich nicht viel mehr als ein Garten – der Garten eines Hauses – unweit der Stadt und an der Straße. Auf einer Seite die Außenbucht, auf den anderen drei Seiten eine undurchdringliche Hecke aus hohem Dornenbambus, am Eingang ein großes schwarzes Eisentor.

Das Haus lag auf einer Anhöhe, von dort fiel das Gelände steil zum Strand ab.

Ein Zimmer von früher war noch übrig, mit alten, mannsdicken Backsteinmauern, hohen Schiebefenstern mit Sprossen und tiefen Fensterbänken, mit Blick auf die Bucht. Ein schwarzweiß gefliester Marmorboden, stumpf und hier und da geborsten. Über einer der beiden Türen war die Schnitzerei des Oberlichts erhalten (ein mit Blumen und Früchten gefüllter Korb), die Glasscheibe war verschwunden, das Holz fahl und leblos. Alles war verkommen, verfallen. Dennoch war dieser Raum bestimmt einmal der »Salon« gewesen.

Der Rest des Hauses wurde später daran angebaut: eine kleine geschlossene Veranda, dahinter einige Zimmer – nur der untere Teil der Wände war gemauert, der obere bestand aus grob gehobelten und geweißten Brettern.

Vor dem Haus lag eine grüne Holzveranda, von der ein paar wacklige Stufen zu einer kurzen, breiten Platanenallee und weiter direkt zum Strand hinunterführten.

Ein schmaler, offener Strand, zu beiden Seiten wiederum Platanen, in der Mitte ein baufälliger Bootssteg. Am Ende des Steges stand ein robuster Pfahl aus Holz und Eisen, zu hoch, um nur zum Anlegen zu dienen. Vielleicht war es ein Laternenpfahl gewesen, auf dem früher im Dunkeln eine schwarze Eisenlaterne mit einem Öldocht brannte – ein beruhigendes kleines Licht an der Außenbucht –, vielleicht war es einmal so gewesen, heute war es das jedenfalls nicht mehr. Der Steg ragte weit in die Bucht, bei Flut bis ins Tiefe, dann war die Strömung stark, große Praue konnten dort anlegen.

Um das Haus herum standen einige Gruppen von Gewürzbäumen, Nelken und Nüsse, unter Schattenspendern. Hinterm Haus die Nebengebäude, eine Steinterrasse zum Trocknen der Gewürze und ein großer Brunnen.

Doch der Garten war verlassen, das alte Haus unbewohnt und verriegelt. Eine mit einem Hängeschloss versehene Kette lag um die Gitterstäbe des Tors, zusätzlich waren Dornenzweige darin verflochten.

Das wäre gar nicht nötig gewesen, denn kein Mensch hätte den Garten betreten wollen, keine Prau am Steg anlegen, ein Seil um den Laternenpfahl schlingen wollen. Sicher nicht!

Wer wollte denn – sei es tagsüber, sei es nachts – dem Regierungskommissar begegnen, der dort durch Haus und Garten streifte, gelegentlich auf dem Bootssteg stand – mit dem Rücken zur Außenbucht.

Der Mann war Regierungskommissar, Verwalter, auf einer Insel in der Nähe von Dobo gewesen, wo die großen Perlenfischereien sind. Offenbar war er sehr reich, doch er hatte keinen guten Ruf. Ob er ein Betrüger war, Geld erpresst, es zu einem Wucherzins verliehen hatte? Niemand kannte die Wahrheit.

Er war schon früh aus dem Dienst ausgeschieden und auf die Insel in den Molukken gezogen.

Beim ersten Mal kam er allein. Da kaufte er den Garten an der Außenbucht und ließ das alte Haus renovieren: Alle Türen, Fenster und Fensterläden wurden repariert, vor allem die Schlösser. Die Fenster ließ er vergittern, nur die des Salons nicht – ob er sie nicht verunstalten wollte? Im Übrigen waren die Läden stabil. Zusätzlich kam eine Kette mit einem Hängeschloss an das Eisentor.

Dann kehrte er nach Dobo zurück, um seine Besitztümer zu holen: die Möbel, das alte Porzellan, die Frauen, das Geld und die Perlen.

Noch an dem Tag, als das Schiff ankam, ließ er alles bringen. Die Kulis stellten die schweren, in Matten verpackten Möbel, die Kisten und Koffer einfach nur vor dem Haus ab, sie brauchten nicht beim Auspacken zu helfen, sie sollten ruhig gleich wieder gehen. So sahen sie denn nichts weiter, außer dass da vier Frauen waren: drei alte hässliche und eine junge schlanke Frau, doch die trug einen dunklen Schleier, der über ihr Gesicht fiel.

Das Tor wurde hinter den Kulis verschlossen und danach durfte nie wieder jemand den Garten betreten. Und keiner der Hausbewohner kam je in die Stadt oder auch nur vors Tor.

Mit Ausnahme einer Alten, die die Besorgungen machte – immer dieselbe; sie trug die Einkäufe selbst, zahlte sofort, redete jedoch mit niemandem. Wenn der Chinese schwere Dinge wie Petroleum in Kannen, Säcke voller Holzkohle oder Büchsen und Getränke lieferte – das ließ er sich gut bezahlen –, musste alles zu einer vereinbarten Zeit am Eingang abgegeben werden und von dort schleppten es die drei Alten ins Haus.

Trotzdem wurde – von wem? – in der Stadt an der Außenbucht erzählt, wer in dem Haus wohnte, wie es im Innern aussah, was dort geschah.

Im Salon stünden schwarze Möbel mit Schnitzereien aus der

Zeit der portugiesischen Herrschaft. Ein Sofa – so ein langes, breites Sofa, auf dem man schlafen konnte –, zwei Sessel mit niedrigen Armlehnen, ein Tisch, ein Schrank. Es war ein schwarzer Schrank mit Blumenschnitzereien und silbernen Schlössern, und wenn die Schranktüren geöffnet wurden, läutete ein Glöckchen – ping, ping, ping.

An der Wand hingen alte Porzellanteller, achteckige, mit einzelnen roten Blumen bemalte, sehr kostbare Teller! Und auf dem schwarz-weiß gefliesten Marmorboden standen Steinguttöpfe, alte Martaban-Gefäße, wie sie die Chinesen früher auf ihren Dschunken für Salz und getrockneten Fisch und Ähnliches verwendeten: mehrere braune und ein seltenes grünes Gefäß mit Ringösen in Form von Löwenköpfen mit aufgesperrten Mäulern, durch die sogar noch eine Rattanschnur lief, wie es sich gehörte.

Man erzählte sich auch, was für Perlen der Regierungskommissar besaß.

Eine Halskette aus achtzig weißen Perlen.

Eine große, birnenförmige Perle als Kettenanhänger – die Perle sei nicht weiß, nicht schwarz, sondern stahlfarben mit einem leichten Perlmuttschimmer. Ein Solitär.

Dazu zwei Ohrstecker, exakt identische, runde rosa Perlen, vollkommen makellos! Ein Zwillingspaar unter den Perlen.

Die drei Alten, die Hexen, würden die Hausarbeit erledigen und müssten die junge Frau bewachen.

Die junge Frau sei die Geliebte des Regierungskommissars. Sie war bildschön, vielleicht eine Araberin (das seien die schönsten Frauen der Welt), und trug einen Sarong aus grün-rot changierender Seide und eine Kebaya aus dunkelgrünem Brokat, abgesetzt mit einer steifen Goldbordüre. Bestimmt betonte sie ihre Augen so mit Khol, dass müde blaue Schatten darunter lagen, und gewiss war ihre Nase zart und gebogen, etwas zu schmal, und ihr Mund wie eine rote Blüte, etwas zu groß.

Und ihre Haut sei dunkel, ein warmes, mattes, tiefdunkles Braun.

Wenn sie auf ihrer dunklen, matten Haut die Perlen trug – niemals alle gleichzeitig –, entweder die weiße Kette, um den Hals gelegt oder ins pechschwarze Haar geflochten – oder die grau schimmernde Perle auf der Stirn, zwischen den zarten schwarzen Bögen ihrer Augenbrauen – oder die rosa Zwillingsperlen in ihren Zwillingsohren – was konnte es Schöneres geben?

Sie kam nur selten ins Freie, die meiste Zeit saß sie im Salon – doch bei Mondschein, bei Flut saßen die Liebenden zusammen auf dem Steg an der Außenbucht: Die Frau setzte sich auf die Treppe dicht beim Wasser, beugte sich vor und hielt die Perlen erst in die Wellen, dann wieder ins Mondlicht – Meerwasser und Mondlicht seien schließlich gut für Perlen – und der Mann betrachtete sie.

So wurde es erzählt – von wem, von wem?

Sie wohnten noch nicht lange da.

Dann, an einem frühen Morgen, wurde der Regierungskommissar am Ufer der Außenbucht unweit des Gartens gefunden, angespült, ertrunken. Er trug eine lange gebatikte Hose, eine Männer-Kebaya aus weißer Baumwolle und hatte Sandalen an den Füßen.

Die Leiche wurde in die Stadt gebracht.

Der Regierungskommissar war ertrunken!

Wie sollte er ertrinken? Von wegen ertrunken, er sei ermordet worden! Doch, natürlich, der Perlen wegen!

Polizeiaufseher gingen zum Haus, sie mussten das Schloss an der Innenseite des Tors aufbrechen. Das Haus war ebenfalls verriegelt, sie gingen darum herum und klopften an und riefen: »Aufmachen! Machen Sie sofort auf!« Die Frauen kamen alle vier zu einem Gitterfenster und sagten, sie könnten nicht aufmachen, denn sie hätten keinen Schlüssel – aber wieso, was sei denn passiert?

Als sie hörten, dass der Regierungskommissar ertrunken war, warfen sie die Arme zum Himmel und riefen: »Allah steh uns bei! Allah steh uns bei!«

Ein weiteres Schloss wurde aufgebrochen und die Frauen wurden aus dem Haus geholt und in die Stadt gebracht. Ein Polizeiaufseher und ein höherrangiger Polizist blieben zurück, durchsuchten das ganze Haus.

Alle Schränke, alle Schubladen waren abgeschlossen: Sie mussten sie sämtlich mit einem Dietrich öffnen. Als sie den Ebenholzschrank aufschlossen, erklang ein leises »ping, ping, ping« und in einer ebenfalls abgeschlossenen Schublade wurden die Perlen gefunden, und es war tatsächlich so, wie es erzählt wurde – von wem? –, eine weiße Kette mit achtzig Perlen, ein grauer, birnenförmiger Anhänger und zwei rosa Perlen als Ohrstecker.

Sie fanden auch viel Geld und Papiere. Das meiste Geld lag noch in Dobo, hier und da war es zu einem Wucherzins verliehen und wurde von einem Chinesen verwaltet – das konnte man in den Papieren nachlesen.

Die vier Frauen mussten in der Stadt bleiben und wurden umgehend verhört. Die junge Frau war gar keine Araberin, sondern eine halbe Chinesin. Und sie war nicht besonders schön – aber schlank war sie und ihre Haut sehr weiß. Eine leicht verlegene, blasse junge Frau.

Ihre Eltern besaßen einen Laden in Dobo, ihr Vater war Chinese, ihre Mutter eine Papuanerin von der Küste, die haben oft gemischtes Blut; und die drei Alten waren ihre Tanten mütterlicherseits.

Sie war tatsächlich vor dem Gesetz mit dem Regierungskommissar verheiratet und erbte alles, denn es gab keine Kinder.

Anfangs antworteten die Frauen nur auf Fragen, misstrauisch und auf der Hut: ein zögerliches Ja oder Nein – ich weiß nicht – vielleicht. Viel wussten sie nicht.

Wer der Regierungskommissar eigentlich sei?

»Ich weiß nicht.«
»Wo kommt er her?«
»Ich weiß nicht.«
»Kannten Sie ihn lange, bevor Sie geheiratet haben?«
»Nicht lange, nein.«
»Womit hatte er das ganze Geld verdient?«
»Ich weiß nicht.«
»Woher hatte er all die Antiquitäten?«
»Ich weiß nicht.«
»Und die Perlen?«
»Das weiß ich auch nicht.«
»Fanden Sie die Perlen schön? Haben Sie sie oft getragen?«
Da fing die junge Frau plötzlich an zu stammeln und wurde ganz rot vor Schreck.
»Ich? Die Perlen getragen? Niemals! Ich habe sie nie gesehen.«
»Sie haben sie nie gesehen?«
»Nein.«
»Das kann doch gar nicht sein!«
»Doch, wirklich.«
»Aber Perlen sind doch zum Tragen da?«
»Ich weiß nicht. Das sagen die Leute und – der gnädige Herr.«
Alle vier sagten »der gnädige Herr«, selbst seine junge Frau.
»Der gnädige Herr hat oft Meerwasser in einen Eimer gefüllt, darin hat er die Perlen wohl gebadet. Meerwasser ist gut für Perlen, aber ich war nie dabei.«
»Woher wissen Sie es dann?«
»Ich weiß es nicht, ich dachte es mir, vielleicht.«
»Wo hat er die Perlen aufbewahrt?«
»Sie waren in einer Schublade des schwarzen Schrankes eingeschlossen.«
»Hat er sie oft herausgeholt?«
»Ja.«
»Waren Sie dann dabei?«

»Nein.«

»Woher wissen Sie es dann?«

»Wenn der gnädige Herr den schwarzen Schrank öffnete, klingelte ein Glöckchen, ping, ping, ping.«

»Aber woher wissen Sie, dass er dann die Perlen herausholte?«

»Ich weiß es nicht, vielleicht.«

Nach einer Weile begannen sie, von sich aus zu erzählen, alle vier ungefähr dasselbe: Alles sei weggeschlossen gewesen und der gnädige Herr habe die Schlüssel gehabt – die zu den Schubladen, zu den Schränken, zu den Zimmern – viele Schlüssel an einem großen Schlüsselbund. Sie hätten nichts sehen dürfen.

Er sei immer im Haus herumgegangen und außen ums Haus herum und habe Wache gehalten. Gegen Abend sei es am schlimmsten gewesen: Er prüfte erst ein Mal und später erneut, ob das Tor wirklich gut verschlossen war, ob keine Löcher in der Hecke aus Dornenbambus waren, durchsuchte die Gewürzwäldchen, ging zwei-, dreimal ums Haus, öffnete innen alle Türen, blickte in jedes Zimmer, vor allem in den Salon, dann waren die Nebengebäude an der Reihe, anschließend machte er die Türen wieder zu – schloss ab. Schloss die vier Frauen im Haus ein. Vor Einbruch der Dunkelheit ging er schließlich ein letztes Mal zum Bootssteg – von da unten konnte er das Haus am Ende der kurzen, breiten Allee gut sehen. Dort blieb er eine Weile mit dem Rücken zur Außenbucht stehen und schaute unaufhörlich zum Haus – bis es dunkel war. Dann erst kam er zurück. Manchmal strich er noch im Dunkeln ums Haus, ging nachts oft hinaus, sogar in mondlosen, stockfinsteren Nächten, ja sogar bei Regen.

»Warum hat er das gemacht? Hatte er Angst vor Dieben?«

»Ja, nein, ich weiß nicht.«

Und dann wurden die vier Frauen, eine nach der anderen, unruhig und verlegen und erzählten alle vier dasselbe – mit gesenktem Blick.

»Der gnädige Herr war argwöhnisch, sehr argwöhnisch, wegen – wegen allem, aber vor allem wegen der Perlen, deshalb machte er das.«

»Was für ein Mensch war er sonst so? Hat er viel getrunken?«

»Nein, nicht viel.«

»War er nie betrunken?«

»Nein, er musste ja immer gut aufpassen.«

»Hat er Sie misshandelt?«

»Nein.«

»Hatten Sie Angst vor ihm?«

Wieder zögerten sie, die junge Frau, die drei Alten, und sagten dann leise und beschämt: »Ja, vielleicht.«

Alles wirkte schlüssig. Die Aussagen widersprachen sich nicht und die vier Frauen wirkten scheu und verängstigt, wie Menschen, die nicht viel zu verbergen haben.

»Erzählen Sie uns genau, was Sie an diesem Tag getan haben.«

Und sie erzählten, was sie getan hatten – dasselbe wie sonst, Tag für Tag. Die drei Alten arbeiteten: Die eine ging zum Einkaufen in die Stadt, die andere räumte das Haus auf und wusch dann Wäsche, die dritte kehrte im Garten. Dann kochten sie gemeinsam. Und die junge Frau hatte gehäkelt, wie immer.

Ging sie nie nach draußen?

»Nein, ja, manchmal.«

Nachmittags, wenn die Arbeit erledigt war und die Sonne nicht mehr so heiß schien, gingen sie, alle vier zusammen, zum Luftschnappen an den Strand unter den Bäumen an der Außenbucht.

»War der gnädige Herr dann dabei?«

»Ja, der gnädige Herr war dabei, wir durften nicht allein aus dem Haus.«

»Waren Sie an diesem Tag auch am Strand?«

»Nein, doch, ja, an diesem Tag auch.«

»Mit dem gnädigen Herrn?«

»Ja, mit dem gnädigen Herrn.«

»Und dann sind Sie wieder ins Haus gegangen und der gnädige Herr hat die Türen abgeschlossen?«

»Natürlich hat der gnädige Herr die Türen abgeschlossen.«

»Was hat er da für Kleidung getragen?«

»Seinen Hausanzug: eine gebatikte Schlafhose, eine weiße Kebaya und Sandalen.«

»War er oft so gekleidet?«

»Ja, wir haben nie jemanden besucht und haben auch keine Besucher empfangen.«

»Waren Sie nicht beunruhigt, als er abends und nachts nicht zurückkam?«

»Nein, der gnädige Herr blieb oft draußen.«

»Ist er noch ums Haus gegangen?«

»Vielleicht.«

»Sie haben also nichts gehört?«

»Nein.«

»Und haben ihn im Lauf der Nacht nicht rufen hören oder irgendein anderes Geräusch?«

»Nein.«

Alle vier nacheinander. Ihre Stimmen klangen zögerlich, aber es schien zu stimmen. Auch bei der Leichenschau wurde nichts entdeckt, was ihren Aussagen widersprochen hätte.

Ein Mann, noch in der Blüte seiner Jahre, gesund, ohne Anzeichen von Gewalt – die Fische hatten ziemlich an ihm geknabbert und Wasser war in seine Lunge eingedrungen, er war wohl schlicht ertrunken.

Dann machte noch der Fischer, der auf dem Nachhauseweg immer zur selben Zeit, abends gegen Sonnenuntergang, in seiner kleinen Auslegerprau vorbeiruderte oder -segelte, eine Zeugenaussage.

Das sei ihm aufgefallen: Fast jeden Nachmittag habe dieser Herr dort allein auf dem Bootssteg gestanden, mit dem Rücken zur Außenbucht; wenn der Fischer an ihm vorbei war und sich noch einmal umdrehte, stand er immer noch da. Das habe er sehr seltsam gefunden – wer kehrte schon der Außenbucht den Rücken zu? – und er sei lieber rasch weitergerudert.

An jenem Abend aber – es war noch Nachmittag, kurz vor Sonnenuntergang, habe dieser Herr wieder dort gestanden, wie immer. Doch als der Fischer sich noch einmal umgedreht habe – nicht mehr!

Hatte er denn ein Platschen gehört?

»Nein.«

Hatte er jemanden rufen hören?

»Nein.«

Oder das Wasser aufspritzen sehen?

»Nein.«

Oder überhaupt irgendetwas Besonderes in der Außenbucht bemerkt?

»Nein.«

Als er diesen Herrn dort sah, war er da allein, war niemand bei ihm?

»Nein, da war niemand.«

Ob Flut war?

»Ja, es war Flut.«

War er sich wirklich sicher, konnte es kein anderer Tag gewesen sein?

»Nein, bestimmt nicht.«

Und ob er jetzt Zeugengeld bekomme?

Was mochte wohl passiert sein? Ob der Regierungskommissar auf dem Steg ausgerutscht war? Aber dann hätte er doch sicher um Hilfe gerufen oder versucht, wieder an Land zu gelangen?

Die vier Frauen wurden erneut verhört, eine nach der anderen.

»Konnte der gnädige Herr schwimmen?«

»Ich weiß nicht.«

»Hat der gnädige Herr nie im Meer gebadet?«

»Doch, aber nur selten bei Flut, und er ging nie ins Tiefe, dort sind Haie.«

»Baden Sie manchmal im Meer?«

Die Frauen zögerten kurz, kaum merklich.

»Nein. Oder doch, selten, ein- oder zweimal haben wir im Meer gebadet.«

»Zusammen mit dem gnädigen Herrn?«

»Nein, nie zusammen. Während wir gebadet haben, hat er am Ufer Wache gehalten.«

»Haben Sie in letzter Zeit im Meer gebadet?«

»Nein ...«

»An diesem Tag also auch nicht?«

»O nein, nicht an diesem Tag! Früher, viel früher.«

»Was meinen Sie, hat der gnädige Herr vielleicht Selbstmord begangen?«

Wieder blickten die Frauen ängstlich drein – vielleicht –, aber sie glaubten es eigentlich nicht.

Es hatte schon alles seine Richtigkeit. Nur die Schlüssel tauchten nicht wieder auf – der große Schlüsselbund, von dem die Frauen gesprochen hatten –, nicht beim Ertrunkenen, nicht im Garten oder auf dem Steg oder bei Ebbe am Strand. Hatte er sie bei dem Sturz in der Hand gehabt? Waren sie ihm aus der Tasche gefallen, als er ertrunken war?

»Wo könnten die Schlüssel des gnädigen Herrn sein?«

Die Frauen blickten erstaunt drein und wurden unruhig.

»Die Schlüssel sind doch verschwunden!«

Wie das sein könne, wäre ihnen nicht deutlich, und dieses »nicht deutlich« klang noch viel unsicherer als ihr »ich weiß nicht« oder »vielleicht«.

Dann durften sie gehen.

Die vier Frauen nahmen sich ein Zimmer in einem kleinen Hotel im Chinesenviertel, sie wollten keine Nacht länger im Haus bleiben. Dennoch mussten sie noch einmal zurückgehen, um ihre Kleidung zu holen – es hing auch noch Wäsche auf der Leine. Sie baten einen Polizeiaufseher mitzukommen, sagten, sie würden sich viel zu sehr fürchten.

Später wurden das Geld, die Papiere und die Perlen der jungen Frau übergeben. Es gab keine minderjährigen Kinder und das Waisengericht brauchte sich nicht weiter um den Fall zu kümmern.

Sie blickte drein, als wüsste sie nicht, was sie damit anfangen sollte, und setzte zögernd ein Kreuz unter den Empfangsschein; die drei Alten unterzeichneten ebenfalls mit einem Kreuz – sie unterzeichneten noch einen weiteren Schein: Um diesen hatte die junge Frau selbst gebeten, es war eine Vollmacht, die gesamte Inneneinrichtung zu verkaufen, sie wollte nichts behalten. Der Garten und das Haus sollten ebenfalls verkauft werden.

Der Hausrat, die Möbel aus Ebenholz, der schwarze Schrank mit den silbernen Schlössern, das antike Porzellan und die Teller und Martaban-Gefäße aus Steingut wurden versteigert. Den Garten und das Haus wollte niemand, nicht einmal zur Miete!

Und mit dem erstbesten Schiff brachen die vier Frauen nach Dobo auf. Sie gingen schon frühmorgens an Bord. Die junge Frau trug einen bunten, rot-blau gebatikten Sarong, eine weiße Kebaya mit viel Spitze und Samtpantoffeln. Einen dunklen, mit einer bunten Borte abgesetzten Gazeschleier, lose auf das zu einem straffen Knoten gebundene Haar gelegt; ihr Gesicht war dick weiß gepudert, aber nicht verschleiert. In der Hand hielt sie einen geölten Papierschirm zum Schutz vor der Sonne – sie wollte gern blass bleiben; in der anderen Hand ihre schwarze Satintasche mit Fransen auf beiden Seiten –

Die Tasche hatte zwei Fächer mit je einem silbernen Ring, der sich von der Mitte aus hinunterschieben ließ und so die Öffnung verschloss. Auf einer Seite waren ihre Geldbörse und ein Schlüsselbund, ein gestärktes weißes Taschentuch, eine längliche grüne Flasche Kölnischwasser, falls sie seekrank wurde, und eine Rolle

Pfefferminzbonbons. Auf der anderen die Schiffskarten, alle Papiere und die Perlen: die weiße, in ein Taschentuch geknüpfte Halskette, die birnenförmige graue Perle – der Solitär – und die kostbaren rosa Zwillings-Ohrstecker zusammen auf ein paar Wattebäuschen in einer alten Pillenschachtel aus Pappe.

Sie hatte sie nicht angelegt, trug aber ihren gesamten neuen Goldschmuck: goldene Haarspangen im Dutt, englische Goldpfunde als Knöpfe an ihrer Kebaya, Goldringe an den Fingern, breite, goldene Schlangenarmreife um die schmalen Handgelenke. Sie fand Gold viel schöner als Perlen, außerdem war sie jetzt reich. Eine der Alten trug ihr noch eine Sirihdose aus Gold und Silber und einen kleinen silbernen Spucknapf hinterher.

Die vier Frauen sahen nicht mehr so scheu und bedrückt aus wie zuvor, sie waren aufgeregt wegen der weiten Reise, die sie erwartete, und betrachteten alles neugierig und stupsten sich gegenseitig an und lachten verstohlen, hinter vorgehaltener Hand.

So brachen sie nach Dobo auf, und niemand hat sie je wieder gesehen.

Nein, nein, das darf man nicht glauben! Da ist kein wahres Wort dran, es ist von A bis Z erlogen!

Der Regierungskommissar wurde wirklich ermordet, von seiner Geliebten, und die drei alten Hexen haben ihr geholfen.

An jenem Nachmittag, als sie zusammen über den Strand spazierten und barfuß durchs Wasser wateten – wirklich nur mit den Füßen im Wasser! – und der Mann am Ufer stand und schaute und Wache hielt, hatte sie ihn gerufen! Sie hatte sich zu weit ins Wasser gewagt – es war Flut – ihr ganzer Sarong war nass geworden – und plötzlich wäre sie auf etwas Spitzes getreten oder von einem Fisch gestochen worden!

»Oh-oh-oh! Hilfe!« –

Sie rief ihn – sie hätte sich so fürchterlich wehgetan – ihr Fuß blute ganz schrecklich – sie rief laut, übertönte Wind und Wellen, ging vor Angst noch tiefer ins Wasser und wäre beinahe hineingefallen –

Der Mann erschrak heftig und eilte auf der Stelle hin, voll bekleidet und mit Sandalen! Bei ihr angekommen beugte er sich vor, um sich die Verletzung anzusehen, und sie klammerte sich sogleich fest an ihn, warf sich auf seinen Rücken und rief und rief immer weiter.

Der Wind und das Wasser rauschten so laut in seinen Ohren, dass ihn schwindelte, dazu ihre schrillen Schreie, er verlor das Gleichgewicht und glitt aus. Sie, oben auf seinem Rücken, stürzte mit ihm. Hinter ihnen standen die drei Alten bereit und sie drückten ihn alle vier zusammen unter Wasser – nicht einmal besonders lange, schoben ihn dann zum Bootssteg, ins Tiefe, wo bei Flut die Strömung hinkam.

Anschließend zogen sie sich alle vier um, spülten ihre nasse Kleidung mit Süßwasser aus und schlossen sich im Haus ein. Den Schlüsselbund hatten sie dem Mann abgenommen und im Garten vergraben. Und den einen Schlüssel, mit dem sie das Haus verriegelten und sich selbst einschlossen, versteckten sie im Haus, unter dem Fußboden oder in einem Loch irgendwo in der Holztäfelung.

Aber was war mit dem Fischer?

Der hatte wohl zu viel Palmwein getrunken oder er war einfach so dumm, dass er die Wochentage verwechselte: An diesem Nachmittag, eben an diesem Nachmittag stand der gnädige Herr nicht auf dem Bootssteg, denn er lag im Wasser darunter.

Nein, nein! Das darf man nicht glauben, denn es stimmt nicht, es kann gar nicht sein! Er war ein starker Mann, wie sollten denn vier Frauen –

Aber manchmal sind alte Frauen stark und ausdauernd und vielleicht hatten sie ihm zuvor einen Trank eingeflößt, der benommen und schwindlig macht, den gab es bei jeder Bibi zu kaufen –

Vielleicht war es ja gar nicht ihre Absicht gewesen, aber als dann alles so leicht und wie von selbst ging –
Weshalb sie das machten? Ob es wegen der Perlen war?
Vielleicht.
Oder vielleicht, weil sie sich vor ihm fürchteten?
Keiner weiß es.
Aber der Regierungskommissar ist wieder in seinen Garten zurückgekehrt – das steht fest – das weiß jedes Kind.

Und jetzt flüstert alles in diesem Garten an der Außenbucht:

Die Blätter der Gewürzbäume, die drei kleinen Wellen der Brandung, die Kühle der Bucht um das alte Haus herum – flüstern – flüstern –

Lasst das Haus verschlossen, verriegelt die Türen und Läden und die zwei großen Schiebefenster im Salon – niemand soll dort wohnen – soll das Haus doch langsam verfallen.

Verschließt das Tor mit dem Schloss und der Kette und flechtet Dornenzweige hindurch – niemand soll in den Garten gelangen.

Die Gewürzbäume können ruhig stehen bleiben und blühen und Frucht tragen und ihre Samen auf den Boden streuen – das Unkraut wird wuchern und alles wieder ersticken.

Schon rollen die Gewürznelken-Kügelchen wieder weg, vertrocknen die Knospen. Die Muskatnüsse reifen, die gelbgrüne Frucht springt auf, die korallenrote Mazisblüte löst sich, verfärbt sich, verweht im Wind, und die schwarz glänzende Nuss fällt auf die harte, trockene Erde.

Keine Prau soll über die Außenbucht herbeikommen, beim Holzsteg anlegen, Seile um den Laternenpfahl von früher schlingen.

Der Steg wird weiter verrotten, sogar der gute Pfahl aus Holz und Eisen wird irgendwann im Salzwasser faulen.

Lasst den Regierungskommissar in Ruhe! Gebt ihm Zeit, alles zu vergessen: den Garten und das Haus, seine Möbel aus Ebenholz und das Porzellan, das grüne Martaban-Gefäß, sein Geld, seine Dienerinnen, seine Geliebte und seine Perlen.

Lasst ihn den vier Frauen vergeben, falls sie ihn denn ermordet haben – er wird es wissen.

Gebt ihm Zeit.

Dann wird er auch wieder weggehen, denn er stammt nicht von hier. Doch man muss ihm Zeit geben – Zeit – Zeit –

Constance und der Matrose

Zu jener Zeit war das alte Haus der Frau vom Kleinen Garten in der Stadt an der Außenbucht an ein junges holländisches Beamtenpaar vermietet.

Ein Mann und eine Frau und ihr etwa zweijähriges Töchterchen, das nach einer seiner Großmütter den hochtrabenden Namen Sophia Pia trug; die Dienstboten nannten sie alle Nonni Soffie, und so hieß sie also Soffie.

Insgesamt sechs Dienstboten wohnten in dem Haus, alle miteinander verwandt.

Der alte Matheus war der Oberdiener. Eigentlich sollte er nicht Hausangestellter, sondern der Anführer eines christlichen Dorfes auf einer anderen Insel werden, ein Radscha, wie sie genannt wurden. Doch selbst dann hätte er nie einen Kaftan aus Brokat, Pantoffeln und einen Turban mit einer Aigrette getragen, sondern wochentags eine Hose aus gestreifter Baumwolle zu einer Kebaya und sonntags zum Kirchgang eine lange schwarze Hose und einen schwarzen Kittel mit langen Ärmeln aus glänzendem Bombasin, das kurze, krause graue Haar unbedeckt und die Füße immer nackt, so wie jetzt.

Seit Urzeiten gab es auf dieser Insel zwei Familien, die sich um den Posten des Radschas stritten; gelegentlich kämpften sie auf

Leben und Tod! Und nun hatte seine Familie also verloren, zum wiederholten Male.

Davon konnte er ganz gelassen erzählen: Die andere Familie war groß und ihre zahlreichen Mitglieder jung und stark, seine Familie war kleiner, die meisten waren älter und schwächer, und die Jungen besiegen nun mal die Alten – die Starken die Schwachen – die Vielen die Wenigen – so ist es eben und das ist nicht weiter tragisch: Am Ende werden die Jungen alt, die Starken schwach, von den Vielen bleiben nur wenige übrig.

»Aber viele Erste werden die Letzten sein«, sagte Matheus.

Dennoch fiel es ihm schwer, auf der Insel zu bleiben und untätig zuzusehen, also ließ er seine Frau und die jüngeren Kinder dort zurück und besuchte sie einige Male im Jahr, wenn er freihatte. Er selbst zog in die große Stadt und blieb da. Ein älterer Mann mit geringer Schulbildung, was blieb ihm anderes übrig, als Hausangestellter zu werden? Er hatte keine besondere Begabung dafür, brachte keine große Begeisterung dafür auf – doch er nahm immer eine Reihe Verwandte mit; er verstand es, die Arbeit unter ihnen aufzuteilen. Und er war so grundanständig, dass jeder Haushalt, in dem er der Oberdiener war, sich glücklich schätzen konnte.

Den Großteil der Arbeit erledigten die Schwester seiner Frau, seine Schwägerin Lea, und ihre drei Kinder sowie Pauline, eine weitere Nichte, die erwachsene Tochter eines seiner Brüder.

Mama Lea war eine richtige Tonne, sehr dunkel und hässlich, mit einem lachlustigen Mund voller großer, schneeweißer Zähne – keiner konnte sich vorstellen, wie sie zu ihrer kleinen, zarten Tochter Liesbet gekommen war. Mit ihrem dichten, schwarzen Kraushaar, den tief liegenden Rosinenäuglein, den strahlend weißen Zähnen sah die Kleine aus wie ein schwarzes Püppchen; nur ihre Haut war zu hell, sie hatte die Farbe eines Kaffees mit zu viel Milch. Sie war neun oder zehn Jahre alt, doch Mama Lea kleidete sie wie eine Frau, zog ihr einen karierten Rokki und eine lange weiße Kebaya an; als Matheus eines Tages beschloss, dass Liesbet jetzt groß genug war, um zu »arbeiten«, und in Zukunft sehr gut das Kindermädchen von Nonni Soffie abgeben konnte, band sie ihr kurzes Haar mühsam zu einem kleinen Knoten zusammen.

Matheus' Entscheidung brachte niemanden um den Schlaf: Liesbets »Arbeit« bestand darin, mit dem Mädchen unter einem Baum auf einer Matte zu sitzen, morgens nach dem Frühstück und bis es zu warm dafür wurde, dann wieder nachmittags nach dem Mittagsschlaf und bis die Sonne unterging. Sie hatten einen Bären, einen Elefanten, ein abgeschabtes weißes Samthündchen zum Spielen, eine Clownspuppe (aber die beachteten sie nie), einen Sack voller schwarzer Kerne, eine Schaufel und Förmchen, die ständig in dem feinen gelben Sand vom Strand an der Bucht versanken, eine Filzpuppe mit einem langen roten Kleid – die rote Puppe – Soffies große Liebe, und einen echten Vogel – einen zahmen hellgrünen Kakadu, den die Frau vom Kleinen Garten dem kleinen Mädchen geschenkt hatte. Soffie nannte ihn »Ka-ka-tu-a«, es war eins ihrer ersten Wörter.

Liesbets ältere Brüder, die kleinen Apostel Petrus und Paulus, kamen ganz nach ihrer Mutter, sie waren kräftige, hässliche Jungs und kicherten ständig zusammen. Petrus wurde »Gärtner« genannt, obwohl er nur im Haus half, und Paulus ging noch zur Schule. Kaum war er zurück, hatte jeder eine brandeilige Aufgabe für ihn – das fand er völlig in Ordnung.

Pauline nähte, sie bügelte und stopfte die von Mama Lea gewaschene Kleidung.

Pauline war ein Rätsel.

Sie ähnelte niemandem, schien nicht zur Familie zu gehören und wahrte immer Distanz. Zwar gehorchte sie Matheus – wer würde das nicht tun? –, aber mehr auch nicht. Eine nicht besonders große junge Frau, immer anständig in dumpfe, gedeckte Töne gekleidet, sodass sie noch dunkler wirkte, als sie ohnehin war, und in ihrer Art irgendwie verhalten, verkrampft, als verberge sich etwas hinter ihrem beherrschten Äußeren – sie war sehr einsam.

Jedenfalls, bis Constance kam!

Die Köchin aus Matheus' Familie war krank geworden, er konnte auf seiner Insel nicht so bald Ersatz finden, und so hatte Constance die Anstellung bekommen. Sie gehörte nicht zur Familie, zog also nicht ins Haus. Sie besaß eine eigene Wohnung irgendwo in der Stadt, hatte immer dort gewohnt und bildete sich etwas darauf ein, sie sah auf die anderen herab, meinte, sie kämen »aus dem Busch«.

Damals war Constance in der Blüte ihrer Jahre, eine Schönheit. Wer hätte schon sagen können, ob sie wirklich schön war?

Ihr Gesicht nicht, ihre Züge waren nicht sehr ausdrucksstark, sondern rund und füllig wie die eines Kindes; das glänzende, fast glatte Haar trug sie nach hinten gekämmt und tief im Nacken in einem kleinen Knoten. Doch wenn Constance auf dem Rückweg vom Markt unter den hohen Bäumen durch die Allee schritt, in der Kebaya und ihrem anständigen, geraden Rokki, den alten braunen Korb auf einem zusammengefalteten Tuch auf dem Kopf balancierte, sich dem Haus näherte, die Treppe hinaufstieg und hinter dem Vorhang aus grünen Kletterpflanzen mit hellblauen Blüten hindurch über die Veranda zur Küche ging, hielten alle einen Augenblick inne und sahen ihr nach.

Ihre langen Beine beugte sie kaum, die Hüft-, Knie- und Knöchelgelenke blieben fast unbewegt: Stolz wurde der schwere Korb auf ihrem Kopf von dem runden, schönen Hals, dem schlanken, kerzengeraden Rücken, den geschmeidigen Schultern getragen, die Arme bewegten sich im Takt ihrer Schritte – niemals locker und schlenkernd – langsam –, als wären ihre Hände unendlich schwer.

Das verlieh ihrem Gang etwas Gravitätisches und Geschmeidiges und zugleich Schmachtendes: So geht jemand in einer Prozession, der die »Ernte« oder den »Spätsommer« darstellt. Anstelle des alten, abgenutzten Korbs hätte sie eine flache Schale mit überreifen goldgelben Ananasfrüchten auf dem Kopf tragen können oder eine hohe, im Sonnenlicht funkelnde kupferne Wasserkanne – aber so war es auch gut.

Pauline lag ihr ab dem ersten Moment zu Füßen. Sie lief ihr überallhin nach, half ihr, erledigte die unangenehmen Aufgaben für sie, nahm sie zitternd vor Empörung vor den anderen in Schutz, wenn böse Worte über Constance fielen, das kam schon mal vor.

Früher war sie in allen Ehren verheiratet gewesen, doch niemand wusste, wo ihr Mann abgeblieben war, auch sie nicht, und jetzt hatte sie Liebhaber – das war ihr gutes Recht –, bloß waren es andauernd andere. Und obwohl sie sich nicht viel aus den Liebhabern machte, machten diese sich viel aus ihr. Sie wollten ständig um sie kämpfen oder lauerten ihr an verlassenen Orten auf, um noch ein Mal, zum aller-, allerletzten Mal mit ihr zu reden, und drohten ihr mit Mord und Totschlag – und alle außer ihr grämten sich sehr. Doch Constance konnte sich nur für eine Sache begeistern, und das war das Tauziehen!

Einmal, rein zufällig, hatten der junge Mann und die junge Frau sie beim Tauziehen gesehen.

Es war spätabends auf einem kleinen Platz gewesen.

Der Mond schien zwar, doch die Laubkronen der hohen Bäume waren so dicht, dass sie den klaren Nachthimmel darüber ausschlossen; unten in der Dunkelheit und im Staub brannten Fackeln mit einer rötlich flackernden Glut, es herrschte großes Gedränge.

Ein langes, dickes Rattantau aus aneinandergeknoteten und verstärkten Stücken lag in der Mitte auf dem Boden, an beiden Enden standen die gegnerischen Mannschaften.

Am Rand des Platzes, unter den Bäumen, saßen die Tifa-Spieler mit ihren Trommeln – große, kleine und sehr kleine, so leicht wie ein Tamburin. Einer trommelte mit Fäusten drauflos, ein anderer schlug mit dem Handballen oder dem Handteller darauf; nur wenige bespielten ihre Instrumente leicht, mit den Fingerkuppen.

Doch die Tifas waren vollkommen und tadellos aufeinander abgestimmt – nie kam es zu einem Klangdurcheinander –, sie hielten sich an ein strenges Metrum, einen ununterbrochenen, durchdringenden Rhythmus. Hin und wieder wechselten sie den Takt, aber mehr auch nicht.

Das feuerte die Männer beim angestrengten Ziehen am Rattantau an, ihre Kräfte wurden wie mit schnellen Peitschenhieben aufgestachelt, ihre Müdigkeit aus ihnen herausgehämmert.

Jedes Mal, wenn eine Mannschaft gewonnen hatte, schwiegen die Tifas abrupt und die Männer, sogar die Sieger, blieben erschöpft zurück. Manche hatten sich nicht in der Gewalt, ließen sich an Ort und Stelle der Länge nach hinfallen, andere sanken matt zu Boden oder lümmelten gelangweilt unter den Bäumen.

Dann mussten die Frauen kommen und singen, bis die Männer wieder Kraft geschöpft hatten.

Sie standen in Reihen neben- und hintereinander, im Quadrat – beispielsweise fünf Fünferreihen oder sechs Sechserreihen – dicht an dicht: in der gleichen Kleidung, alle in ihrem gewöhnlichen engen Rokki und langem Baju, aber dazu hatte jede ein großes, gestärktes weißes Tuch flach auf dem Kopf.

Sie sangen ein Lied, erst eins und dann noch eins und noch eins, und immer wieder das eintönige Lied des Tauziehens, das in ein Liebeslied übergeht; dabei klatschten sie in die Hände und gingen im Takt ein paar Schritte vor, ein paar Schritte zurück – weiter nichts –, sie bewegten sich kaum von der Stelle.

Die Tifas setzten wieder ein – leise –

Die Tifa ruft – von weit her – von weit her – hieß es in dem Lied – leise – als wollten sie die singenden Frauen begleiten, hier und da den Takt angeben – kaum merklich, etwas langsamer – etwas schneller, fast nicht.

Doch dann – nicht plötzlich, nicht unvermittelt –, sacht, mit Fingern, Händen – Fäusten, übernahmen die Tifas die Führung: *ihr* Takt, *ihr* Tempo, *ihr* Rhythmus!

Der Liedtext, die Melodie verloren sich im Dröhnen.

Die Frauen klatschten wie zuvor in die Hände – im Takt der Tifas, setzten soundso viele Schritte vor, soundso viele zurück – immer im Takt der Tifas –

Der junge holländische Mann und seine junge Frau entdeckten Constance erst nach einer Weile: Sie stand in der ersten Reihe, schwer zu erkennen inmitten der anderen Frauen.

Im flackernden Licht der Fackeln, die rötlich und trübe durch den Rauch und den Staub schienen, im Schlagschatten des steif abstehenden weißen Tuchs wirkte ihr schweißüberströmtes Gesicht fast schwarz und glänzte wie mit Öl eingerieben; mit weit offenen Augen starrte sie vor sich hin – ins Leere. Und sie glich der Frau neben ihr aufs Haar, und der neben dieser und der hinter ihr und der hinter dieser.

Sie waren nicht länger Reihen singender, tanzender, in die Hände klatschender Frauen – ein seltsames, plumpes Etwas, dunkel, groß, quadratisch und weiß getupft, das vom Strom mitgerissen wurde, sich nicht selbst bewegte – mitgesogen wurde, ein Stück vor, ein Stück zurück, im Rhythmus der Tifas – so wie die Tifas es wollten.

»Genug geguckt?«, fragte der junge Mann. »So was von sterbenslangweilig. Dass ihr das Freude macht, der schönen Constance!«

Die junge Frau folgte ihm – so empfand er das also? Das konnte sie nicht verstehen. Langweilig? Nein, dunkel, bedrohlich und erregend, vermengt mit einer uralten Angst – aber doch nicht langweilig!

Constance mit ihren vielen Liebhabern, aus denen sie sich

nichts machte – ihr Liebhaber war eine Tifa, aber nicht *eine* Tifa, sondern all die Tifas, der Rhythmus der Tifas! Und einen leidenschaftlicheren, zärtlicheren Liebhaber würde sie auf Erden wohl niemals finden.

Am nächsten Tag war sie natürlich müde und musste ausschlafen, dann kam sie nicht zum Kochen – das würde Pauline schon übernehmen –, ja, sie sagte nicht einmal Bescheid. Später kehrte sie seelenruhig und voller Anmut zurück, schenkte Pauline ihr kleines, träges Lächeln, ließ Matheus' Gebrummel an sich abperlen.

Doch einmal beging sie einen Fauxpas. Bis dahin waren ihre kurzen Liebschaften nur ihre Sache gewesen – und dann das! Ihr neuer Liebhaber war ein Matrose: Eine nicht mehr ganz junge, nicht ganz mittellose Frau, »eine aus der Stadt«, konnte sich doch unmöglich mit einem Matrosen abgeben!

Schrecklich!

Außerdem gab es solche und solche Matrosen – die der Königlichen Marine oder der Handelsmarine, das mochte ja noch angehen. Die vom königlichen Fährenliniendienst hatten viel Geld und blieben nie lange. Aber die von der Gouvernementsmarine, nichts Halbes und nichts Ganzes, die »halbe Compagnie«, wie sie hier genannt wurden, das ging zu weit!

Außerdem war der Matrose nicht »von hier«; nicht einmal von einer der anderen Inseln – er kam aus Makassar, wohlgemerkt! War er womöglich nicht einmal Christ?

Matheus lief herum mit einem Gesicht wie eine Donnerwolke; er sprach kein Wort mehr mit Constance und verbot auch Mama Lea, mit ihr zu reden (dabei redete Mama Lea gern und viel). Petrus und Paulus, die es auf dem Grundstück nicht wagten, liefen draußen in der Allee hinter Constance her und johlten ihr nach. Die kleine Liesbet versuchte mit einer Engelsgeduld Nonni Soffie das Lied vom betrunkenen Matrosen beizubringen.

Nur Pauline blieb in ihrer blinden Liebe die Alte, doch sie

machte sich Sorgen und sagte immer wieder: »Pass auf, Constance, pass doch auf, das wird dir noch Unglück bringen, du wirst schon sehen, dass dir das noch großes Unglück bringt!«, als würde sie nach vorn schauen, in die Zukunft.

Eines Tages, in der Mittagspause, war es so weit: Pauline dachte nicht einmal daran anzuklopfen, sie kam einfach ins Schlafzimmer gestürmt, blieb abrupt zwischen den Betten stehen. Sie presste die Oberarme mit hochgezogenen Schultern fest an den Körper, als versuchte sie, sich so aufrecht zu halten, streckte die Unterarme gerade vor sich – währenddessen ruckten ihre Hände wild auf und ab.

Ihr Mund zitterte derart, dass sie kaum ein Wort herausbrachte. »Der Matrose, der Matrose von der halben Compagnie, Sie wissen schon, der aus Makassar! Er ist mit seinem Messer gekommen, er will Constance ermorden!«

So furchterregend sah sie aus, wie sie mit ihren ruckenden Händen dastand, dass der junge Mann mit einem Satz aus dem Bett sprang, Pauline am Arm packte und rief: »Na los, los! Wo denn, wo?«, und so, wie er war, in seinem zerknitterten Pyjama, neben ihr herhumpelte – er konnte barfuß nicht gut gehen.

Die junge Frau griff sich rasch ihren Kimono, folgte den beiden eilig, drehte sich in der Tür noch einmal nach Soffie in ihrem Bettchen um – sie schlief ruhig weiter –, zog die Tür vorsichtig hinter sich zu.

Das Schlafzimmer führte auf die hintere Veranda, dahinter lag der Garten, sonnig und leer unter den Bäumen – kein Mensch weit und breit. Doch Mama Lea und Liesbet lugten zu Tode erschrocken aus dem kleinen Fenster ihres Zimmers. Und ganz hinten im Garten hatten sich Petrus und Paulus in den Büschen versteckt.

Wo war Matheus, warum war Matheus nicht da?

Das Haus stand dicht bei den Nebengebäuden; auf der rechten Seite der Veranda ein paar Steinstufen hinunter, durch einen kurzen überdachten Gang und am anderen Ende wieder ein paar Stufen hinauf. Genau gegenüber der Treppe lag, an der schmalen Veranda mit dem Vorhang aus Kletterpflanzen, die Küche. Die Holztür war geschlossen, und davor stand ein Mann. Das musste der Matrose sein!

Er trug keine Uniform, sondern einen langen Sarong, ein schwarzes Baju, hatte ein schmales dunkles Tuch um den Kopf gebunden.

Weit und breit keine Spur von Constance, hatte sie rechtzeitig entkommen können? Die Küchentür war verschlossen, innen gab es einen soliden Riegel, das Fenster war vergittert – drinnen wäre sie einigermaßen in Sicherheit.

Der Matrose, mit dem Gesicht dicht vor der Tür, hämmerte in einem fort mit einer Faust ans Holz, nicht kräftig, aber in einem fort, und hielt in der anderen Hand ein kurzes, scharf gewetztes Messer mit der Spitze nach unten.

»Hey, hey! Sie da! Sind Sie denn völlig übergeschnappt?«, rief der junge Mann, während er neben Pauline über den Gang humpelte.

Abrupt drehte sich der Matrose um, drückte den Rücken an die Tür und blieb einen Moment vorgebeugt stehen, ganz angespannt, schaute.

Die junge Frau wusste, wie es weitergehen würde: zuerst der junge Mann, dann Pauline, dann sie – dann rasch ins Haus, die kleine Soffie in ihrem Bettchen, und wieder zurück, Constance in der Küche. Danach würde er auf der Straße festgenommen werden. So war es jedes Mal, so würde es später in der Zeitung stehen: »Amoklauf – eins, zwei, drei, vier, fünf – vier Erwachsene und ein Kind«.

Der junge Mann zuerst! Ihr blieb das Herz stehen.

Dann sah sie das Gesicht des Matrosen. Es war nicht »finster« – nur jung, voller Misstrauen, wachsam, aber gleichzeitig erstaunt, als wüsste er sich gerade keinen Rat.

»Sind Sie denn völlig verrückt geworden, was wollen Sie mit dem Messer? Her damit!«

Nun stand der junge Mann direkt vor dem Matrosen und streckte die Hand aus –

Für den Bruchteil einer Sekunde taxierte ihn der Matrose – ein weißer Mann, ebenfalls jung und mager und nicht sehr groß, in einem dünnen Pyjama und mit leeren Händen.

Was wollte er von ihm?

Ein Ruck – wortlos wollte der Matrose ihm das Messer übergeben –, doch da zwängte sich schon Pauline mit einer raschen, katzenhaften Bewegung zwischen die beiden und ehe sie sichs versahen, hatte sie dem Matrosen das Messer entwunden, drückte es mit beiden Händen an sich und sprang ein Stück davon.

Für einen Augenblick drohte alles schiefzugehen.

Jetzt, ja, jetzt rollte eine Welle der Dunkelheit, der Raserei über das Gesicht des Matrosen hinweg; weit aufgerissene, starrende Augen, selbst das Weiß seiner Augen wirkte dunkel. Wütend rief der junge Mann, während er Anstalten machte, ihr hinterherzurennen: »Pauline, du Idiotin, was mischst du dich da ein! Gib mir das Messer, gib es zurück, na los!«

Doch sie blieb einfach vornübergebeugt stehen, presste das Messer an sich, eine Hand blutete, fluchtbereit; barfuß könnte er sie niemals einholen. Nach einer Weile zuckte der junge Mann mit den Schultern. »Verrücktes Weib!«, schimpfte er noch einmal, dann wandte er sich wieder dem Matrosen zu, der sich mittlerweile anscheinend ebenfalls beruhigt hatte.

»Was ist bloß in Sie gefahren«, setzte er erneut an, stockte, sah den anderen an und plötzlich mussten sie beide grinsen.

»Recht haben Sie, gnädiger Herr«, sagte der Matrose, »bitte um Verzeihung«, und kratzte sich hinterm Ohr.

Nun gingen sie nebeneinander über die Veranda zu der Treppe, die in die Allee vor dem Haus mündete.

Der Matrose blieb stehen. »So eine Frau«, sagte er und wies mit dem Daumen in Richtung Küche, »bringt einen glatt um den Verstand, aber ehrlich!« Und er schlug sich ein paarmal mit der flachen Hand an die Stirn, die langen, braunen Finger weit zurückgebogen.

»Dann lassen Sie doch von ihr ab!«, riet ihm der junge Mann.

Wieder kicherte der Matrose. »Recht haben Sie, bitte vielmals um Verzeihung!« Dann nahm er, in Sarong und Baju, das Tuch um den Kopf, kerzengerade Haltung an und salutierte ordentlich – eine Hand gestreckt und steif an den Kopf gelegt. »Und alles Gute für Sie, gnädiger Herr!«

Der junge Mann in seinem gestreiften Pyjama tippte sich reflexartig an die Schläfe – auch er hatte gedient. »Nun gut, Ihnen auch!«, erwiderte er; was sollte er sonst sagen?

Damit war die Sache erledigt.

Der Matrose ging die Treppe hinunter, der junge Mann drehte sich um und humpelte barfuß zum Haus zurück; als er an Pauline vorbeikam, sah er sie wütend an. »Du bist ja so eine Idiotin!« Dann fragte er die junge Frau: »Kommst du mit?«, doch sie wollte noch einen Augenblick dableiben. Denn auf der anderen Seite der Allee, unter den hohen Bäumen, war der Matrose stehen geblieben und Pauline rüttelte an der Küchentür. Nach einer Weile öffnete Constance sie vorsichtig; als sie sah, dass Pauline das Messer hatte, kam sie heraus.

Sie war blass vor Angst, doch das legte sich bald, und mit dem – ihr ganz eigenen – gravitätischen und doch anmutigen Gang ging sie über die Veranda zur Steintreppe, die zur Allee führte, und blieb auf der obersten Stufe stehen. Pauline ging mit dem Messer dicht neben ihr her. »Constance«, flüsterte sie in einem fort eindringlich, »pass doch auf, Constance!«

Aber Constance hörte nicht auf sie. Sie sah zum Matrosen hinüber, gegenüber in der Allee, und der Matrose zu ihr.

Sie waren doch ein Liebespaar, warum versöhnten sie sich

nicht miteinander, gingen zusammen weg, ließen Pauline mit dem Messer stehen? Sie könnten an der blauen Bucht entlangspazieren, Hand in Hand; zum Schutz vor der Sonne würde Constance ihnen einen glänzenden grünen Palmwedel über den Kopf halten, sich und dem Matrosen. Aber nein, sie sahen sich bloß an.

Der Matrose war nicht groß, sehr dunkel, nicht besonders muskulös, aber geschmeidig und gelenkig und trotzdem stark – eine Offenheit war da um ihn her, Weite, Meer mit weißen Schaumkronen auf den Wellen und der Sturmwind – tiefes grünes Wasser, durch das ein silberner Fisch schoss, er könnte gut der Fisch sein!

Und er war jung.

Verglichen mit ihm hatte Constance, besonders jetzt, da sie sich nicht bewegte, zu breite Füße, und es war, als würde die Abgeschiedenheit unter den Bäumen, der Qualm der Fackeln, der Staub immer um sie schweben, ebenso wie das aberwitzige Dröhnen der Trommeln.

Eigentlich war sie nicht mehr jung. Sachte, auf ihre gleichgültige Weise fing sie an, den Matrosen zu ärgern, zu triezen –

»Was hast du dir dabei gedacht, mich am helllichten Tag zu belästigen? Wolltest mich wohl in Verlegenheit bringen! Du Süßwassermatrose, betrunken, mit einem Messer, glaubst wohl, ich hätte Angst! Bah, vor dir doch nicht! Was bist du denn für ein Mann? Gar kein Mann bist du!«, und so weiter. Neben ihr stand Pauline und hielt das Messer fest umklammert.

Wie leicht hätte er dem Ganzen ein Ende bereiten, die Allee durchqueren können – doch der Matrose blieb stehen, rührte sich nicht von der Stelle, nur sein Blick wanderte von einer zur anderen hin und her – von einer zur anderen. Dann schnalzte er laut mit der Zunge. »Schlampen seid ihr, alle beide!«, rief er fast fröhlich, drehte sich ohne ein weiteres Wort um und schlenderte im Sonnenschein dahin, ohne ein einziges Mal zurückzusehen.

Nun wollte Constance ihm hinterherlaufen, doch da hielt Pauline sie am Handgelenk zurück. »Pass auf, Constance, pass auf, pass doch auf, er bringt dich noch um!«

Constance versuchte sich loszureißen, doch Pauline hielt sie fest, also zuckte sie nur mit den Schultern und ließ sich von ihr wegziehen.

Als sie die junge Frau im Garten sah, ging Pauline sofort zu ihr, es sprudelte nur so aus ihr heraus: »Jetzt haben Sie es mit eigenen Augen gesehen, Constance darf nicht mehr auf die Straße gehen. Solange der Matrose da ist, muss sie hierbleiben, hier wohnen, hier schlafen. Sie kann in meinem Zimmer schlafen, ich schlafe dann woanders. Sie darf nicht in die Stadt, es ist viel zu gefährlich: Der Matrose bringt sie noch um. Jetzt haben Sie es doch mit eigenen Augen gesehen!«

Constance blieb neben ihr stehen, als ginge es sie gar nichts an.

Als die junge Frau nach kurzem Zögern sagte, in Ordnung, sie könne solange dableiben, hörte Constance nicht einmal zu.

Stattdessen sagte sie zu Pauline: »Zeig mir mal das Messer.«

Sie nahm es in die Hand, betrachtete es aufmerksam, zeigte es der jungen Frau. Es war ein schönes Messer, aus gutem Stahl, schmal und sehr scharf und spitz geschliffen; der Griff wirkte etwas zu wuchtig für die Klinge und war mit einer schwarzen Rattanschnur umwickelt – fein säuberlich –, ein Strang neben dem anderen, damit es gut in der Hand lag.

Constance strich mit dem Finger über die Schneide; sie sog die Luft ein. »Puh, ganz schön scharf«, sagte sie und schloss einen Moment die Augen.

Als Pauline das Messer zurückhaben wollte, sah sie sie verwundert an. »Jetzt ist es doch mein Messer«, sagte sie, und als Pauline noch etwas vor sich hin murmelte: »Wollte der Matrose dich umbringen, Pauline, oder mich?«

Sofort sagte Pauline: »Nein, Constance, nein, nicht mich – dich.«

Also behielt Constance das Messer.

Danach ruhten alle noch ein wenig.

Später an diesem Nachmittag, beim Tee, kam Matheus zurück; er war beim Friseur gewesen und hatte ein Glas Palmwein getrunken (das roch man). Als er das Tablett mit dem Tee abstellte, sagte er ohne Umschweife, Constance könne nicht im Haushalt bleiben; er werde eine andere Köchin suchen oder notfalls erst einmal eine Aushilfe.

Der junge Mann stimmte sofort zu. »Matheus hat recht«, sagte er, »diesmal ist es noch gut gegangen, aber beim nächsten Mal könnte der Teufel los sein, ohne mich!«

Der jungen Frau erschien das etwas übertrieben, aber vielleicht auch nicht.

»Ich habe versprochen«, sagte sie, »dass Constance bei uns bleiben kann, solange der Matrose in der Stadt ist!«

»Wieso das denn?«, fragte der junge Mann wütend.

Aber Matheus fand es nicht weiter schlimm. »Ach«, sagte er, »das dauert nicht lange, ich glaube, das Schiff der halben Compagnie geht schon in zehn Tagen auf große Fahrt nach Neuguinea, das ist weit weg und dauert lange. Soll sie ruhig diese zehn Tage hierbleiben, dann suche ich in der Zwischenzeit jemand anderes.«

So blieb Constance zehn Tage bei ihnen.

Sie brauchte nichts zu tun. Pauline nahm ihr alles ab, sie kochte, scheuerte die Töpfe und Pfannen, fegte die Küche, lief morgens so früh wie möglich zum Markt.

Mit ihrem großen Korb und einem kleineren, in dem sie Constance jeden Tag etwas mitbrachte, vom eigenen Geld gekauft, wenn das Marktgeld nicht ausreichte: frische Früchte oder kandierte (die so teuer sind), Süßwaren, geschälte Kanarinüsse, Kekse, ein paar in ein Bananenblatt gewickelte, stark duftende Blüten. Stoff für ein neues, langes Baju, das sie, schnell, schnell, auf der Nähmaschine steppte, sie stickte eine ganze Reihe Miniatur-Knopflöcher ein und nähte kleine Knöpfe an, damit die Ärmel schön eng am Unterarm anlagen.

Sie wusch und stärkte und bügelte die Kleidung, die sie aus Constances Wohnung geholt hatte, und plissierte ihren Sonntags-Rokki neu.

Jede freie Minute saß sie mit ihr auf einer Matte unter den Bäumen im Schatten oder auf der Veranda vor ihrem Zimmer. Constance legte sich manchmal auf die Matte und ließ sich von ihr reiben: die Gelenke, vor allem Hand- und Fußgelenke, weil sich die Müdigkeit dort festsetzt, und den Hinterkopf beim Haaransatz – an dieser Stelle verstecken sich die Sorgen und Nöte der Menschen. Pauline konnte gut reiben und sie sang dabei mit ihrer tiefen Stimme alle Lieder, alle Psalmen, die sie kannte.

Heimlich stibitzte sie die wenigen Zitronen mit der gefleckten, hubbeligen Schale von dem einen Bäumchen, ließ sie stundenlang auf kleiner Flamme sieden, bis die Früchte von selbst aufsprangen; nachdem sie über Nacht draußen im Tau abgekühlt waren, siebte sie die Flüssigkeit durch und wusch dann Constances Haar mit dem dicken, herrlich duftenden Gelee, ließ es einziehen, wusch es mit kaltem Regenwasser wieder aus, trocknete ihr Haar, kämmte es – kämmte es, sang ihr Lieder vor.

Constance ließ sie gewähren.

Der Matrose wurde mit keinem Wort erwähnt und ließ sich nicht mehr blicken.

Zehn Tage Ferien für Constance, zehn Tage Himmel auf Erden für Pauline. Zehn Tage sind kurz.

Dann erklangen die drei Stöße eines Schiffshorns in der Außenbucht, hallten in den Hügeln wider, verwehten – Matheus hob die Hand.

»Das Schiff der halben Compagnie fährt weg«, sagte er, »in die Wildnis.«

Constance ging ebenfalls weg. Das störte sie nicht weiter, sie hatte ihre eigene Wohnung und ihre eigenen Möbel, und etwas Geld hatte sie auch! Mal sehen, wenn sie Lust hatte, würde sie später wieder arbeiten, aber vorläufig nicht! Bald würde Vollmond sein – dann fände das Tauziehen wieder statt.

Sie verabschiedete sich ohne großes Theater.

Sie sah gut aus, erholt, ihre Kleider waren ordentlich gewaschen und gebügelt. Sie trug ihr neues Baju mit den eng anliegenden Ärmeln; ihr Haar war weich und glänzend und duftete nach Zitronen, einige Blüten steckten im Haarknoten. So durchquerte sie den Garten, kerzengerade, würdevoll, nur ihre Arme bewegten sich etwas in den geschmeidigen Schultergelenken auf und ab – langsam auf und ab, als wäre sie ihrer Hände müde.

Einige Tage später würde sie wieder zum Tauziehen gehen, mit schweißnassem und unter dem gestärkten weißen Tuch unkenntlichem Gesicht singen, halb bewusstlos vom Rhythmus der Tifas – Constance!

Pauline begleitete sie – sie wollte ihr beim Umzug helfen, wie sie sagte; aber da war nicht viel umzuziehen: Constances alter Korb, mit dem sie auf den Markt ging, ihre Kleidung und das Messer des Matrosen. Pauline trug alles für sie.

Darauf folgten drei Wochen der Stille.

Manchmal war es so still, dass man im Garten die Außenbucht rauschen hörte, ruhig und gleichmäßig in der Ferne. Alles war wie vorher, und Matheus war grundanständig und liebenswürdig und Oberdiener und sonst nichts.

Mama Lea verrichtete alle Arbeit und fand trotzdem Zeit, zwischendurch zu den Kindern in den Garten zu gehen, Nonni Soffies glatte hellbraune Stirnlocke anzufeuchten und wieder ordentlich steil nach oben zu frisieren und Liesbets schwarzes Kraushaar mit dem großen Kamm zu entwirren und zu dem albernen Knoten aufzustecken, so straff, dass sie blinzeln musste – aber nach einer Weile hatte sie sich daran gewöhnt.

Die Mädchen spielten Stunde um Stunde im Garten auf der

Matte mit der roten Puppe und dem anderen Spielzeug, und der grüne Vogel saß bei ihnen.

Petrus half im Haus, Paulus lief zur Schule und wieder zurück, um – schnell, schnell – alle Einkäufe zu erledigen.

Pauline nähte wieder und bügelte und stopfte; sie ging häufig weg – ganz kurz nur –, jedes Mal zu Constance. Matheus ließ es zu, er verbot ihr nur, abends im Dunkeln aus dem Haus zu gehen, wenn das Tauziehen stattfand. Und wenn Matheus etwas verboten hatte, war nicht mehr daran zu rütteln.

In der Küche arbeitete ein neuer Koch, er hieß Jacob; er war noch älter als Matheus, ein spröder, in sich gekehrter Mann mit einem ungepflegten grauen Haarschopf, niemand mochte ihn besonders. Hätte er nicht darauf bestanden, mit Holz statt Holzkohle zu kochen, und hätte es nicht ununterbrochen in der Küche gequalmt, wenn er zugange war, hätte keiner gewusst, ob er da war oder nicht. Weder kochte er gut noch konnte er akzeptieren, dass jemand Schildkröteneier nicht mochte. Die junge Frau verabscheute jedoch Schildkröteneier und fragte sich schon, ob Constance wohl zurückkäme, wenn sie sie darum bat, doch zuerst musste sie Matheus und den jungen Mann überreden. Und nach den drei stillen Wochen konnte Constance nicht mehr zurückkommen.

Matheus erzählte es frühmorgens, als er dem jungen Mann und der jungen Frau das Tablett mit dem Kaffeegeschirr in den Garten brachte. Pauline war bei ihm, ihr Gesicht geschwollen und fleckig von den Tränen.

»Still, Pauline! Ich muss es den Herrschaften sagen. Ein Unglück ist geschehen, gnädiger Herr, gnädige Frau«, sagte Matheus langsam und mit Nachdruck, »Constance ist tot – still, Pauline! Heute Nacht war sie noch beim Tauziehen, es ist spät geworden und ein Mann begleitete sie nach Hause. Die Nachbarn haben ihn gesehen, aber sie konnten ihn nicht erkennen –

still, Pauline! Als die Sonne aufging und die Nachbarn zum Brunnen gehen wollten, stand Constances Tür sperrangelweit offen, sie glaubten, dass Diebe da gewesen waren, wollten sie warnen und klopften an, doch es kam keine Antwort. Da sind sie hineingegangen – still, Pauline! – und haben sie gefunden: Sie war schon tot, alles war voller Blut.«

»Ist sie ermordet worden?«, fragte der junge Mann.

»Still, Pauline! Ja, gnädiger Herr, mit einem Messer erstochen.«

Da ließ sich Pauline nicht mehr länger zügeln und sie sagte dasselbe wie beim letzten Vorfall und fast mit denselben Worten.

»Ja, der Matrose, der Matrose von der halben Compagnie, der aus Makassar, Sie wissen schon, der hat sie mit seinem Messer umgebracht!« Bloß sagte sie es diesmal in einem ganz anderen Ton, wie ein Kind, das an einem übergroßen Kummer zu ersticken droht, mit verzerrtem Mund, tränenüberströmtem Gesicht. Sie blieb still stehen, die Finger fest ineinander verschränkt.

Die drei anderen sahen sich an – der Matrose, was hatte es noch mal mit dem Matrosen auf sich? Der Matrose war doch weg, nach Neuguinea! Der Matrose war doch gar nicht da.

Matheus sagte leise, wie zu einem Kind: »Pauline, jetzt hör mir mal zu: Ich habe es dir schon gesagt, Constance ist umgebracht worden, das stimmt, aber es war nicht der Matrose, nein, das geht gar nicht! Denk doch mal nach, das Schiff von der halben Compagnie ist gerade erst drei Wochen weg, es ist dort, in Neuguinea, in der Wildnis«, und er zeigte in die Ferne, »und der Matrose ist auf dem Schiff und nicht hier, nicht hier!«, und dann schüttelte er den Kopf. »Wie hätte er da Constance umbringen können?«

Pauline hörte auf zu weinen, zog laut die Nase hoch, schluchzte noch einmal auf. »Doch!«, sagte sie. »Mit dem Messer!«

Hatte Pauline jetzt den Verstand verloren?

»Gib ihr ein bisschen Brom«, sagte der junge Mann zur jungen Frau. »Tagsüber soll Mama Lea bei ihr bleiben und heute Abend bekommt sie Schlafpulver. Das ist doch das Beste, Matheus, oder?«

»Ja«, sagte Matheus, das sei das Beste, ihr Herz würde ihr jetzt sehr wehtun – das werde zwar nach einer Weile besser, doch das könne sie noch nicht wissen.

Alle hatten Mitleid mit Pauline, deshalb redeten sie nicht mehr über Constance. Doch in der Stadt wurde erzählt, die Polizei suche überall nach dem Mann, der sie in jener Nacht begleitet hatte – davor war er als Zuschauer beim Tauziehen gewesen –, ihn hatten genügend Zeugen gesehen, die würden ihn wohl wiedererkennen.

Einige Tage nach dem Mord wurde er gefasst; er legte bald ein Geständnis ab, er kam von der Insel, aus der Stadt an der Außenbucht, und er war Constances Mann! Vor Jahren war er weggegangen – ganz bis nach Java – aus Liebeskummer, weil sie ihn schon damals betrogen hatte, doch jetzt hatte er ein solches Heimweh nach seinem Land bekommen, dass er zurückgekehrt war – er hatte sie beim Tauziehen gesehen. Nach dem Tauziehen hatte er sie nach Hause begleitet.

Es wäre nichts passiert, wenn sie ihn nicht so gepiesackt, nicht »beschämt« hätte; am Ende habe sie ihm gesagt, er solle gehen, warum er eigentlich gekommen sei? Sie sei nach dem Tauziehen müde, habe sie gesagt, und auf ein offen auf dem Sofa liegendes Messer gezeigt. »Siehst du dieses scharfe Messer da? Das gehört meinem Liebsten, einem Matrosen! Die stechen sofort zu, das weißt du wohl, pass also gut auf, vielleicht kommt er ja noch!«, und sie lachte und gähnte laut.

Mit einem Mal hätte er nichts mehr gesehen – ihm sei pechschwarz vor Augen geworden! Und als er wieder sehen konnte, habe sie vor ihm auf dem Boden gelegen, in ihrem eigenen Blut – und das Messer sei ganz blutig gewesen – er habe selbst nicht begriffen, wie das gekommen sei – habe es mit der Angst zu tun bekommen, das Messer an ihrem Baju abgewischt und sei davongelaufen, habe sogar vergessen, die Tür hinter sich zuzuziehen; das Messer habe er in einem Graben versteckt, er werde es der Polizei zeigen – an mehr könne er sich nicht erinnern, er verstehe es selbst nicht! Doch als sie zum Graben kamen, konnten sie das Messer nicht finden – es war nicht da.

Wie ein Lauffeuer verbreitete sich die Neuigkeit in der Stadt an der Außenbucht und die Leute fragten einander, ob der Mann gehängt werden sollte oder nicht, jetzt, da er alles gestanden hatte. Und warum sollte er lügen, was das Messer anging, oder hatte etwa ein anderer das Messer an sich genommen?

Eines Tages, als der junge Mann zufällig allein in einem Zimmer saß und las, kam Pauline herein; sie setzte sich auf den Boden – das tat sie sonst nie –, dicht vor ihn, und versuchte ihm wie eine Bittstellerin die Arme um die Knie zu legen.

»Was hast du nur, Pauline!«, sagte er unwirsch. »Steh sofort wieder auf, bitte, was ist denn mit dir los?«

Sie rappelte sich auf, blieb vorgebeugt, mit gefalteten Händen stehen. »Ich bitte Sie, gnädiger Herr! Ich bitte Sie, würden Sie zur Polizei gehen, zum Richter – zu allen Leuten, und ihnen sagen, dass sie dem Mann nicht glauben dürfen, er ist schlecht, er lügt absichtlich, er hat sie gar nicht umgebracht! Der Matrose, der Matrose von der halben Compagnie, Sie wissen schon, der aus Makassar, der hat Constance umgebracht, mit seinem Messer. Würden Sie bitte sagen, dass ich – dass Pauline«, sie löste die Hände voneinander und trommelte sich auf die Brust, »dass Pauline es bezeugen kann, sie würde sogar einen Eid ablegen, es schwören, auf das Heilige Buch! Und auf die Büchse!«

Die Büchse war die Almosenbüchse für die Ärmsten der Armen.

»Und auch auf – bei …«, sie zögerte, sprach es dann aber doch aus, »bei dem – bei dem Wasser!«

Es war schrecklich, dass sie es laut ausgesprochen hatte.

Das »Wasser« war das Wasser der Aussätzigen, und das zu einem Weißen, dabei durften die gar nichts davon erfahren. Sie sah sich ängstlich um, ob Matheus irgendwo in der Nähe war und sie womöglich gehört hatte, und faltete die Hände erneut. »Bitte, gnädiger Herr, bitte ...«, als würde sie um etwas betteln.

Anfangs fragte der junge Mann noch: »Warst du dabei, Pauline, dass du es so gut weißt, wie kannst du es wagen, das zu behaupten? Glaubst du, dass dieser Mann aus reinem Vergnügen ein Geständnis ablegt, obwohl er deswegen vielleicht bald aufgeknüpft wird?«

Doch als sie es noch einmal wiederholte – der Matrose – das Messer –, mit derselben starren Gewissheit, sagte er, um sie abzulenken: »Glaubst du vielleicht, dass dieser Matrose nicht auf dem Schiff ist, dass er heimlich hiergeblieben ist und sich irgendwo versteckt hält? Wenn das Schiff der halben Compagnie zurückkommt, will ich mich für dich bei dem Herrn Kapitän erkundigen, ob der Matrose auf dem Schiff war.

Wenn er sagt: Nein, der Matrose war nicht an Bord, dann gehe ich auf der Stelle zur Polizei und erzähle es ihnen!

Wenn er sagt: Ja, der Matrose war dabei, dann war der Matrose auf Neuguinea und nicht hier, und dann hat er Constance also nicht umgebracht. Hast du mich verstanden, Pauline?«

»Ja«, sagte Pauline langsam und zögernd, ja – sie habe ihn wohl verstanden –

Noch eine Weile später, acht Wochen nach seiner Abfahrt, lief der weiße Gouvernementsdampfer wieder in den Hafen ein, er war zurück von seiner großen Fahrt.

In der Außenbucht lagen viele Schiffe: zwei Schiffe der Königlichen Marine, ein Kriegs- und ein Vermessungsschiff, dazu ein Frachter, ein schwarzes Kohlenschiff; plötzlich herrschte reges Treiben in der Stadt, überall liefen Matrosen herum.

Noch am selben Tag wandte sich der junge Mann auf der Terrasse des Klubs an den Kapitän des Gouvernementsdampfers und sprach ihn auf den Matrosen an; er bedauerte bereits, dass er es Pauline versprochen hatte.

Der Kapitän wusste gleich, wen er meinte, denn er hatte keine große Besatzung; dieser Matrose, der aus Makassar – ein prima Kerl übrigens, ja, natürlich sei er dabei gewesen, was er denn glaube, warum sollte er nicht dabei gewesen sein?

Der junge Mann murmelte etwas von der Familie seiner Hausangestellten.

Als er nach Hause kam, rief er seine Frau und Matheus, und erneut versuchten sie alle drei, Pauline davon zu überzeugen, dass der Matrose Constance also nicht umgebracht haben konnte, weil er zu jener Zeit in Neuguinea gewesen war, und der Herr Schiffskapitän der halben Compagnie, der hätte es selbst gesagt! Das Messer habe sie damals dem Matrosen abgenommen und es Constance gegeben, es sei nicht länger das Messer des Matrosen gewesen, das wisse sie doch genau.

»Und damit ist die Sache erledigt«, sagte Matheus streng. »Hast du mich verstanden, Pauline?«

Pauline hatte ihnen ruhig zugehört; als sie fertig waren, fragte sie: »Und ist der Matrose von der halben Compagnie jetzt wieder hier, hier?«, und zeigte auf eine Stelle dicht vor sich auf den Boden.

Als sie das bestätigten, nickte sie, lächelte, sagte jedoch weiter nichts und kehrte sofort an ihre Arbeit zurück.

Am nächsten Tag war sie unruhig, lief durch das Haus und den Garten und die Nebengebäude, setzte sich manchmal kurz auf eine der vielen Steinstufen oder an den Rand einer Veranda, starrte vor sich hin, stand wieder auf.

Gelegentlich ging sie zu den Mädchen, doch sie spielte nicht mit ihnen wie sonst, sang ihnen nichts vor; sie setzte sich mit dem Rücken zu ihnen an den Rand der Matte und strich mit der

Handkante den feinen gelben Sand dort glatt – eine kleine Fläche – und darauf zeichnete sie etwas mit dem Zeigefinger oder mit einem Zweig, wobei sie sich immerzu umsah, Blicke über die Schulter zu den Mädchen warf, als ob eine von ihnen oder jemand anders sie beobachtete, und wischte die Zeichnung dann wieder weg, stand auf, wanderte erneut umher.

Es war Spätnachmittag, die Sonne verlor ihre Kraft und der Garten lag still da, wie in Erwartung des hereinbrechenden Abends.

Die junge Frau trank allein Tee auf der Veranda vor dem Haus, der junge Mann war zum Tennisspielen gegangen, Mama Lea steckte die Moskitonetze um die Betten fest, Jacob der Koch war nach Hause gegangen, Petrus und Paulus spielten ein Stück weiter auf der Allee, Liesbet trug schon mal das Spielzeug ins Haus. Im Garten war niemand mehr, außer Nonni Soffie, die mit der roten Puppe und dem grünen Vogel auf der Matte wartete, dass Liesbet sie abholte, und Matheus, der ein Stück weiter, halb hinter einem Baum verborgen, eine Selbstgedrehte rauchte.

Pauline bemerkte Matheus nicht.

Sie setzte sich erneut an den Rand der Matte und zeichnete wieder etwas mit einem spitzen kleinen Zweig in den Sand. Diesmal sah sie sich nicht um, es war ja niemand da, bloß das dumme kleine Mädchen! Sie zeichnete mit kurzen, schroffen Strichen, legte den Zweig dann beiseite und schaute, den Kopf vorgebeugt, mit einer seltsam angespannten Aufmerksamkeit auf ihr Werk:

Sie hatte das Messer des Matrosen gezeichnet, die schmale, spitze Klinge, den etwas zu schweren Griff, die Rattanschnur drum herum – einen Strich neben dem anderen. Nach einer Weile begann sie leise zu murmeln, ihre Lippen bewegten sich immerfort.

So vertieft war sie, dass sie nicht merkte, wie Nonni Soffie hinter ihr aufstand und die Puppe mit dem langen Kleid hinter sich herzog, an ihr vorbeiging – dicht vor ihr entlang – und mit ihren dicken nackten Füßchen mitten über die Zeichnung lief. Dabei wischte das über den Boden schleifende Kleid der Puppe weg, was noch von der Zeichnung übrig war.

Mit einem Aufschrei kam Pauline auf die Knie.

»Pass auf, pass doch auf, schau doch, was du da machst!«, schrie sie erst und jammerte dann: »Schau doch, schau, was du gemacht hast! Mein Messer, mein schönes Messer, oh! Oh! Schau doch, was du gemacht hast!«, und sah sich ratlos um.

Soffie war stehen geblieben, um zu sehen, was Pauline hatte, warum sie so schrie.

Außer sich vor Wut packte diese die Kleine bei den Schultern und schüttelte sie mit aller Kraft. »Schau, schau, was du gemacht hast!« Sie schüttelte sie so kräftig, dass die braune Tolle hin und her wackelte, ja, ihr ganzer Kopf, als wäre er zu groß und schwer für den Hals, wie bei einem Säugling, und dass die rote Puppe, die das Mädchen weiterhin festklammerte, immer wieder ruckartig von rechts nach links, links nach rechts um sie herumflog.

»Schau doch, was du gemacht hast!« Sie schubste das kleine Mädchen so kräftig, dass es rücklings hinfiel, mit dem Kopf auf den Boden prallte, mit beiden Beinen in der Luft liegen blieb. Der grüne Kakadu schrie und schlug mit den Flügeln – sofort drehte sich Pauline auf den Knien um, streckte sich nach dem Vogel, der zurückwich und kreischend nach ihren Händen pickte. Sie kroch ihm über die Matte hinterher, wollte ihn schon packen.

Da stand Matheus neben ihr, bückte sich, griff nach ihren Händen, zog sie auf die Beine; er sagte nichts, sah sie nur an. Für einen Moment schien sie sich auf ihn stürzen zu wollen, doch bevor es so weit kam, ließ er sie los. »Geh in dein Zimmer, Pauline«, sagte er, »und schließe die Tür!«

Ohne ein Wort ging sie davon.

Nonni Soffie hatte sich inzwischen wieder aufgesetzt; erst

machte sie den Mund weit auf, als wollte sie schreien, dann überlegte sie es sich anders, schluchzte kurz auf, zog die rote Puppe zu sich, klopfte ihr den Sand vom Kleid, hielt die Puppe dicht vors Gesicht, sah ihr tief und innig in die schwarzen Knopfaugen und erzählte ihr in ihrer Brabbelsprache, was sie von Pauline hielt. Doch als sie Matheus ganz in ihrer Nähe erblickte, ließ sie die Puppe los, streckte ihm beide Arme entgegen und fing jämmerlich an zu weinen.

Er nahm sie zusammen mit der Puppe auf den Arm – den Vogel auf die Schulter, trug sie zum Haus, zur vorderen Veranda, und setzte sie ihrer Mutter mitsamt Puppe auf den Schoß.

»Nonni Soffie ist hingefallen«, sagte er.

Der Vogel kletterte über seinen Arm hinunter, setzte sich neben das Teetablett auf den Tisch und wartete auf ein Zuckerstückchen.

Matheus stand immer noch neben dem Tisch, bat unvermittelt um eine Woche Urlaub: Er wolle nach Hause auf seine Insel und die Postprau würde zufällig morgen ablegen. Die junge Frau sah ihn erstaunt an, er war erst vor Kurzem zu Hause gewesen.

»Und Pauline bittet auch um Ausgang, um nach Hause auf ihre Insel zu fahren.«

»Davon hat sie mir nichts gesagt!«

»Nein«, sagte Matheus.

Die junge Frau mit Soffie und der Puppe auf dem Schoß dachte nach: Die Postprau musste eine weite Strecke übers offene Meer zurücklegen, das war gefährlich. »Warum wartest du nicht auf den Fährliniendienst?«, fragte sie.

Matheus sah sie an. »Nein, das geht leider nicht, es dauert zu lange«, sagte er nur, sonst nichts.

An diesem Abend blieb das kleine Mädchen weinerlich, bis es in den Schlaf sank.

Spätabends sollte im Klub ein Fest zu Ehren aller Schiffe stattfinden.

»Ich gehe lieber nicht mit«, sagte die junge Frau. »Kann ich nicht bei Soffie zu Hause bleiben? Soffie hat irgendetwas, mir ist nicht wohl dabei, sie allein zu lassen.«

Der junge Mann machte sich über sie lustig; wenn sie ausgingen, schliefen Mama Lea und Liesbet immer bei dem Kind im Schlafzimmer, manchmal zusammen mit Pauline, und Matheus und Petrus und Paulus schliefen vor der Tür auf der hinteren Veranda.

»Sind sechs Leute nicht genug, um auf deine kleine Soffie aufzupassen? Sie können uns doch rufen, wenn etwas ist.«

Die junge Frau zögerte. »Na gut«, sagte sie, »dann gehe ich eben mit, aber – aber Pauline soll nicht bei Nonni Soffie wachen.« Sie wusste nicht, weshalb sie das sagte, sie hatte ja gar nicht mitbekommen, was an diesem Nachmittag im Garten geschehen war.

Der junge Mann zuckte mit den Schultern. »Ich richte es Matheus aus.«

Als sie spätnachts, fast schon im Morgengrauen, vom Fest zurückkamen, lagen Matheus und Petrus und Paulus schlafend auf der Veranda, es dauerte eine Weile, bis sie aufwachten. Der alte Matheus setzte sich auf seiner Matte auf, er sah müde und abgespannt aus. »Ich bin eingeschlafen«, sagte er und rieb sich mit der Hand über die Stirn.

»Das ist doch nicht schlimm, Matheus«, sagte der junge Mann. »Oder wolltest du die ganze Nacht im Sitzen Wache halten?«

Matheus sah ihn an. »Ich wäre besser nicht eingeschlafen, gnädiger Herr«, sagte er, rollte seine Matte und das Kissen zusammen und ging zu seinem Zimmer in einem Nebengebäude, die beiden Jungen in ihres.

Schlaftrunken kam Mama Lea mit Liesbet an der Hand und ihren Matten und Kissen unter dem Arm aus dem Schlafzimmer. »Nonni Soffie hat kein einziges Mal geweint«, sagte sie, »sie ist wirklich sehr artig.«

Die junge Frau nickte. »Danke, Mama Lea, dass du so gut auf sie aufgepasst hast, und dir auch danke, Liesbet. Morgen gibt es etwas Leckeres für euch, für dich und Nonni Soffie und Kakatua!«

Liesbet lachte unvermittelt laut auf, mitten in der Nacht.

Der grüne Kakadu in dem großen Bambuskäfig, in dem er im Dunkeln eingeschlossen wurde, damit sich nicht eine Katze über ihn hermachte, während er schlief, öffnete ein rundes schwarzes Auge, schaute neugierig, wer da lachte, kratzte sich mit der mageren gelben Kralle am Kopf und schloss das Auge dann wieder.

»Wo bleibst du denn?«, fragte der junge Mann.

Die junge Frau hatte das Gefühl, dass sie alle zusammen eine große glückliche Familie bildeten: sie drei und die sechs und Kakatua.

Nur die Tür von Paulines Zimmer hinten in den Nebengebäuden war geschlossen und das Zimmer blieb dunkel.

Am nächsten Morgen standen alle später auf als sonst.

Der junge Mann ging zur Arbeit, an diesem Tag spielte er, wie immer alle vierzehn Tage, mit den Herren im Klub Karten und kam nicht zum Mittagessen nach Hause.

Matheus und Pauline blieben in ihren Zimmern und packten schon, obwohl die Postprau erst gegen Sonnenuntergang auslaufen würde: Wegen der Gezeiten und Strömungen fuhr sie meistens nachts über das offene Meer.

Mama Lea und Petrus schafften Ordnung im Haus, Paulus war in der Schule.

Die junge Frau hatte einen Stuhl in den Garten getragen und sich zu den Kindern gesetzt.

Jacob der Koch kam mit einer Neuigkeit vom Markt zurück, Matheus und Mama Lea standen neben ihm und hörten ihm kopfschüttelnd zu. Später sagte Mama Lea zur jungen Frau: »Natürlich hat es heute Nacht wieder eine Schlägerei gegeben, natürlich wieder Matrosen!«, und hob verächtlich die dicken Schultern.

Zur Mittagszeit ruhten alle.

Der junge Mann war nicht zum Essen nach Hause gekommen, er kam erst später, als die junge Frau schon eine ganze Weile mit dem Tee auf ihn wartete.

Er sah erhitzt und müde aus und irgendwie bedrückt, ohne sie zu begrüßen, ließ er sich auf einen Stuhl fallen, legte den Tropenhelm auf einen anderen. Schweigend holte er ein Taschentuch hervor und tupfte sich das Gesicht erst einmal und dann noch einmal ab, betrachtete die Tasse, die seine Frau ihm eingeschenkt hatte, und ließ sie auf dem Tisch stehen.

»Ich war im Militärkrankenhaus«, sagte er dann mürrisch und kurz angebunden, »deshalb komme ich so spät.«

»Im Militärkrankenhaus?«

»Ich war bei einer Obduktion.«

»Einer Obduktion ...«

»Ja, ja, einer Obduktion, hast du noch nie was von einer Obduktion gehört?« Er klang wütend. »Dieser Trottel von ...« (der Name eines Freundes, des Gouvernementsarztes) »hat mich gefragt, ob ich ihn begleiten will, um einmal eine Obduktion zu erleben! Als wäre das ein ganz besonderes Vergnügen, also war ich bei einer Obduktion dabei, ich kann es wirklich jedem empfehlen!«

»Hast du dich gegraust, war es dir unheimlich?«, fragte die junge Frau ängstlich.

»Was?«, sagte er, »was?«, im selben Ton wie sie, »die Obduktion?« Er zuckte ein paarmal mit den Schultern. »Nein, nein, es ist nichts Besonderes, halb so schlimm«, schon klang er weniger gereizt, »das Schlimme ist dann schon vorbei; schlimm ist der Moment, in dem aus einem jungen, lebendigen Menschen so ein zerfledderter alter Lumpen wird, der zu nichts mehr zu gebrauchen ist.«

Die junge Frau blickte ihn überrascht von der Seite an. »Aber, aber ...«

»Ach«, sagte er, mit erneut aufflammender Ungeduld, »natürlich, du hast ja wieder einmal keine Ahnung. Heute Nacht hat es in einer Gasse bei der Bucht eine Schlägerei gegeben, und was für eine! Etliche Verletzte, die liegen im Krankenhaus, und dieser eine Tote.«

»Oh«, sagte die junge Frau, »das hat Mama Lea auch schon erzählt. Waren es Matrosen?«

»Ja, natürlich waren es Matrosen, wer denn sonst? Immer dasselbe Lied: Die Matrosen eines Schiffs gegen die eines anderen und hinterher weiß keiner mehr, worum es eigentlich ging – immer ist es stockdunkel. Da war sogar eine Frau dabei, sagt einer der Verletzten, oder mehrere Frauen – vielleicht hat es überhaupt nur wegen einer Frau angefangen. Die Polizei hat natürlich wie immer die Ruhe weg, aber dann fordert das Gericht eine Obduktion, um die Todesursache festzustellen! Wozu? Da kommt doch sowieso nichts bei raus ...«

Die junge Frau hatte das Gefühl, dass er einfach immer weiterredete, obwohl er mit den Gedanken ganz woanders war. Plötzlich unterbrach er sich und fragte: »Weißt du, wer es war?«

»Wer? Wer?« Sie konnte ihm keinen Halt bieten, auch sie fühlte sich irgendwie gehetzt, nervös.

»In Gottes Namen! Der, von dem wir die ganze Zeit sprechen, der Tote, weißt du, wer das war?«

»Nein. Nein, woher soll ich das wissen?«

»Constances Matrose war es!«

»Constances Matrose?«

»Ja«, sagte der junge Mann, »der von diesem Nachmittag.« Unvermittelt imitierte er Pauline mit ihrer Zitterstimme und den ruckenden Händen: »Der Matrose, der Matrose von der halben Compagnie, Sie wissen schon, der aus Makassar, mit seinem Messer – der!«

Die junge Frau hob jäh den Kopf und sah den jungen Mann an und er sie.

»Ja, der!«, sagte er noch einmal.

Dann schwiegen beide.

Nach einer Weile fing der junge Mann wieder an zu reden, einfach so vor sich hin, als versuchte er, etwas in Worte zu fassen; er hatte sein Taschentuch wieder eingesteckt und saß da und trommelte leicht mit den Fingern einer Hand auf den Rücken der anderen.

»Am Anfang war es mir nicht aufgefallen, ich habe auch gar nicht darauf geachtet, erst später. Sein Gesicht war gar nicht so übel zugerichtet, ich weiß nicht, ob du dich noch an ihn erinnerst von diesem Nachmittag, ich schon.

Auf seine Weise war er ja, wie soll ich sagen, hübsch – ein komisches Wort für einen Mann –, ein hübscher Bursche, meine ich! Und ein ganz Guter, glaube ich, damals hätte er mich ja locker totstechen können.« Er zuckte mit den Schultern. »Aber abgesehen davon, so ein junger und kerngesunder Mensch, frisch gewaschen und von Wind und Regen und Sonne und Meer gebräunt – und dann nimmt irgendein dahergelaufener Kerl ein scharfes Messer in die Hand. Was meinst du, was da von ihm übrig bleibt?

Sein ganzes Blut hatte er verloren, die glänzende, dunkelbraune Haut war schmutzig wachsbleich und gelblich – ein widerliches Zitronengelb! Und seine vielen klaffenden Wunden mit dem gekräuselten Rand, aus denen das Fleisch quoll – uh!«, ein Schauer lief ihm über den Rücken. »Was für eine Verschwendung!«, sagte er bitter.

Wieder schwiegen sie.

Dann fragte die junge Frau: »Und das Messer, hat man das gefunden?«

»Bestimmt«, sagte der junge Mann gleichgültig, »woher soll ich das wissen? Und wenn nicht, liegt es irgendwo in der Außenbucht, etliche Faden tief. Was kümmert dich das Messer?«

Ein bescheidenes Hüsteln: Matheus und Pauline standen auf der vorderen Veranda. Beide in Sonntagskleidung, in Schwarz, Matheus in einer langen Hose und einem Kittel mit langen Ärmeln, Pauline in ihrem plissierten Rokki und einem langen Baju mit Jettknöpfen am Unterarm.

Sie trug schwarze Pantoffeln mit nach oben gebogenen Spitzen und hielt ihr gefaltetes weißes Taschentuch in der Hand.

Matheus sagte, sie seien gekommen, um sich von dem gnädigen Herrn, der gnädigen Frau zu verabschieden.

Als die junge Frau Pauline ansah, erschrak sie – es war nicht Pauline! Trotz ihres düsteren Aufzugs, beinahe wie in Trauer, wirkte sie erst recht anders, jünger – wie ein Mensch, von dem alle Schwermut, alles, was ihn je bedrückt hatte, genommen worden war. Nicht die untere Gesichtspartie war verändert, nicht der geschlossene Mund, sondern die glatte Stirn – die schwarzen Augen, in denen ein Hauch Fröhlichkeit lag, ein kleines verstohlenes Lächeln oder besser gesagt eine tiefe verborgene, heimliche Freude über irgendetwas.

»Jetzt!«, sagte sie plötzlich. »Jetzt!«, und auch ihre Stimme klang jung und hell.

»Schweig, Pauline!«, sagte Matheus und wiederholte an ihrer Stelle: »Jetzt« – sie müssten jetzt gehen, es sei schon spät, und im Gegensatz zu ihrer Stimme klang die seine dumpf und resigniert.

Im Vorgarten warteten Petrus und Paulus mit dem Gepäck. Matheus nahm Pauline an die Hand und so überquerten sie die vordere Veranda und wollten schon die Treppe hinuntersteigen, doch auf der obersten Stufe drehte Pauline sich noch einmal um und wiederholte, ehe Matheus es verhindern konnte, noch einmal: »Jetzt, jetzt gehe ich! Aber der Matrose, der Matrose von der halben Compagnie, Sie wissen schon, der aus Makassar, der hat Constance doch mit seinem Messer umgebracht«, mit ihrer neuen hohen Stimme.

Danach ging sie ruhig neben Matheus die Treppe hinunter

und durch den Garten, die beiden Apostel rechts und links von ihnen.

Das junge Paar blieb auf der Veranda am Teetisch zurück.

»Bleibt Matheus lange weg?«, fragte der junge Mann.

»Eine Woche, hat er gesagt.«

»Und Pauline?«

Zuerst antwortete die junge Frau nicht.

»Und Pauline?«, hakte er nach.

»Pauline«, wiederholte sie langsam und sah ihn immer noch nicht an, »dachtest du, dass Pauline zurückkommt? Nein, ich glaube nicht, dass Pauline je zurückkommt.«

Plötzlich und überraschend fassten sich der junge Mann und die junge Frau bei der Hand, und als kurze Zeit später die kleine nachmittägliche Prozession den Garten durchquerte – die kleine Soffie mit der roten Puppe in den Armen vorneweg, dann das Kind Liesbet und dahinter, mit kleinen, schiefen Sprüngen hopsend, der schöne grüne Vogel –, betrachteten sie sie, als sähen sie sie zum ersten Mal im Leben. Die junge Frau brach in Tränen aus.

Der junge Mann gab ihr sein Taschentuch. »Das ist aber kein Grund zu weinen«, sagte er.

Der Professor

Ein Läuten im Gang, ein durch die Tür gesteckter Kopf. »Suprapto soll sofort zum Direktor kommen!«

Hierauf hatte Radèn Suprapto, der sich gerade über seine Pflanzenpräparate beugte, schon gewartet, dennoch zuckte er zusammen; er stand auf. Sofort erhob sich in dem großen Raum ein Tumult von Stimmen, die anderen Sekretäre, die Konservatoren, alle redeten durcheinander – »Tò, du Glückspilz, dass du jetzt – Nimm dich vor den Kopfjägern in Acht. Und bring uns eine Prau aus Gewürznelken mit, Tò, oder einen Paradiesvogel!« –

Er nickte, ja, ja, starr, ohne zu lächeln – ja – ja –, doch sein Herz klopfte so sehr, dass eine Welle der Wärme in ihm aufstieg.

Endlich, endlich geschah etwas Gutes, und das ihm! Diese Studienreise durch die Molukken, zusammen mit einem berühmten Professor aus dem Ausland, aus Schottland: ein wissenschaftlicher Auftrag, um anhand von Rumphius' *Herbarium* ein neues Standardwerk über die Pflanzenwelt auf diesem an Neuguinea anschließenden Inselgürtel zu erstellen. Sprachschwierigkeiten würde es keine geben, die Mutter des Professors war Holländerin, der Professor sprach fließend Niederländisch, hieß es, allerdings kein Malaiisch – das konnte er übernehmen.

Während er allein durch den langen Korridor ging, legte sich für einen Moment, kaum merklich, ein Lächeln auf sein Gesicht – er also, jetzt also doch einmal er!

Wie er da ging –

Nicht groß, etwas zu schlank, zu zierlich, wie das manchmal bei ganz jungen Männern der Fall ist – doch er war kein ganz junger Mann mehr –, in javanischer Tracht, allerbeste Batikarbeit, in Solo von seiner Mutter für ihn ausgesucht, in Ockergelb und Dunkelbraun, Kopftuch und Kain zueinander passend, in einer kurzen weißen Jacke mit langen Ärmeln und barfuß, wie immer im Haus.

Er sah gut aus: eine beinahe semitisch gebogene Nase; Bart- und Schnurrbarthaare sorgfältig gezupft, das Haupthaar unter einem Kopftuch verborgen. Die dünnen, wie mit dem Pinsel gezogenen schwarzen Augenbrauen, die schwarzen Wimpern waren die einzigen Härchen in seinem feinen, hellbraunen Gesicht.

Seine Hände und vor allem Füße waren auffallend schön und schmal.

Dennoch war es keine feminine Anmut, die da zum Ausdruck kam, sondern eine strenge, jahrhundertealte Verfeinerung jenseits von Männlichkeit oder Weiblichkeit.

Er klopfte an eine Tür, wartete, öffnete sie, zog sie hinter sich zu, trat ins Zimmer, schaute, verneigte sich kurz (Schultern und Oberkörper neigten sich mit dem Kopf mit), richtete sich wieder auf, schaute –

Und dann war es schon wieder vorbei.

Natürlich – was hatte er denn erwartet?

An einem runden, vor den Schreibtisch geschobenen Tisch saßen der Direktor des Botanischen Gartens und der Professor. Der Professor saß der Tür genau gegenüber, ihm zugewandt.

Da war er, sein Professor! Na, wie gefällt er dir, dein Professor, Radèn Mas Suprapto?

Groß, dünn, mit plumpen Händen und Füßen, in einem

schmuddeligen, schlecht sitzenden Anzug aus Shantungseide, mit Schweißflecken unter den Achseln, randvollen, überquellenden Taschen. Er hatte feines, rötliches Haar; in der Hand hielt er ein großes und ziemlich feuchtes Taschentuch, mit dem er sich immer wieder derart über den Schädel rieb, dass die Haare abstanden. Buschige rote Augenbrauen über einer Brille mit dicken, doppelt geschliffenen Gläsern, und dahinter etwas ausdruckslose blaue Augen.

Eine dicke, sommersprossige Nase.

Und über dem Mund mit den eckigen, vom Tabak verfärbten Zähnen hing ein glatter, rötlicher Schnauzer herunter – warum nur? Wer in aller Welt trug einen solchen Schnauzer?

Seine Haut war fast mädchenhaft zart und weiß, voller Leberflecken und Sommersprossen, und er litt derart unter der Hitze, dass er ständig wie vor Scham feuerrot anlief.

Als er den jungen Javaner bemerkte, stand er sofort auf, nahm das Taschentuch in die linke Hand und streckte ihm die große, feuchte Rechte entgegen, zerdrückte die schmale braune Hand fast in seiner.

»Aha, mein junger Mentor, nicht wahr?«, und er lachte, ein kurzes gackerndes Lachen.

Der Direktor des Botanischen Gartens stand ebenfalls auf und stellte sie einander förmlich vor. »Das ist Radèn Mas Suprapto, Herr Professor – Suprapto, Professor McNeill.« Er sprach sehr deutlich, als wären die beiden taub.

»Moment, Moment, das kann ich mir doch nie merken, äh – Radèn, äh – Mas, aber nehmen Sie doch Platz, junger Freund, nicht wahr?«, und er wandte sich fragend an den Direktor, denn der war schließlich der Gastgeber, lief rot an, wischte sich über die Stirn.

»Ja, setzen Sie sich, Suprapto«, sagte der Direktor ruhig. Er nannte ihn einfach Suprapto, ohne Titel, blieb aber beim Sie; für gewöhnlich bot er ihm keinen Platz an.

Der junge Javaner setzte sich mit einer erneuten kleinen Neigung des Kopfes in Richtung des Direktors. Sein Gesicht blieb ausdruckslos.

Der Professor sank knarrend in seinen Rattanstuhl zurück, steckte das Taschentuch ein, durchwühlte seine randvollen Taschen, bis er einen großen, von einem Gummiband zusammengehaltenen Kalender voller loser Zettel und Fotos sowie einen Bleistift gefunden hatte.

»Wie, wie sagten Sie gleich? Das muss ich mir unbedingt aufschreiben. Radèn? Mas? Das haben Sie gesagt, oder? Es ist ein Adelstitel, nicht wahr? Ich notiere es mir beim R«, er blätterte in dem Kalender, »helfen Sie mir, es mir zu merken, beim R, und dann Su-, wie war das noch gleich?«

Der junge Javaner schwieg.

»Su-prap-to«, sagte der Direktor langsam.

Ja, ja, Suprapto der Schreiber – schreib das nur auf –

Einen Moment blieb es still.

Der Professor machte sich eine Notiz, klappte den Kalender zu, legte das Gummiband darum, oder doch nicht, nahm das Gummiband wieder ab. »Am besten macht man gleich Nägel mit Köpfen – ach, das Gedächtnis, das Gedächtnis! Vielleicht schreiben Sie es sich auch auf, Radèn, äh, äh, äh, heute ist der soundsovielte, so ist es doch? Gleich fahre ich zurück nach Bandung, ich wollte schon in Kürze aufbrechen, passt Ihnen das, äh?« Er blätterte in seinem Kalender, tat, als würde er wirklich beim R nachsehen, legte ihn wieder hin. »Am soundsovielten fährt unser Schiff aus Surabaya ab: Die paar Wochen bis dahin will ich mich noch ein bisschen auf Java umsehen. Zentral-Java soll sehr lohnend sein, habe ich mir sagen lassen, vor allem die Kedu-Ebene, die Berge, der Sumbing, der Sindoro, der Merapi – spreche ich das richtig aus? – die Fürstenstaaten. Was sagen Sie dazu, äh, äh, äh, Radèn, junger Freund?«

Der Direktor erklärte kühl: »Radèn Mas Suprapto stammt aus

Zentral-Java, Herr Professor, seine ganze Familie wohnt von jeher in Surakarta. Seine Mutter ist die Schwester des regierenden Fürsten, nicht wahr, Suprapto?«

Er sah Suprapto an, doch der antwortete nicht.

»Aha«, sagte der Professor strahlend, »das trifft sich ja ausgezeichnet! Es wäre mir ein großes Vergnügen, Ihre Familie zu besuchen, damit sie sehen, wem sie ihren Sohn so lange anvertrauen – oder nein, der Ehrlichkeit halber muss man ja sagen, den alten Herrn zu sehen, den ihr Sohn so lange im Blick behalten muss. So ist es doch, oder?« Ein Augenzwinkern, dann wieder dieses Lachen, als würde ein Huhn gackern.

Der junge Javaner blieb reglos sitzen; er war nicht da.

Das niedrige, offene Vorzimmer mit dem glänzenden Marmorboden, der geschnitzten Balkendecke, getragen von roten und goldenen Holzsäulen, die vergoldeten heiligen Vögel in den vier Ecken – grünliche Dämmerfrische durch die hohen Bäume, die erhabenen Waringin-Bäume drumherum – der Besuch! – seine Verwandten (nicht seine Eltern, die waren jung gestorben, er hatte sie nicht gekannt) – die Frau war das Familienoberhaupt, die Frau, die er »Mutter« nannte, dunkel, und jetzt, da sie älter wurde, fast schon zerbrechlich zart und schlank und gleichzeitig unzerbrechlich stolz und hochmütig.

Er sah sie den Professor mustern.

Er sah, wie sie den Professor sah.

Er sah ihre knochige dunkle Hand in der großen, nicht ganz trockenen weißen Hand liegen.

Er sah sie an einem Marmortisch sitzen. Seine Mutter auf dem Sofa, so schlank in einem ihrer schönsten gebatikten Kains, einer einfarbigen, dunklen Seidenkebaya, mit all ihren Juwelen; sie würde tun, als könne sie kein Niederländisch, würde keinen Ton sagen und höflich und abwesend lächeln und achtgeben und jedes Wort verstehen.

Wenn er wegging, würde sie dem Professor hinterhersehen,

wie er die Marmortreppe, zu schnell, strauchelnd (vielleicht winkte er ja über die Schulter zurück) hinunterstieg, wie er unter den Waringin-Bäumen hindurchging – sie würde die Stirn runzeln, einen Moment die Augen schließen und dann ihren Mann und die anderen, falls sie dabei waren, und auch ihn ansehen: Schließlich hatten sie ja alle eine hohe Meinung vom Westen, von den »Weißen« –

Da hatten sie ihren Weißen, einen Professor! Hooochgebildet – wie sie solche Wörter aussprach – ein Professor ist doch hochgebildet! Supraptos Professor!

Unmöglich! Es ging nicht.

Was tun? Erst einmal nichts sagen – er hatte es sich schon zurechtgelegt: Er würde krank werden, auf den letzten Drücker ein Telegramm nach Bandung schicken – auf die Reise verzichten? Nein, wozu? Das war nicht nötig – nur auf die Etappe in Zentraljava; er würde dann direkt in Surabaya an Bord gehen.

Nun zog er ein ordentliches Schreibheft und einen Bleistift aus der Brusttasche, notierte sich sorgfältig die Daten.

Währenddessen unterhielten sich die beiden anderen miteinander, natürlich über ihr Fachgebiet: der Direktor des Botanischen Gartens ruhig, der Professor aufgeregt – mit sich überschlagender Stimme, äh-äh-äh, mit seinem gackernden Lachen.

Suprapto stand auf, räusperte sich. »Ich darf jetzt sicher gehen?«, fragte er den Direktor.

Der Professor war ebenfalls aufgestanden, schüttelte ihm herzlich die Hand. »Es war mir ein großes Vergnügen, äh, äh, äh, Radèn, junger Freund, dessen können Sie gewiss sein.«

Der Direktor sagte ebenfalls freundlich: »Unser Suprapto wird Ihnen gute Dienste leisten, besonders akkurat. Seine Handschrift ist die schönste von allen hier, und seine Zeichnungen sind ebenfalls verdienstvoll.«

»Aha«, sagte der Professor wiederum, während er Supraptos schlanke, fast zierliche braune Hände betrachtete, »das ist ein großes Privileg!« Er spreizte kurz seine plumpen Finger. »So weit habe ich es nie gebracht, ich habe eine richtige Klaue, wirklich, die wird Ihnen noch Schwierigkeiten bereiten, junger Freund!«

Der junge Javaner dachte – ja – ja – der Schreiber: Schreiber können sauber schreiben und ordentlich zeichnen. Wieder verneigte er sich leicht vor dem Professor, dem Direktor, entfernte sich.

Doch kaum war er im Gang, riss der Professor schon die Tür hinter ihm auf, rief ihn zurück. »He, he, Radèn, junger Freund! Sie treffen doch alle Vorsorgemaßnahmen, nicht wahr? Prophylaktisch Chinin und eine Impfung gegen die Pocken!« Besorgt kniff er die Augen hinter den dicken Brillengläsern zusammen. »Wirklich, nicht vergessen! Mal angenommen, Sie würden die Pocken bekommen, wie sollte ich dann Ihrer Familie je wieder unter die Augen treten!« Gackerndes Lachen.

»Auf Wiedersehen, junger Freund! Wann sehen wir uns gleich noch mal?« Er griff sich an die Stirn. »Stimmt ja, das steht in unseren Kalendern, Sie haben es sich doch auch notiert, nicht wahr?«

Langsam sagte der junge Javaner: »Selbstverständlich, Herr Professor.«

Es war das erste Mal, dass er das Wort an ihn richtete.

***

Radèn Mas Suprapto schlenderte den glühend heißen Hafenkai in Surabaya entlang, tadellos gekleidet, wie immer in javanischer Tracht, doch an diesem Tag trug er eine khakifarbene Jacke, braune Sandalen und einen eleganten Strohhut über dem Kopftuch, eine Art Soldatenhut, hell und unauffällig. Er hatte ein paar Kulis bei sich, die seine Koffer – schmucke Koffer – trugen, ein kleiner Junge trug seine Aktentasche aus Leder und einen

Fotoapparat; er rauchte eine Selbstgedrehte und hielt einen Rohrstock in der Hand.

Der Professor lehnte sich über die Reling des Schiffes, drehte Runden an Deck. »Wo bleiben Sie nur, wo bleiben Sie nur? Das Schiff hat schon längst das erste Mal getutet. Fast hätten wir noch ohne Sie, äh, äh, äh, Radèn, abgelegt! Wie heißen Sie noch gleich, junger Freund?« Er beruhigte sich etwas. »Aber jetzt sind Sie ja zum Glück da, wieder ganz gesund, Malaria gehabt? Nehmen Sie sich bloß in Acht«, und er lief geschäftig vor ihm her, zu seiner Kabine.

Er war völlig unverändert: Es sah aus, als trüge er denselben Anzug aus Shantungseide wie vierzehn Tage zuvor und hielte dasselbe nasse Taschentuch in der Hand, nur hatte er jetzt auch noch einen Tropenhelm auf dem Kopf – ein Freiluft-Modell aus dickem Kork, mit khakifarbenem Stoff bezogen und grünem Futter; hinten hing ein breites weißes Tuch von der Krempe den halben Rücken hinunter. An das Brillengestell waren zwei große, dunkelgrüne Gläser geklammert – fehlt nur noch die Botanisiertrommel an einem Riemen und das Schmetterlingsnetz in der Hand, dachte Suprapto.

Er wunderte sich nicht, als er später eine solche Trommel, ein solches Netz in der Kabine sah, dazu einen großen, ebenfalls grün gefütterten Sonnenschirm aus Shantungseide. Der Professor erklärte ihm, wie praktisch und unentbehrlich dieser sei. »Ein Sonnenstich ist kein Pappenstiel, junger Freund, das habe ich am eigenen Leib erfahren.«

Außerdem zeigte er ihm eine altmodische dicke, knollenförmige goldene Uhr, die er auf »Expedition« immer dabeihabe, wie er sagte, sie stamme noch von seinem Großvater. Sie lasse ihn nie im Stich; man musste sie mit einem kleinen Schlüssel aufziehen und er konnte die vollen Stunden mit einem fröhlichen Gebimmel schlagen lassen.

Dann gab es noch zwei Leinensäckchen, die er in die Jackentaschen steckte: Er hätte sich angewöhnt – vor jeder Reise –, neue, kleine Silbermünzen in der jeweiligen Landeswährung bei seiner Bank anzufordern.

Voller Stolz zeigte der Professor sie Suprapto. »Für die Kinder unterwegs, wenn sie uns Pflanzen und Blumen bringen, du wirst schon sehen, wie sehr sie sich darüber freuen! Ich erinnere mich noch, dass meine gute Mutter mir als Kind jede Woche eine blank geputzte Münze als Taschengeld gegeben hat – es geht nicht um den Wert, sondern darum, wie schön sie blinkt! Wenn diese Münzen hier aufgebraucht sind, müssen wir sie eben selbst putzen.«

Schweigend nickte Suprapto – was war das für ein Mann, war er noch ganz bei Trost? Er sah sich in der Kabine um.

Auf einem kleinen Wandschrank standen zwei Porträts in einem ledernen Doppelrahmen.

Als der Professor sah, dass Suprapto sie betrachtete, drückte er ihm den Rahmen in die Hand. »Das ist meine Frau«, sagte er und murmelte vor sich hin: »Kitty – arme Kitty«, und wieder zu Suprapto: »Und meine Schwester, meine gute Schwester Ursel«, und lachte.

Suprapto zuckte zusammen – natürlich hieß seine Schwester Ursel!

Es waren schöne, teure Porträts: Eines zeigte eine nicht mehr ganz junge, aber jugendlich aussehende Frau, niedlich, blond. Alles an ihr war rund, ein von Kringellocken umrahmtes Gesicht, runde Augen mit seidigen Wimpern, eine runde Stupsnase, nur der Mund war unzufrieden, zu einem schmalen Strich verzogen, um den Hals lag eine Wolke von Tüll.

Schwester Ursel sah aus wie der Professor, aber ohne den Schnauzer und mit einem Zwicker anstelle der Brille, die langen Haare glatt und hochtoupiert; eine Bluse mit Stehkragen, eine riesige Kamee.

»Meine Schwester Ursel«, wiederholte der Professor, »ohne

sie – meine Frau ist so kränklich, ihre Verfassung so schlecht, ich könnte sie nicht allein lassen – ohne Ursel würde ich niemals auf Reisen …«, er unterbrach sich, blickte durch das Bullauge hinaus aufs Meer und in den Himmel, »niemals mehr auf Reisen gehen können«, sagte er, »junger Freund!«

Unvermittelt, wie es den Asiaten eigen ist, fragte Suprapto: »Wie viele Kinder haben Sie, Herr Professor?« Er war sich bewusst, dass Europäer eine solche Frage ungehörig fanden und manchmal wütend darüber wurden.

Der Professor wandte sich zu ihm; seine Augen waren offen und von Nahem ganz hellblau, er war nicht wütend. »Ich, ich«, sagte er, »ich meine, meine Frau und ich hätten gern Kinder gehabt, wir lieben Kinder, aber bei ihrer schlechten körperlichen Verfassung – da war nicht dran zu denken.« Und wieder sagte er: »Ursel, wenn Ursel nicht wäre, würde ich nicht wagen, sie allein zu lassen.«

Suprapto zuckte unbemerkt mit den Schultern, wollte sich schon entfernen, doch nun hielt ihn der neugierig gewordene Professor auf. »Und, und du, Radèn Mas, junger Freund, bist du verheiratet? Hast du Kinder, wie viele Kinder hast du?«, fragte er genauso nachdrücklich und gackerte.

Suprapto verneinte – er sei nicht verheiratet und habe auch keine Kinder. »Das ist schade«, sagte der Professor und murmelte vor sich hin, er habe einmal gehört, dass man sich in Ostindien in solchen alten Adelsgeschlechtern wie dem, dem Suprapto angehöre, bei Eheschließungen immer noch streng an die alten Vorschriften halte – nicht direkt ein Kastensystem, aber Brüderchen und Schwesterchen, nicht wahr? »Tja«, sagte er, »alles hat seine Vor- und Nachteile, musst du dir sagen, junger Freund! Um eine bestimmte Begabung, innere wie äußere Eigenschaften, in einem Geschlecht zu bewahren, ist das gar nicht so dumm – Haltung, Stil, zum Beispiel!« Er sah den jungen Javaner an. »Lasse deine Mutter, oder wer auch immer dafür zuständig ist, eine bildhübsche, vor allem ebenbürtige junge Frau für dich aussuchen, heirate sie einfach, sieh zu, dass du ein paar Kinder bekommst! Und mach dann ein paar Fotos von ihnen und schicke sie mir. Nicht, solange sie in der Wiege liegen (mit Wiegenkindern kann ich nicht viel anfangen), aber später einmal, *for days of auld lang syne*. Würde mich ja schon interessieren, wie deine Kinder aussehen, äh, äh, äh, Radèn, mein wunderhübscher junger Freund, vergiss das nicht!«

Der Professor kicherte, ihm wurde warm, er lief rot an, blickte am anderen vorbei durchs Bullauge nach draußen.

Später, in seiner eigenen Kabine, bei verschlossener Tür, holte Suprapto ein Porträt aus seinem Gepäck – er hatte ebenfalls ein Porträt dabei, ebenfalls das einer Frau.

Es war ein schlechtes, beim Chinesen aufgenommenes Foto, schwarz-weiß und in Hochglanz; im Hintergrund eine Balustrade, künstliche Palmen und ein Berg – ein Krater, aus dem eine Rauchsäule aufstieg; im Vordergrund ein Rattantisch, darauf eine Vase mit einem Strauß von Papierrosen, und daneben stand sie.

Sie trug einen gebatikten Kain und eine Kebaya, darüber eine Art Kutschermantel mit drei Schultercapes – anscheinend aus Samt – und mit breiten Posamenten. Der Mantel war lang, aber trotzdem lugte der steife gebatikte Kain unten heraus – eine Spitze stand schräg zur Seite ab –, verlieh dem Ganzen etwas Anmutiges. Sie trug Strümpfe und bestickte Pantoffeln. Eine Hand lag auf dem Rattantisch, in der anderen hielt sie ihren Sonnenschirm; an den äußerst zarten, schmalgliedrigen Fingern steckten zahlreiche Juwelenringe, einer über dem anderen und alle voller großer, funkelnder Steine; und sie trug zwei flache runde Juwelenohrstecker, eine lange Schmucknadel hielt den Kutschermantel auf der Vorderseite zusammen, und die Marabufedern auf ihrem kleinen, runden Hut waren mit einer komplizierten Verzierung aus Gold und Edelsteinen festgesteckt.

Die Frau, die er Mutter nannte.

Unter dem Porträt stand ihr Name. Sie war von so hohem Adel, dass sie einen männlichen Adelstitel bekommen hatte: »Tuan Ratu«, also: der Herr Prinzessin Soundso. In Reisetoilette, das stand ebenfalls daneben.

Auf dem Bild war sie weder alt noch jung.

Vor diesem Hintergrund, in dieser verrückten Staffage, diesem unförmigen Kutschermantel! So schlank, so schön.

Suprapto betrachtete sie, betrachtete den Hintergrund des Bildes:

Das Land – sein Land – Zentral-Java, die Fürstenstaaten; der eine Vulkan war auf dem Porträt zu sehen, doch alles andere fehlte – die Kedu-Ebene, von der Terrasse eines Lustschlösschens aus – eine unermessliche, flache Ebene, die in staubiger Nebligkeit aufging, eine Spur rötlich, eine Spur gelblich oder golden, und daraus ragten zwei Berge nebeneinander auf – konisch – in durchgehenden, klaren Linien – himmelwärts, nebeneinander, gleichermaßen diesig, gelb und rosa und golden beleuchtet.

Ein diesiger Himmel darüber.

War das Land, die Ebene mit den Bergen, nur ein Bild?

Dicht daneben der Kraton, nichts als Finsternis, Festigkeit, strenge Linien. In seinem Innersten Frauengemächer, ummauert, baumbestandene Höfe, ummauert, Badeplätze, ummauert, Terrassen, mit Balustraden – ein großer, offener Platz und majestätische Waringin-Bäume, beides, Platz und Bäume, ebenfalls ummauert, hohe, reich verzierte, offen stehende Tore – sie konnten geschlossen werden.

Die Menschen, ganze Geschlechter von Männern und Frauen, eins nach dem anderen, zwar voller Leidenschaften – doch so beherrscht.

Ein Gamelan-Orchester spielte, Tänze wurden getanzt, Lieder gesungen, Geschichten erzählt, Spiele gespielt, gebunden an jahrhundertealte Schönheitsregeln, nahe der Perfektion – niemals bewegt.

Seine Jugend am Kraton: solange er denken konnte, dieses Festgelegte, Unveränderliche, als stünde alles still und bliebe für immer, wie es war. Niemals jemand, der laut weinte, laut lachte oder gar laut schrie, nie loderte etwas in Freude oder in Schmerzen auf – abgeschlossen, kühl und von der sengenden Sonne dort draußen abgeschieden.

Danach war er unter Fremde gekommen, auf Java, in Holland, von beiden Seiten angezogen – einen Moment hatte er selbst gedacht, als er in Leiden angekommen war, als junger Student unter jungen Studenten – er hatte viele Freunde –, ein Tennisklub mit Mädchen, eine reizende junge Freundin; er hatte kein Jurastudium aufgenommen wie all seine Cousins vom Kraton, heimlich hatte er sich für Biologie, Pflanzenkunde, eingeschrieben – das Fach seiner Wahl; er hatte niemandem etwas gesagt!

Noch ehe das Jahr um war, hatte die Bank ihm schon einen Brief vom Geschäftsträger seiner Mutter geschickt, man könne ihm, »aus Mangel an Geldmitteln«, sein Studium nicht weiter finanzieren – am besten komme er zurück. Davor dürfe er allerdings noch nach Paris, er solle so lange dort bleiben, wie er wolle, seine Überfahrt erster Klasse werde bezahlt.

Als er zurückkam, war alles für ihn bereit: eine Anstellung am Kraton bei dem Bruder seiner Mutter, dem herrschenden Fürsten, gut bezahlt, mit guten Zukunftsaussichten; die bildhübsche, vor allem ebenbürtige junge Frau war schon für ihn ausgesucht worden.

Er heiratete die junge Frau nicht, lehnte die Anstellung ab, blieb nicht am Kraton. Seine Mutter runzelte die Stirn, alles wegen dieser westlichen Ideen – aber wenn er meinte – es würde sich später schon einrenken.

Der Botanische Garten, seine Anstellung als Schreiber; und nun durfte er also mit dem berühmten Professor auf Reisen, einfach so, mit ihm auf ein Schiff, übers Meer, zu den Molukken. Er!

Und was hatte er davon?

Während er das Porträt betrachtete, wusste er, dass er eines Tages zurückkehren würde, dass sie – der Herr Prinzessin Soundso, in Reisetoilette und mit dem ganzen Hintergrund des Bildes: Ebene, Berge, Himmel, Kraton, Bäume, Menschen, die bildhübsche, ebenbürtige Frau, die Tempel, die Heldenepen, Tänze, Lieder –, dass all das sein Hintergrund war, das Fundament seines Lebens – dass es ihn ausmachte.

Aber noch nicht.

Jetzt war er auf unterwegs, auf einem Schiff, auf dem Meer, jetzt begleitete er seinen übergeschnappten Professor auf eine Reise, irgendwohin!

Er nahm das Porträt, wickelte es wieder in das seidene Taschentuch ein, legte es zwischen seine Kleidung und – dachte, nie zuvor hatte er das gedacht –

Als er noch jung war, damals in Leiden – als noch Zeit gewesen wäre – wenn sie da nur einen einzigen Ring von ihren schlanken Fingern gezogen hätte oder einen Stecker aus ihrem Ohr genommen oder die Brosche aus dem Kutschermantel oder das Gold-und-Juwelen-Dings von ihrem Hut mit den Marabufedern – aber nichts davon, der Herr Prinzessin Soundso, in Reisetoilette.

***

Es waren so wenige Passagiere an Bord, dass der Professor eine zusätzliche Kabine für den ganzen Papierkram und seine Bücher angeboten bekam, er hatte kistenweise Bücher dabei: nicht nur Fachliteratur, vor allem Rumphius' *Herbarium* – zwölf Bände – mit allen dazugehörigen Abhandlungen und Kommentaren, sondern auch Geschichtsbücher, Sprach-, Land- und Völkerkunde, alte Reiseberichte, alles, was er auftreiben konnte – ein Vermögen an Büchern: *Der Portugiesen erlauchte Reisen zu Land und zu Was-*

ser, eine Prachtausgabe von Franz Valentyns *Alt- und Neu Ost-Indien*, und, nicht zu vergessen, die *Raritäten-Kammer* des Herrn Rumphius.

Der Professor las sie, rief Suprapto zu sich, entweder an Deck oder in ihre zusätzliche Kabine, »hör dir das mal an, junger Freund!«, und kicherte.

Rumphius' ganzer Aberglaube – über Muscheln und Korallen, Krabben mit seltsamen Namen, verzauberte Steine; alle möglichen verrückten Geschichten aus den anderen Büchern –

Und ihre Gespräche: Bruchstücke von Gesprächen, Gesprächsfetzen –

Der Professor und Suprapto an Deck, auf einer Bank an der Reling – die Bandasee so ungestüm, wie die Bandasee nur sein konnte; der Himmel bleiern, bewölkt, eine brütende Hitze, das Meer grau und voller kleiner Sturmkronen; das Schiff schlingerte – sie wurden fast seekrank.

»Jetzt sieh dir doch mal diesen brodelnden Topf an!«, sagte der Professor, wurde ganz weiß um die Nase und erzählte Suprapto unvermittelt, in Schottland habe ihm, vor ewigen Zeiten, eine alte Frau ein Seemannsgrab vorhergesagt. »Das Verrückte an der Geschichte ist, dass da irgendetwas faul ist! Ein echtes Seemannsgrab, sagte sie – in ein Stück Stoff eingewickelt, mit einem Gewicht an den Füßen ab in die Tiefe – in tiefes, tiefes Wasser, sagte sie, und gleichzeitig in Küstennähe, einer schönen, grünen Küste. Natürlich könnte ich an Bord eine Krankheit bekommen und sterben, aber wenn Schiffe so nah an Land sind – wenn sie dorther kommen oder dorthin fahren –, habe ich immer gehört, werden die Toten an Land begraben; es hat bei mir einen tiefen Eindruck hinterlassen, bis heute, ich will dir mal etwas gestehen, äh, äh, äh, Radèn, junger Freund, ich …«, flüsterte er, »ich habe solche Angst vor dem Meer.« Und er wurde furchtbar seekrank.

»Warum hast du damals eigentlich das Studium nicht abgeschlossen, junger Freund?«

»Weil kein Geld da war«, sagte Suprapto trotzig.

»Kein Geld, was soll das denn heißen? Du stammst von einem östlichen Fürstengeschlecht ab, all die Juwelen!« Der Professor gackerte. »Geld, ach, Geld findet sich immer. Hat man sich denn nie um ein Stipendium bemüht? Vielleicht geht das immer noch.« Er zog seinen Kalender hervor, nahm das Gummiband ab, griff zum Bleistift. »Kümmere dich mal die nächsten Monate besonders gut um mich, dann gebe ich dir ein gutes Zeugnis und spreche mit dem Direktor des Botanischen Gartens. Und zu Hause, bei mir zu Hause, meine ich, lasse ich mir was einfallen. Du sprichst natürlich kein Englisch, jedenfalls nicht viel.«

»Nein«, sagte Suprapto.

»Schade! Aber ich könnte Ursel fragen, meine Schwester Ursel. Wie sie das anstellt, weiß ich nicht, aber bei ihr ist alles möglich. Wenn sie etwas will, bekommt sie es auch! Sie hat immer Geld, macht ständig Erbschaften.« Das schien ihn zu erfreuen. »Ich nicht! Ich kann nicht mit Geld umgehen, äh, äh, äh, junger Freund, ich«, er notierte sich etwas in seinen Kalender, »ich werde Ursel sofort schreiben.«

Suprapto wurde verlegen. »Das ist sehr freundlich, Herr Professor, aber es ist nicht nötig. Ich könnte es nicht annehmen und würde es auch gar nicht wollen. Dafür ist es zu spät.«

»Komm schon, Radèn, junger Freund, was soll das heißen, zu spät? Was für ein schreckliches Wort! Denk noch mal in aller Ruhe darüber nach …« Er wollte noch etwas sagen, legte aber bloß wieder das Gummiband um den Kalender und steckte diesen – bedächtig – in die Tasche zurück.

Der ist froh, dass er noch mal drum herumgekommen ist, dachte Suprapto.

Doch an diesem Abend lag bei den Briefen des Professors einer an Miss Ursel McNeill.

Eine Geschichte der Molucco Islands, die er Suprapto unbedingt erzählen musste!

Ein junger Prinz aus Tuban auf Java hält seinem Vater für eine rituelle Reinigung eine Schüssel mit Wasser hin, lässt die Schüssel fallen, bekommt eine Ohrfeige von dem alten Mann, wird geschmäht und will nur noch eines: weg!

Auf einer Sandbank vor der Küste zeichnet er eine Prau in den Sand, mit allem, was dazugehört: Steuerruder, Mast, Segel, Taue, Ruder (falls einmal Flaute herrschen sollte), an Rattanschnüren befestigte Ankersteine in Körben, mit Süßwasser und Lebensmitteln gefüllte Martaban-Gefäße; Brennstoff und einen Feuerstein, einen Kocher, einen Topf zum Kochen; Matten zum Sitzen und zum Schlafen, Gegenstände zum Tauschen, einen Wiegestab, Geld; vor allem Waffen. An alles denkt er – er ist ein gewiefter Junge –, vergisst nichts, bis auf eines: den Ballast.

Als er dann zum Herrn Allah gebetet hat und die Prau abfahrbereit auf ihn wartet (ein geliebter Bruder und eine Schwester sowie seine alte Amme, die er auch lieb hat und die mitmöchte, sind ebenfalls gekommen) –, liegt die Prau zu hoch auf den Wellen.

Ballast muss her! Aber was sollen sie als Ballast nehmen?

Es gibt keinen anderen Ballast als die Erde ihrer Heimat, und so tragen sie die Erde herbei und schütten sie in den Schiffsraum – dann fahren sie ab, ohne einen Blick zurück.

Sie kommen an vielen Inseln vorbei; überall wiegen sie die Erde mit dem Wiegestab und vergleichen ihr Gewicht mit dem der mitgenommenen Erde, und nie hat sie dasselbe Gewicht.

Doch dann kommen sie zu den Molukken, zu dieser einen Insel – nicht an der Außenbucht, nicht an der Binnenbucht, sondern an der Außenseite der Insel, dort, wo Seram liegt. Dort wiegt die Erde gleich viel wie die ihrer Heimat, und so bleiben sie dort und gründen zusammen mit anderen Heimatlosen ein kleines Reich, und der javanische Prinz aus Tuban, der Jüngste, wird der erste Radscha.

»Schreibst du nie Gedichte, junger Freund? Daraus könntest du ein Gedicht machen, ein Epos, in Hexametern, mit soundso viel Gesängen, und so tiefsinnig!« Der Professor lachte wieder gackernd, warf Suprapto einen raschen Blick zu und sagte unvermittelt ernst: »Du auch, nicht wahr, du hättest die Waschschüssel halten sollen und hast sie fallen lassen, armer junger Freund! So fängt es immer an.«

Diesmal konnte Suprapto sich nicht beherrschen. »Eine Waschschüssel, was soll das?«, sagte er kurz angebunden, fast giftig. »In meinem ganzen Leben musste ich noch nie jemandem eine Waschschüssel halten!«

Der Professor schüttelte den Kopf. »Doch, doch, junger Freund, doch, doch! Wir alle müssen das, immer wieder. Solange wir jung sind, müssen wir irgendetwas für die Alten halten und lassen es fallen, und dann wollen wir weg und malen ein Schiffchen in den Sand, um in ein neues Land zu fahren, und vergessen jedes Mal den Ballast. Und es gibt keinen anderen Ballast als die Erde unseres alten Landes, und die Erde des neuen Landes ist immer gleich schwer wie die des alten, und dafür sind wir also weggegangen, übers Meer, und manche sind unterwegs ertrunken, in tiefem, tiefem Wasser, oder wir werden alt und lassen einen anderen die Waschschüssel für uns halten. Auch du, du wirst schon sehen, Radèn Mas Suprapto, auch du«, sagte der Professor langsam und deutlich, »genau wie der andere Prinz.«

Suprapto schwieg: Also kannte er seinen Namen doch. Das ganze »äh, äh, äh« und »junger Freund« war nur dazu da, ihn herabzusetzen. Und überhaupt, worauf wollte er hinaus?

Auf nichts wollte der Professor hinaus – er machte bloß diese kleine Geste – kurz den Kopf schief legen, die eine Schulter hochziehen, wie jemand, der etwas bedauert, es aber nicht ändern kann, der Mitleid empfindet. Mitleid mit ihm! Er, Steckelbein, mit dem »anderen Prinzen« – denn er war sehr wohl ein Prinz, wenn es darauf ankam – und er dachte an das Porträt.

Der Professor, der mir nichts, dir nichts mit ihm, dem Asiaten, dem Farbigen, von Rassenwahn anfing.

»Ja, junger Freund«, sagte er, »das ist so eine weitverbreitete Ansicht, aber trotzdem ist es im Grunde genommen ein Missverständnis: dass der Westen, die Weißen als Einzige mit Rassenwahn behaftet sind! Ich bin viel herumgekommen«, seine Augen leuchteten auf, »und habe mich hier und da umgesehen, und, das kannst du mir glauben, es hat nichts mit Osten oder Westen zu tun oder mit weiß oder farbig. Der eine kann genauso gut davon besessen sein wie der andere.«

Suprapto blieb still sitzen, mit gesenktem Kopf, sah nicht auf: Es stimmte, was der Professor da sagte! Er wusste es, er hatte es gesehen – er sah seine Mutter vor sich, wie sie erblasste vor nahezu physischer Abscheu, wenn sie an die Weißen, die Abendländer dachte, über sie sprach.

Der Professor sagte: »So ein kleiner, kräftiger Zaun um uns herum, bestehend aus lauter A, wie es scheint: Kaste, Klasse, Stand, Land, Rasse und so weiter! Hier und da noch mit alten, tiefen Dingen verbunden, so vertraut, so sicher um uns herum. Aber wir, wir Geistesmenschen, wir kommen ohne aus; wir wollen es zwar nicht immer, aber wir sind in der Lage, uns Wind und Kälte auszusetzen und uns umzusehen, nicht wahr, junger Freund? Die Augen offenzuhalten, wenn wir wollen«, wiederholte er noch einmal.

Die Tage an Bord waren fast vorbei; sie hatten Bali angelaufen und Lombok, Makassar, später Banda – Suprapto saß oft in seiner Kabine und arbeitete, erledigte unnötigen Schreibkram, damit er nicht ständig mit dem Professor zusammen sein musste.

Der schaute gelegentlich vorbei, schüttelte den Kopf: »Nimm

dir doch einmal frei!«, oder »Dir geht es doch gut, oder?«, und fragte dann, ob er an seine Chininpillen gedacht hatte.

»Zeig mal her, junger Freund«, sagte er einmal, nahm das beschriebene Blatt, führte es dicht an seine Brille heran, schaute mit seinen kurzsichtigen Augen angestrengt darauf. Wozu war das gut? Es gab Suprapto das Gefühl, undeutlich geschrieben zu haben – konnte er ihm nicht einmal die »saubere Schrift« lassen?

Der Professor las das Blatt von vorn bis hinten durch, dann legte er es wieder hin, zog die roten Augenbrauen zusammen, sah ihn aufmerksam an, schüttelte den Kopf. »Äh, äh, äh«, sagte er, »nein, junger Freund, nein! Das ist die reine Zeitverschwendung«, und aus dem Stand, hier in der Kabine, halb an die Koje gelehnt, hielt er eine kurze Vorlesung über das Thema, dem Suprapto da auf den Grund gegangen war.

Er redete bestimmt eine Viertelstunde ununterbrochen, stotterte manchmal, gackerte kurz, blinzelte – doch der junge Javaner saß still und fasziniert da; er war in einem Vorlesungssaal irgendeiner großen Universität mit vielen anderen jungen »Geistesmenschen« zusammen (das hatte er schließlich gesagt – wir Geistesmenschen). Es herrschte eine tiefe Stille, denn der Meister sprach und sie, sie waren die Lehrlinge und wollten es sein: auch er.

Zum ersten Mal dachte er nicht – der Schreiber, der Sekretär, auch nicht der Prinz: sondern der Lehrling, Steckelbeins Lehrling – Lehrling war ein gutes Wort, es hinterließ keinen bittern Nachgeschmack.

Der letzte Abend an Bord, in der zusätzlichen Kajüte, in ihren Sesseln; der Professor ließ sich ein Glas Eiswasser nach dem anderen bringen – es war eine Affenhitze –, wollte doch lieber einen Whisky-Soda, einen strammen. »Und du, junger Freund? Ach nein, stimmt ja, du darfst ja nicht, du muslimischer junger Mann aus gutem Hause!«, und er gackerte unbändig.

Auf seinem Schoß lag das große Buch, *Die Raritäten-Kammer* des Herrn Rumphius, er blätterte darin, sagte: »Über Quallen«, nahm die Pfeife aus dem Mund, sprach deutlich, mit einem flüchtigen Lächeln, sanft – wie Frauen manchmal sprechen, fast so sanft: »›Ein *Schiffchen der Holothurier*, mit Muschel: Die Schale ist einfach, dünn, durchscheinend; dabei hell-violett-blau, oben aber etwas bleifarben. Der Mund ist weiß und rund, ragt unten aber hervor, wie eine hängende Lefze, und inwendig sind sie weiß. Die Qualle ist hell wie ein Kristall mit einem blauen Glanz und besteht aus lauter Schleim. Das Boot lag mit der Mündung in die Höhe, und die Qualle stand darin wie ein Pfeiler aufgerichtet. Sie segelten, wie es schien, mit einem sanften Wind.‹«

»Was sagst du dazu, junger Freund?«, und als Suprapto nicht antwortete, »und dann das – eine Qualle, diesmal aber ohne Muschel. ›*Holothuria*, der *Purpursegler* – sie haben viele Namen: *kleine Galeone, Portugiesische Galeere*.‹ Ich nehme an, viele Menschen haben ihre Bekanntschaft gemacht – mit einem halben Segel, unten breit, nach oben hin schmal. Hör zu! ›Ganz oben kann sie diese Segel niederlassen oder aufrichten, wenn sie Wind spürt und segeln möchte. Unter Wasser hängen eine Menge zwei Ellen langer Bartfäden, ihre Farbe ist ein reines Blau, aber immer mit einem Stich ins Grüne.

Der Leib ist durchscheinend, als wäre er eine Kristallflasche, gefüllt mit grünblauem Aqua Fort.

Die Segel sind kristallweiß und der Saum am oberen Rand ist leicht purpurrot oder violett, ein hübscher Anblick, als wäre das ganze Tier ein herrliches Juwel.‹

Und hier: ›Fantastisch, eine solche Flotte von gut tausend kleinen Schiffchen so einmütig beieinander zu sehen!‹ – und dabei war Rumphius blind, als er das diktierte, stockblind, junger Freund; seine Frau und sein Töchterchen wurden bei einem Erdbeben unter einer Mauer begraben, später brannte sein Haus ab, mit allem Drum und Dran; die Arbeit eines ganzen Menschenlebens futsch, bis auf hundert Blätter, all seine Zeichnungen weg, und dann das: ›Eine solche Flotte von gut tausend kleinen Segeln, ein fantastischer Anblick.‹ Was sind wir, du und ich, doch für undankbare Hunde.«

Alles an Suprapto erstarrte; der Professor wusste doch, er musste doch wissen – das hatte er eben noch gesagt –, dass er ein Muslim war. Und ihn dann als Hund zu bezeichnen! Und immer und ewig diese *Raritäten-Kammer*! Warum blieb er nicht bei seinem *Herbarium*, seinen Bäumen, seinen Pflanzen? Das war sein Auftrag, dafür hatte ihm der Botanische Garten einen Sekretär mitgegeben, und nicht, um ihn »Hund« zu nennen und ihm Geschichten vom *Purpursegler* vorzulesen.

Er fühlte sich bis ins Mark getroffen von diesem einen Wort »Hund« und – völlig verrückt! – von Herrn Rumphius' *Purpursegler* ebenfalls.

Die Insel in den Molukken, die Stadt an der Außenbucht, das Hotel am Schlossplatz.

Der Professor ließ Suprapto das schönere, größere der beiden Zimmer geben: Dort musste Platz sein für zusätzliche Tische, denn nun begann die ernsthafte Arbeit an dem *Herbarium* – in zwölf Bänden –, Bäume, Pflanzen, Blumen, Präparate anfertigen, Bestimmungen, Berichte, Zeichnungen. Der Professor spazierte fortwährend ein und aus, prüfte, was Suprapto machte, gab Anweisungen, diktierte ihm manches.

An den Tagen, an denen sie keine Ausflüge unternahmen, spazierten sie nachmittags nach dem Tee am Schloss vorbei, entlang der Außenbucht, um sich zu »akklimatisieren«; anschließend ging der Professor für eine Stunde in den Klub, blieb auf der Terrasse oder ging hinein, um eine Runde Kardinal Domino zu spielen oder sich am Stammtisch zu unterhalten. Er trank etwas, manchmal ein Glas über den Durst, lachte über alle Geschichten, die ihm erzählt wurden, erzählte selbst Geschichten, stotterte, gackerte, sah der einen oder anderen gut aussehenden Leutnantsgattin im Klub hinterher und sagte dann bisweilen: »Hebe, Mundschenkin der Götter.«

Die anderen Männer lachten ein bisschen über den Alten, die Hebes lachten ebenfalls; doch sie lachten nicht viel über ihn und auch nicht laut.

Anfangs nahm der Professor seinen javanischen Assistenten immer mit, doch nach ein paar Besuchen im Klub wollte Suprapto ihn nicht mehr begleiten und ersann Ausreden; es war beschämend, sich lächerlich zu machen, ein Vergehen an der eigenen Würde – umso besser, wenn der Professor es nicht merkte –, aber er wollte es jedenfalls nicht miterleben.

Sie begegneten anderen Leuten in der Stadt an der Außenbucht: darunter der Frau vom Kleinen Garten.

In Supraptos Augen war sie eine kleine, vierschrötige, sehr vorlaute Person – sie lud sie als Übernachtungsgäste in ihren Garten an der Binnenbucht ein; das *Herbarium* besaß sie ebenfalls, sie kannte auch die *Raritäten-Kammer*, auch sie wollte andauernd über Rumphius reden und hatte sogar einmal einen *Purpursegler* gesehen.

Und dann ihre Ausflüge: erst auf die Halbinsel, auf der die Stadt lag; später müssten sie größere Entfernungen zurücklegen, dazu bräuchten sie Praue und die mochte der Professor nicht.

Frühmorgens, wenn es noch kühl war, brachen sie auf, boten immer denselben Anblick: der große, rothaarige Weiße in seinem zerknitterten hellen Anzug, mit dem Tropenhelm samt wehendem Tuch, der grünen Botanisiertrommel an einem Riemen, unter dem großen, grün gefütterten Sonnenschirm – neben ihm der kleine, schlanke, dunkle Mann, steif und untadelig, das Beige und Braun seines Kopftuchs und Kains schimmerte, wie nur wirklich gute Batikarbeit es tat.

Überall stürmten Kinder mit Blumen und Pflanzen auf sie zu,

die sie am Wegesrand oder von den Hecken gerupft hatten. Der Professor stand in ihrer Mitte, ließ Suprapto seinen Sonnenschirm halten, verteilte Münzen (bei den ersten Ausflügen nur Kupfergeld), manchmal holte er seine Uhr hervor, ließ sie für die Kinder bimmeln. Wie er das alles anstellte? Mit Gesten und heftigem Kopfschütteln und Kopfnicken, indem er mit der Spitze seines Sonnenschirms Zeichnungen in den Sand malte, die Kinder anlächelte und ab und zu einen Kopf oder eine Schulter tätschelte – Suprapto brauchte nicht viel zu sagen. Danach begriffen die klügeren Kinder, dass sie die Pflanzen nicht pflücken, sondern ihnen nur die Stellen zeigen sollten, wo exotische Pflanzen wuchsen, exotische Blumen blühten; dass der Professor oder sein Assistent sie selbst pflücken oder ausgraben wollten, und dann kamen auch die größeren Münzen zum Einsatz; im Nachhinein betrachtet war der Professor gar nicht so freigebig mit seinem blank geputzten Silbergeld.

Die meisten dieser Ausflüge sollte Suprapto später vergessen, einer blieb ihm jedoch im Gedächtnis.

Es war einer der ersten, von der Stadt an der Außenbucht zur äußersten Spitze der Halbinsel, wo einer der drei Radschas wohnte, der mit dem portugiesischen Namen, ein zuvorkommender Mann, der selbst aus Liebhaberei botanisierte.

Ein Weg entlang der Außenbucht, aus festgestampften, unter den Schuhen knirschenden Korallen und Muscheln – zu Beginn ungeschützt und sehr staubig. Trotz seines Tropenhuts und des Sonnenschirms litt der Professor unter der Hitze, jedes Mal, wenn sie unter Bäume kamen, blieb er einen Moment stehen, wischte sich mit dem Taschentuch übers Gesicht, versuchte, sich damit frische Luft zuzufächeln, blickte ins Grün hinauf und sagte: »Bäume, der Schatten von Bäumen«, oder: »Ich mag ja Bäume so sehr«, oder: »Ich spaziere so gern unter Bäumen, junger Freund.«

Ein langer, stiller Weg, über Stunden, diesmal menschenleer, keine Erwachsenen, keine Kinder.

Auf halber Strecke ein steiles Stück: Die Ausläufer des Gebirges reichten dort bis an die Außenbucht heran. Da war noch Urwald, ein Flüsschen toste in einem Bett aus roten Felsen und losem Geröll von den Bergen herunter. Sie mussten, unter einem Schutzdach frisch gepflückter Palmwedel, eine kleine, unlängst mit noch nicht getrocknetem Holz ausgebesserte Brücke überqueren.

Auf der gegenüberliegenden Seite, zu ihrer Linken, war der Hang von ganz oben bis zur hohen Böschung des Weges hinunter gerodet und abgebrannt. Zwischen kleinen Feldern mit Erdfrüchten und Mais lagen noch verkohlte Baumstämme, ein paar heruntergekommene, ärmliche Hütten standen da. Eine von ihnen lag weiter unten, fast am Wegesrand, und war in besserem Zustand als die anderen und viel größer.

Kein Mensch weit und breit: nicht auf den Feldern oder bei den Hütten, nicht auf dem Weg. Auch nicht rechts des Weges, wo noch Bäume standen und ein kurzer, breiter Pfad neben dem Fluss zum Strand hinunterführte.

Dort lagen ein paar kleine morsche Praue mit Auslegern und einige schöne große Praue mit reich verzierten, hoch aufragenden Achterseven, hier und da bunt bemalt – rot, blau, ockergelb und vorn am Bug ein offenes, wachsames Auge –, sie ähnelten kleinen Galeonen, als Anker dienten Wackersteine in Körben, die mit langen Rattanseilen festgemacht waren.

Die Wellen liefen in der Außenbucht zwischen den Bäumen aus, eine Brise säuselte in den Blättern, ein paar alte, bunte Lappen, um die Masten festgeknotet, flatterten geräuschlos hin und her – sonst rührte sich nichts, alles war still.

Aber hier lebten doch Menschen! Hatten sie sie bemerkt und waren vor ihnen in den Wald geflohen, und wenn ja, warum? Was für Leute waren das?

Da begriff Suprapto: Diese Menschen kamen nicht von der Insel, es waren sogenannte Streuner des Meeres – Binongkos –, irgendwo hatten sie eine eigene Insel und viele von ihnen wohnten auf Buton; *sie* bauten solche großen, seetüchtigen Praue und trieben sich damit in kleinen Gruppen auf dem Meer herum, gingen mal hier, mal dort an Land, brannten den Urwald ab, zogen ein paar Hütten hoch, legten Felder an, fingen ein Fischchen in der Bucht und verschwanden dann wieder, ließen verkohlte Erde hinter sich zurück. Ein seltsamer, scheuer Menschenschlag, sie hatten eine eigene Sprache, die niemand verstand – keiner wollte etwas mit ihnen zu tun haben.

Als der Professor und Suprapto sich im Schatten des Schutzdachs über der Brücke ausgeruht hatten und ihren Weg fortsetzten, kamen sie dicht unterhalb der großen, länglichen Hütte vorbei und Suprapto sah, dass doch Menschen da waren.

Vor der Hütte, auf einem quer über ein paar Steinen liegenden Brett, saßen einige junge Männer nebeneinander, dunkelhäutig, in Lumpen, teilweise fast nackt – einer trug nur einen Lendenschurz, ein anderer eine Hose und eine zerschlissene langärmlige Wolljacke. Sie saßen reglos, dicht gedrängt an der braunen Bambuswand, von der sie sich fast nicht abhoben: klein, gedrungen, die unbeweglichen Gesichter wie aus braunem Ton, tumb starrten ihre schwarzen Augen ins Nichts.

Auf dem Schoß hielt jeder von ihnen eine Machete aus blankem, scharf geschliffenem Stahl, in deren Klingen sich das Sonnenlicht in kleinen, aufsprühenden Funken widerspiegelte, und das schien das einzig Lebendige an ihnen zu sein.

Im Vorbeigehen verspürte Suprapto eine schier würgende Angst, als würde man ihm die Kehle zudrücken, und seine Knie wurden weich; fest umklammerte er den Rohrstock in seiner Hand – aber was konnte er schon mit einem Rohrstock ausrichten? Der Professor hingegen ging stillvergnügt unter seinem Sonnenschirm neben ihm her.

Sie waren an ihnen vorbei – Suprapto konnte den Drang, sich verstohlen umzusehen, nicht unterdrücken: Die vier Männer saßen genauso reglos da wie zuvor, doch offenbar hatten alle den Kopf ein Stück gedreht, denn ihre starren Blicke waren ihnen gefolgt, waren auf ihre Rücken, ihre ungeschützten Rücken gerichtet – Hauptsache, der Professor ging jetzt weiter, kam in Allahs Namen nicht auf die Idee, stehen zu bleiben.

Prompt blieb der Professor stehen. »Schau mal, junger Freund«, sagte er.

Den Waldrand entlang, über den steilen abgebrannten Hang kam ein Kind herbeigerannt, gesprungen. Es war ein Mädchen, ein mitleiderregendes, schmutziges Mädchen, nur mit einem zerrissenen Lumpen bedeckt, der wie ein Sarong um die Hüfte gebunden war, das zerzauste Haar von grünen Grashalmen zusammengehalten, und in beiden Händen hielt sie einen Strauß Erdorchideen, die nachlässig abgerupft worden waren.

Lag es vielleicht daran, dass der Wald gerodet war? Oder an der Sonne, der Asche? Nirgends sonst gab es solche großen Erdorchideen: Traube um Traube hingen sie über ihren Händen, aber nicht einfarbig. Lila und Rosa und Violett und Gelb und Braun, alles zusammen; bisweilen hatten sogar die Blütenblätter einer einzelnen Blume unterschiedliche Farben, einige waren gestreift oder gesprenkelt, andere nicht. Weil sie so schnell rannte, hüpften die bunten großen Blumen wild auf und ab und hin und her und es schien, als käme sie mit einem Strauß grellbunter, flatternder Schmetterlinge angerannt.

Vor dem Professor hielt sie abrupt inne, übergab ihm atemlos ihren Strauß.

»Hilf mir mal, junger Freund!« Der Professor schloss den Sonnenschirm und reichte ihn Suprapto, nahm dem Mädchen den Strauß ab, musterte das Kind einen Augenblick aufmerksam. »Danke, vielen Dank, liebes Kind«, sagte er langsam und deutlich, als könnte sie ihn verstehen, und zu Suprapto: »Sieh doch, sieh nur!« Und dann: »Wenn Kitty und Ursel das nur sehen könnten!«

Er zog seine große Botanisiertrommel am Riemen nach vorn, öffnete sie, legte vorsichtig den Strauß hinein – sofort war die Büchse randvoll –, schloss sie, schob sie wieder an die Seite.

Das Mädchen stand mit großen Augen daneben, wollte sich nichts entgehen lassen.

Da bedeutete der Professor ihr, die Hand zu öffnen, er nahm eine blinkende Münze aus einem der beiden Säckchen, schloss ihre Finger darum, dann wiederholte er die Prozedur mit der anderen Hand. »Aller guten Dinge sind zwei, Herzchen«, sagte er scherzhaft und lachte. Das Mädchen sah ihn an und lachte ebenfalls, schloss beide Hände fest um die Münzen. Jäh zuckte sie zusammen – einer der vier jungen Männer hatte, kurz und drohend, etwas gerufen.

Krampfartig legte sie die Fäuste zusammen, nahm blitzschnell beide Münzen in eine Hand, legte die andere Hand drumherum und schrie etwas zurück – das Gesicht zu einer Grimasse aus Wut und Angst verzogen, dann steckte sie die Münzen in den Mund, in die Wangentasche, um die Hände frei zu haben, machte kehrt, kraxelte die steile Bergwand wieder hinauf, manchmal mit Händen und Füßen zugleich, und verschwand dann im Wald wie ein kleines, scheues Tier.

Suprapto drückte dem Professor seinen Sonnenschirm in die Hand. »Schnell«, sagte er in einem knappen Befehlston, »schnell, Sie können hier nicht stehen bleiben! Gehen Sie bitte sofort weiter!« Denn im Bruchteil einer Sekunde hatte er gesehen, wie die vier jungen Männer hinter ihnen aufgestanden waren und sich nebeneinander vor der Hütte aufgebaut hatten, die Macheten in der Hand und bereit –

Später kam Suprapto noch einmal darauf zurück. »Das ist nicht gut, Herr Professor, Sie dürfen nicht einfach so unbewaffnet in den Busch gehen!«

Der Professor machte sich nur lustig. »Nennst du das hier den Busch? Ich und eine Pistole! Die gehen immer von selber los. Außerdem bin ich doch bewaffnet! Ich habe ja immer mein scharfes Botanisiermesser dabei, junger Freund, und wer wollte uns schon etwas antun? Ach, du meinst die vier finsteren Gesellen auf der Bank« (er hatte sie also sehr wohl bemerkt), »glaubst du, dass die ... aber, äh, äh, äh, warum glaubst du das? Dazu gibt es doch keinerlei Grund.«

Mit ausdrucksloser Stimme sagte Suprapto: »Vielleicht mögen sie ja auch blinkendes Silbergeld.«

»Glaubst du wirklich?«, fragte der Professor. »Nun, das lässt sich leicht lösen. Wenn wir wieder vorbeikommen, bekommen sie schöne blank geputzte Münzen von mir, was meinst du, junger Freund, äh, äh, äh, eine für jeden?«

Doch sie kamen nicht mehr vorbei.

Auf dem Rückweg waren sie anders gegangen, hatten eine Nebenstrecke über den Berg gewählt.

Der Professor kam noch einmal auf die *Purpursegler* zu sprechen, bei ihrem letzten gemeinsamen Nachmittagsspaziergang, erst um das Schloss herum und eine kleine Holztreppe hinauf, um sich dann auf eine Bank auf dem breiten Festungswall zu setzen und zuzusehen, wie die Sonne über der Außenbucht unterging.

Suprapto fühlte sich seit ein paar Tagen unwohl, er war in sich gekehrt, schweigsamer denn je; auch der Professor schien angespannter zu sein als sonst, machte nicht so viele Witze. Er fasste sich immer wieder an die Stirn, klagte über sein schlechtes Gedächtnis – »Ob mir wohl Malaria in den Gliedern steckt?« – und dann musste Suprapto ihm genau erklären, wie es sich anfühlte, wenn einem Malaria in den Gliedern steckte – er musste es schließlich wissen!

Suprapto saß neben ihm – ewig diese Außenbucht, diese grüne Küste, diese sanft auslaufenden Wellen, ewig diese untergehende und am nächsten Tag wieder aufgehende Sonne, ewig der über seine eingebildeten Leiden jammernde Professor neben ihm – manchmal lag auch noch ein großes Schiff in der Bucht, das konnte man sich dann ansehen und ganz melancholisch werden – das ewige Weggehen – das ewige Abschiednehmen –

»Weißt du, ich nehme schon seit einer ganzen Weile vorsorglich Chinin«, sagte der Professor, »ob es wohl daran liegt? Oder an der Wärme? Oder doch an meinen Augen?« Er kniff die Augen hinter den Brillengläsern zusammen. »Ich schlafe nicht nur schlecht, mir wird schon schwindlig, sobald ich mich hinlege. Als du vor der Reise diesen Malariaanfall hattest, wurde dir da auch schwindlig, wenn du dich hingelegt hast? Hattest du auch Ohrensausen?«

Er redete nicht weiter, erwartete auch keine Antwort.

Erst nach einer Weile sagte er wieder etwas, aber nicht mehr mit dieser leicht klagenden Altfrauenstimme – es war, als hätte sich etwas in seinem ganzen Wesen verschoben, als würde sich eine Änderung vollziehen.

Er sprach ruhig vor sich hin, wandte sich kaum an Suprapto, kein Name, kein »junger Freund«, kein Gestammel, kein Gegacker. Seine weit offenen, hellblauen Augen schauten – »und schon ein paarmal, zwischen Wachen und Schlafen, war ich auf dem Meer, im Meer, ich kann es nicht genau erklären. Da ist das Meer und da bin ich, da ist auch eine hohe Küste mit Bäumen und der Wind weht und dann kommt – du weißt schon«, er lächelte, »die Flotte mit den gut tausend Segeln, so einmütig beieinander, Besansegel, durchsichtig, aus Glas, aus Kristall, mit einem violetten und purpurroten Saum – und groß, du ahnst ja gar nicht, wie groß, überlebensgroß! Und ich bin auch da, und dann kommen diese Segel von allen Seiten und streifen an mir entlang und segeln hinter mir und vor mir und durch mich hindurch und über mich hinweg!

Es tut nicht weh, aber das Geräusch ist unbeschreiblich, wie eine zu straff gespannte Harfensaite, nur tausendmal lauter – es ist, als würde mir gleich das Trommelfell platzen.«

Er verstummte, kniff ein paarmal hintereinander die Augen zu und auf, zu und auf. »Es ist grandios«, sagte er dann und wandte sich wieder mit seiner gewöhnlichen Stimme an Suprapto. »Ich wünschte, du könntest es sehen! Und ob du es mir glaubst, junger Freund, oder nicht, äh, äh, äh, aber es söhnt mich mit meinem Seemannsgrab aus, wenn es denn schon sein muss.«

Suprapto antwortete nicht – warum erzählte er ihm davon? So etwas durfte man niemandem erzählen – was sollte er darauf antworten? Stattdessen versuchte er, ihn unauffällig von der Seite anzusehen, seine Augen hinter den dicken Brillengläsern zu sehen, die hellblauen, etwas ausdruckslosen Augen.

Wurde er vielleicht blind? Er hatte wirklich schlechte Augen, und dann tagaus, tagein das grelle Licht, die Sonne, die sich in den Buchten, auf den mit weißen Korallen befestigten Wegen spiegelte? Rief das solchen Schwindel hervor, solches Ohrensausen, das Dröhnen wie von einer zu straff gespannten Saite? Er hatte einmal gehört – nein, das durfte nicht sein, das wollte er nicht!

Dieser Mann ist zu gut, um blind zu werden, dachte er, und gleichzeitig: Wenn er erblindet, muss ich dann bei ihm bleiben wie Rumphius' Sohn, der bei seinem blinden Vater geblieben ist und alles für ihn getan hat, alles von Neuem geschrieben, alles von Neuem gezeichnet? (Schließlich konnte er ebenfalls gut schreiben, gut zeichnen.) Nein, das wollte er nicht und es war nicht nötig, denn sie waren nicht Vater und Sohn.

Nichts verband sie miteinander, rein gar nichts: kein Band der Liebe, kein Band des Hasses.

Er hasste den Professor doch nicht, warum auch? Was hatte der Mann ihm denn Böses getan? Oh, er ahnte schon – er spürte irgendwie, kaum bewusst –, wie diese plumpen Finger etwas in ihm lösten, das allzu Kalte, allzu straff Gespannte, an dem er zugrunde ging: seine Jugend, die Angst und Bitterkeit seiner Jugend, seines Lebens, der Welt, einer von Lieblosigkeit erfüllten Welt – und stattdessen diese dummen Kleinigkeiten: die schlechten Witze und harmlosen Geschichten – schöne Bäume, schöne Blumen – sieh nur, junger Freund! – und – »wir Geistesmenschen« – und ob Ursel, Schwester Ursel ihm nicht ein Stipendium beschaffen konnte? – Stil! Haltung! – der »andere Prinz« – die Chininpillen, die er ihm hinterhertrug, warum nicht gleich Wunderöl? – das gute Wort Lehrling – die kristallenen, großen Segel des *Purpurseglers* – aber er wollte nicht!

Er wollte kein Band zwischen ihnen, weder das eine noch das andere Band – er wollte nicht bei ihm bleiben.

An diesem Nachmittag reichte er dem Professor zum ersten Mal die Hand, um ihm die Treppe vom Festungswall hinunterzuhelfen; danach, in der Abenddämmerung auf dem Rückweg zum Hotel, fasste Radèn Mas Suprapto einen festen Entschluss: dass er weggehen würde, nicht länger bliebe – nicht einmal mehr bis zum Ende dieser Studienreise. Das musste er dem Direktor des Botanischen Gartens schreiben, dann könnte der einen anderen Sekretär schicken; es würde eine Weile dauern, es würde ihn seine Anstellung kosten, so war das eben, dann würde er wieder zurückkehren – aber was hieß schon zurück –

Und weshalb sollte der Professor eigentlich erblinden? Vielleicht steckte ihm einfach nur die Malaria in den Gliedern, schließlich wollte er es mit aller Macht.

Doch nicht dem Professor, sondern Suprapto steckte die Malaria in den Gliedern; noch am selben Abend, nach dem Spaziergang, sie waren noch nicht einmal im Hotel angekommen, fing es an: Ihm wurde speiübel, er zitterte am ganzen Körper, als wäre ihm kalt, seine Zähne klapperten. Sofort war der Professor bei ihm, rief den Hoteldiener, den Besitzer des Hotels, bemühte sich selbst um ihn: Er hielt ihm den Kopf über die Waschschüssel, damit er sich erbrechen konnte, hieß ihn seinen Mund ausspülen; als er ausgezogen im Bett lag, umgab er ihn mit Wärmflaschen, deckte ihn mit der gestreiften Armeedecke zu, legte ihm ein nasses Tuch auf die Stirn, fühlte ihm den Puls, maß Fieber. Danach holte er den Arzt aus dem Klub. Suprapto erinnerte sich vage an ihre Stimmen: der Professor schrecklich besorgt – ob es die »Tropica« sei, ob es gefährlich sei? Er habe schon vor einer Weile einen Malariaanfall gehabt, was denn jetzt zu tun sei? Der andere, leicht spöttisch: Ach, sicher sei es die ganz gewöhnliche Malaria, zum Glück gebe es Chinin, und er würde morgen noch einmal vorbeischauen – und außerdem – habe der Professor nicht am nächsten Tag eine Verabredung mit dem Radscha an der Spitze? Ob er den Weg kenne? Warum sollte er denn nicht gehen? Der Patient müsse einfach nur still im Bett liegen und brav seine Pillen schlucken – wenn der Professor ihn eben begleite, würde er ihm die Arznei geben. Der Professor sagte dem Hoteldiener Bescheid, er möge bis zu seiner Rückkehr vor der Tür wachen.

Draußen war es dunkel, im Zimmer brannte eine Lampe an der Wand.

Suprapto lag steif auf dem Rücken im Bett, den Kopf auf dem Kissen – das nasse Tuch war hinuntergerutscht: Sein Körper fühlte sich an wie ein hartes braunes Holzstück, das langsam in Flammen aufging, kleine, knochentrockene Flammen leckten von den Füßen aufwärts. Zuerst war es nicht schlimm, vor allem nicht nach dem Zittern und dem Schüttelfrost, gegen den er nichts tun konnte, doch je höher das Feuer gelangte, desto heißer wurde es; gleichzeitig pochte es in seinem ganzen Schädel, in den Schläfen, hinten in der Kehle – er bekam stechende Kopfschmerzen. Vor allem die Augenhöhlen strahlten Schmerzen und Hitze aus, als würden seine Augäpfel versengen; seine Lippen sprangen auf und seine Zunge war zu trocken, um sie zu befeuchten; der Kissenbezug wurde genauso warm wie sein Kopf.

Sie waren auf dem Weg zum Radscha an der Spitze, gingen den

weißen Weg in der weißen Sonne entlang, so grell, so grell! Seine Augen schmerzten, er kniff sie fest zusammen, drehte den Kopf zur Seite, dorthin, wo der Bezug kühl war – unter grünen Bäumen, im Schatten, ein Stück weiter weg schimmerte die Außenbucht zwischen den Stämmen hindurch, tief, tief und fast nachtblau, und der Professor sagte: »Ich spaziere so gern unter Bäumen.«

Sein Kopf glühte derart, dass sich das Kissen schon nicht mehr kühl anfühlte; er war zu matt, den Kopf zu verlagern – und der abgebrannte Berghang, die raue rote Erde strahlte Hitze ab, die verkohlten Baumstümpfe glühten, rote Feuerzungen im Schwarz, vor den elenden Hütten brannte Feuer und es war rot, aus den Macheten der vier, die in einer Reihe saßen, sprangen rote Funken, in einem fort – jeden Moment konnte alles zugleich in roten Flammen aufgehen und verbrennen.

Suprapto nahm alle Kraft zusammen, um sich aufzusetzen – er musste aufstehen, da stimmte etwas nicht! Doch er drehte nur den Kopf auf die andere Seite – kühl!

Sie standen auf der überdachten Brücke unter dem Schutzdach aus frisch gepflückten, feuchten, grünen Palmwedeln, das Flüsschen strömte in seinem Bett aus nassen Steinen rauschend und erquickend unter der Brücke hindurch und weiter zum Strand – wo im Schatten unter den Bäumen die Praue an ihren Rattanseilen und Steinen lagen – kleine Praue, große Praue wie Galeonen, um bei Wind und Wetter über alle Meere zu fahren, bei Sturm und prasselndem Regen, mit seiner ausgetrockneten Zunge versuchte er, den prasselnden Regen, den Sturm zu trinken.

Als sein Kissenbezug an der Stelle, wo sein Kopf lag, wieder warm geworden war, mussten sie weitergehen – vorbei an der kleinen Ansiedlung, am brandgerodeten Hang, vorbei an den vieren in einer Reihe: Und wieder stand alles in Flammen, schwarz verkohlt, dunkelrot durchglüht und voller umhersprühender roter Funken aus den Macheten.

Wieder versuchte Suprapto sich aufzusetzen, aufzustehen – da stimmte etwas nicht – er musste aufstehen!

Wie, wusste er nicht, doch er drehte das Kissen um – kühl – kühl – kühl – sie standen unter den Bäumen und waren an der Ansiedlung vorbei, am brandgerodeten Hang, an den vier Männern mit den Macheten. Den Waldrand entlang hüpfte das Mädchen mit dem Strauß Schmetterlingen in den Händen den Hang hinunter – es waren Blumen, weich und nass vom Tau, Lila und Rosa und Violett und Gelb und Braun und kühl, kühl, kühl – »Schau doch mal, junger Freund!«, sagte der Professor.

Und mehr wusste Suprapto nicht.

Er blieb lange krank, schwebte in Todesgefahr – doch die »Tropica«! Nachdem das Fieber gesunken war, war er erschöpft, sehr geschwächt; er schien sich nicht zu wundern, dass der Professor nicht da war: Er fragte nicht nach ihm – er fragte überhaupt nichts – und der Arzt verbot vorerst, mit ihm darüber zu sprechen.

Eines Nachts, als er schweißnass erwachte, dachte er zum ersten Mal bewusst an den Professor, er klingelte zum ersten Mal nicht nach Hilfe, sondern stand allein auf, klammerte sich benommen am runden Marmortisch fest – das Nachtlicht brannte schwach.

Auf dem Tisch, inmitten des Durcheinanders, stand eine Holzkiste, wie es sie im Chinesenviertel zu kaufen gab, aus weißem Holz mit sechs länglichen, schmalen dunkelgrünen Flaschen Kölnischwasser, 4711, eingeschlagen in grau bedrucktes Seidenpapier. Die Kiste war geöffnet, der Deckel lag daneben, eine Flasche war angebrochen, der Korken lag quer über der Öffnung, daneben ein Zettel: »Nimm Kompressen, halb Kölnischwasser, halb Wasser, ich habe es dem Hoteldiener schon gezeigt. Pass gut auf dich auf, junger Freund, ich bin bald wieder zurück!« Darunter nur das Kürzel: McN.

An der Kiste lehnte das Porträt, der Herr Prinzessin Soundso in Reisetoilette. Er nahm es in die Hand.

Wie war das Porträt dahin gekommen? Hatte er es, ins Taschentuch gewickelt, auf dem Tisch liegen lassen, bevor er krank wurde? Hatte der Professor es gefunden, hatte er es dort hingestellt – dann musste er sie also doch gesehen haben – Suprapto hatte nicht gewollt, dass er sie sah – hatte er sie gesehen, wie sie war, hatte er gesehen, was hinter ihr war? Wie er sie wohl – hatte er es gesehen? Er lehnte das Porträt wieder an die Kiste mit den Flaschen, mit der Nachricht, trat an den Waschtisch, trocknete sich mit einem Handtuch ab, trank einen Schluck und legte sich wieder ins Bett unter die weiß-blau gestreifte Decke, ihm war kalt.

Am nächsten Tag blieb das Fieber aus und er erholte sich nach und nach.

Der Arzt sagte, er müsse versuchen aufzustehen und sich in den Liegestuhl auf der Veranda zu legen, um sich wieder an die frische Luft zu gewöhnen; er war einverstanden, dass ein junger holländischer Verwaltungsbeamter, der Inspektor, Suprapto besuchte und ihm erzählte, dass der Professor ermordet worden war – irgendwann musste er es doch erfahren.

Radèn Mas Suprapto lag, in einem gebatikten Kain und einer Männerkebaya, ein Kopftuch locker umgebunden, auf dem Rattan-Liegestuhl zwischen Blumentöpfen mit Palmen, und lauschte den Worten des Inspektors. Es war ein junger Mann in einem weißen Anzug, blondes Haar, blaue Augen – gutmütig, wie es schien.

Der Javaner begrüßte ihn knapp. »Nehmen Sie bitte Platz, verzeihen Sie, dass ich nicht aufstehen kann, um Sie zu begrüßen«, sein Gesicht war noch düsterer als sonst, starr, mit einem Stich ins Gelbliche, und er wirkte todmüde, schloss immer wieder die Augen.

Der Holländer erzählte: Alles sei seinen natürlichen Lauf gegangen. Als der Professor nicht zurückgekehrt war – nach ein paar Tagen immer noch nicht, hätte man sich in der Stadt Sorgen gemacht und er sei mit einigen Polizeiaufsehern losgeschickt worden: erst über den Weg an der Außenbucht zum Radscha an der Spitze, wo der Professor hingehen wollte, das hätten ihm der Hotelier und der Arzt erzählt – er, Suprapto, sei ja zu krank gewesen.

»Ja«, sagte Radèn Mas Suprapto mit geschlossenen Augen.

Der Radscha an der Spitze habe erst gar nicht verstanden, worum es ging. Der Professor sei an jenem Tag tatsächlich da gewesen, ganz kurz, er habe nur etwas Kokoswasser getrunken, ihm sei warm gewesen und er habe Blumen und Pflanzen gekauft, die die Kinder für ihn gesammelt hatten, und Silbermünzen verteilt, damit ihre Mühe nicht umsonst war; seine Botanisiertrommel sei fast randvoll mit Erdorchideen gewesen – wenn die bloß nicht vertrocknen, habe er noch gesagt. Und dass er sofort zurückmüsse, sein Assistent sei schwer erkrankt.

Der Inspektor hielt einen Moment inne.

Radèn Mas Suprapto schwieg.

Der Radscha an der Spitze habe den Professor begleiten wollen, doch der habe abgelehnt – allein würde er schneller vorankommen. Dennoch hätten der Radscha und alle Kinder ihn bis ans Ende des Dorfes gebracht, der Professor habe sich ein paarmal umgedreht und gewinkt, wie es seine Art war.

»Ja«, sagte Radèn Mas Suprapto.

Von dort hätten sie sich also auf die Suche gemacht: er selbst, der Radscha an der Spitze, seine Polizeiaufseher und noch ein paar Leute (alle hätten helfen wollen), zuerst alle schmalen Wege und Pfade ins Gebirge hinauf, Erkundigungen in den Bergdörfern eingezogen – ohne Ergebnis.

»Dann wieder zurück, den Weg an der Außenbucht entlang, Sie wissen ja, es ist ein weiter und einsamer Weg, zur Ansiedlung der Binongkos – die habe ich in den einen großen, länglichen Schuppen beordert.«

Suprapto schien zu schlafen.

»Erinnern Sie sich an die Ansiedlung der Binongkos? Da gibt es eine überdachte Brücke über den Fluss ...«

»Ja.«

»Einer meiner Polizeiaufseher ist ein Binongko oder spricht jedenfalls ihre Sprache. Wir haben die Leute befragt, keiner wusste etwas. Am Morgen war der Professor auf dem Weg zur Spitze der Halbinsel vorbeigekommen, ein Mädchen hatte ihm Blumen gegeben, das hatte sie schon einmal gemacht; der Professor hatte ihr im Tausch zwei Silbermünzen gegeben, auch das hatte er zuvor wohl schon gemacht.«

»Ja«, sagte Radèn Mas Suprapto wieder.

Nachmittags sei der Professor auf dem Rückweg wieder vorbeigekommen, und mehr wüssten sie nicht.

Welchen Weg er genommen habe? Einfach nur den zurück zur Stadt.

Aber er sei doch nie in der Stadt angekommen? Davon wüssten sie nichts.

Ob niemand mit ihm gesprochen habe? Nein, niemand.

Ob das Mädchen ihm Blumen gegeben habe? Nachmittags nicht, nein, das sei am Morgen gewesen.

Der Inspektor schwieg eine Weile, beugte sich leicht zu dem anderen hinüber. »In diesem Moment ist irgendetwas geschehen, es lässt sich schwer in Worte fassen. In dem langen, schmutzigen Schuppen mit all diesen Menschen, so dunkel darin, dass man kaum etwas erkennen konnte, und ganz hinten an der Wand saßen vier junge Männer nebeneinander auf einer Matte auf dem Boden und in der Tür dicht neben mir stand dieses Binongko-Mädchen, das dem Professor die Blumen gegeben hatte, ein armes Ding, und sah aus, als hätte jemand es verdroschen, ihm einen Schlag auf den Mund verpasst, ihre Lippen waren ganz kaputt und blutig.

Sie stand da, ohne etwas zu sagen, sah mich jedoch unverwandt an und dann von mir zu den vier jungen Männern hinten in der Hütte und wieder zu mir und wieder zu den jungen Männern, und ob Sie es mir nun glauben oder nicht: Sie hätte es mir genauso gut mit Worten sagen können. Ich ließ die vier jungen Männer aufstehen und ins Licht treten; zuerst wollten sie nicht, und jeder von ihnen hatte eine Machete, aber, na ja, es gab genügend Polizisten; zwei waren verwundet, an der Hand und am Unterarm, aber nicht schwer.

Doch das Mädchen blieb immer noch an derselben Stelle stehen und schaute wieder von mir zu der Matte, auf der sie gerade gesessen hatten, und noch einmal. Ich ließ die Matte hochheben. Es war eine ganz gewöhnliche Matte, doch die Erde darunter sah aus wie umgewühlt und dort fanden wir in einem Loch die Uhr und die Kette des Professors, sein goldenes Brillengestell, ein Portemonnaie, zwei Säckchen mit Münzen, nicht mehr vielen.

Dann war es bald vorbei. Einer der jungen Männer legte sofort ein Geständnis ab und sagte dann gegen die drei anderen aus – ein Kronzeuge sozusagen!«, fuhr der Inspektor fort und lachte auf. »Auf der Brücke, unter dem Schutzdach – da hätten sie miteinander gekämpft: der alte Herr mit seinem Botanisiermesser gegen die vier Jungen mit ihren Macheten. Sie hätten die stumpfe Seite genommen, um großes Blutvergießen zu vermeiden, danach hätten sie ihn schnell zum Strand hinuntergetragen, ihm seine Wertsachen abgenommen, ihn in eine alte Matte eingewickelt, diese mit Rattanschnüren zusammengebunden und mit ein paar Steinen in einem Rattankorb, wie sie sie als Anker verwenden, beschwert, den Professor in eine Auslegerprau gehievt. Dann wären sie ein Stück in die Außenbucht gerudert – nachmittags ist um diese Uhrzeit kein Mensch da – und hätten ihn dort versenkt.

Ich habe gefragt, ob der Professor wirklich tot war. Ja, sagte der Mann, er glaube schon, dass der Professor tot war.«

Danach musste ich noch einmal in den Schuppen, um alle

Sachen aus dem Loch als Beweisstücke zu beschlagnahmen: Das Mädchen von den Blumen stand wieder daneben und zeigte andauernd auf ihre Finger – eins, zwei, drei, vier – die vier Münzen, die ihr gehörten, zwei vom letzten Mal, zwei vom ersten Mal, Sie wissen schon!«

Und Radèn Mas Suprapto sagte nochmals: »Ja.«

»Ich konnte sie ihr natürlich nicht geben, zum Glück hatte ich vier Silbermünzen zur Hand, aber sie glänzten nicht so schön, da war sie sehr enttäuscht.«

Der Inspektor machte eine kleine Pause. »Als ich ihr die vier Münzen gegeben hatte«, sagte er, »ging mir durch den Kopf, dass sie dafür ihre eigenen Leute eigentlich, na ja – angezeigt, verraten hatte: eine Silbermünze pro Mann, das ist wirklich nicht viel!« Er sah den anderen von der Seite an – so seltsam sah er aus, so gelblich und müde und mit diesen fortwährend geschlossenen Augen! »Ich hoffe, meine Geschichte hat Sie nicht allzu sehr mitgenommen«, sagte er dann und stand auf.

Radèn Mas Suprapto öffnete die Augen, sah ihn an. »Mich? Nein«, sagte er und nach einer Weile: »Vielen Dank für Ihren Besuch.«

Sie gaben sich die Hand.

Später, auf der Terrasse vor dem Klub, fragte der Inspektor den Arzt: »Täuschst du dich auch nicht? Ist der javanische Assistent des Professors wirklich auf dem Weg der Besserung? Den Eindruck hatte ich nicht.«

»Doch, doch«, sagte der Arzt, »aber es hat ihn schlimm erwischt und vielleicht fand er es nicht schön zu hören, wie der Professor ermordet wurde. Wir hier fanden es auch nicht so schön, dabei haben wir ihn gar nicht einmal so gut gekannt. Hier mal eine Runde Kardinal Domino, die eine oder andere Geschichte, dort mal ein Gläschen zusammen getrunken – der alte Herr trank gern! Und ob wir diese Muschel oder jenen Fisch oder jene Qualle schon gesehen hätten.«

Einer der anderen Anwesenden sagte: »Dass dieser verfluchte javanische Schreiber auch ausgerechnet an diesem Tag krank sein musste!«

Als Suprapto sich wieder ganz erholt hatte, kurz bevor er nach Java zurückkehrte, kam eines Morgens in der Frühe der Inspektor zu ihm: Der eine Binongko, der »Kronzeuge«, würde ihnen die Stelle in der Außenbucht zeigen, wo sie die Leiche des Professors versenkt hatten; sie wollten herausfinden, ob man möglicherweise die sterblichen Überreste bergen könnte, um sie nach Schottland zu schicken und dort zu begraben.

Suprapto hatte gezögert – warum sollte er mitfahren? Und nun saß er doch mit diesem holländischen Verwaltungsbeamten unter dem Holzdach der Prau.

Eine große Prau: ein Steuermann, viele Ruderer, zwei Männer, die gleich die Wassertiefe ausloten würden, zwei Polizeiaufseher auf einer Bank und zwischen ihnen der Binongko. Eisenbänder lagen um seine Handgelenke, verbunden mit einer langen dünnen Kette; um die Fußknöchel ebenfalls, aber die waren mit einer kürzeren, schwereren Kette befestigt.

Suprapto setzte sich so hin, dass er den Mann nicht sehen musste.

Ein Gong- und einige Tifa-Spieler saßen auf dem Holzdach über ihnen: Die Trommeln dröhnten prompt und regelmäßig voll guten Mutes über die Außenbucht; am Ende des Taktes jedes Mal dieser eine, surrende Gongschlag, manchmal unterstrichen von den Ruderern, die im Einklang mit dem Gong kurz an den Bootsrand schlugen, die Ruder anschließend klatschend im Wasser aufkommen ließen und dann wieder anzogen.

Es war noch früh am Morgen.

Suprapto hatte das Gefühl, unterwegs zu einem Ort zu sein, wo alles neu war, als wäre er selbst in der Frische des neuen Tages ein neuer Mensch, nicht länger beschwert von dem, was vorher gewesen war – leicht, ohne Ballast!

Ohne Ballast –

Er zuckte kurz mit den Schultern.

Es war gut, in einer Prau über die rauschende Bucht zu fahren – wie auch immer, zu den Klängen der Tifas- und des Gongs – warum hatten sie das vorher nie getan?

Manche sind unterwegs ertrunken, sagte der Professor.

Suprapto machte Anstalten, sich die Ohren zuzuhalten, stockte jedoch.

Die Küste, anfangs noch flach, wurde steiler – einzelne, rostbraune Felsen übereinander, dicht bewachsen, nicht bloß grünes Unterholz, auch hohe, gerade Bäume; einige standen allein, von lilafarbenen Blumen umgeben, ein Schwarm leuchtend grüner Sittiche flog flatternd und kreischend aus den Bäumen auf.

Bäume, Bäume, ich mag ja Bäume so sehr –

Jetzt wehte der Wind in der Außenbucht etwas kräftiger, die Dünung nahm zu, die Ruderer hatten Mühe, dagegen anzukommen, und ächzten manchmal, fluchten in sich hinein, lachten dann wieder.

»Auf dem Rückweg arbeiten Wind und Strömung dann für uns!«, versprach der Steuermann.

Der abgebrannte Berghang, der tiefe Einschnitt des Flusses in die Küste und das braune, mit Sand vermischte Wasser, das ein ganzes Stück in die Außenbucht gespült wurde; am Strand unter den Bäumen lagen keine Praue mehr.

Die Brücke mit dem Schutzdach war von der Bucht aus nicht zu sehen.

Der Binongko machte eine Bewegung, als wollte er aufstehen. Ein Polizeiaufseher, nicht der, der seine Sprache konnte, sondern der andere, befahl knapp: »Bleib sitzen, du Hund!«, auf Malaiisch.

Und es war, als verstünde der Mann ihn dennoch, denn er duckte sich kurz unter den Worten zusammen.

Suprapto lief ein Schauder über den Rücken – *Hund – Hunde –* Sie fuhren weiter.

Dann sagte der holländische Verwaltungsbeamte: »Hier muss es doch irgendwo gewesen sein«, und zu dem einen Polizeiaufseher: »Frag ihn doch mal.«

Und der Polizeiaufseher, der mit ihm sprechen konnte, fragte den Binongko. Dieser sah aufmerksam zur Küste und zeigte dann mit der gefesselten Hand auf einen Baum, der höher gewachsen war als die anderen, als würde er eine imaginäre Linie von dort zur Prau ziehen, und sagte anscheinend: »Hier.«

Der Polizeiaufseher gab die Antwort an den Steuermann weiter und der wiederum an den Gong- und die Tifa-Spieler, und als die verstummten, hielten auch gleich die Ruderer inne, ließen die Ruder abtropfen, holten sie ein, legten sie neben sich. Bis auf einige, die noch weiter wriggten und auf diese Weise, gemeinsam mit dem Steuermann, die Prau mit dem Vorsteven auf dem Wellenkamm hielten.

Plötzlich ließ sich die Stille fast mit Händen greifen.

Nur die Wellen, die an der Küste ausliefen, das beständige Rauschen des Meeres in der Ferne und hin und wieder Windböen.

Die zwei Männer hängten die dünne Schnur über den Rand der Prau und ließen das Senkblei ins Wasser hinab.

Der Binongko war aufgestanden (die Aufseher erlaubten es ihm); er sagte ein paar Worte – anscheinend immer wieder dieselben – niemand konnte ihn verstehen, außer dem einen Polizeiaufseher, doch der schenkte ihm keine Beachtung; niemand beachtete ihn.

Niemand hörte ihm zu – aber alle sahen ihn an.

Die zwei unter dem Schutzdach, die Ruderer an beiden Seiten der Prau, die beiden Männer mit dem Senkblei, die die Schnur weiter hinunterließen, sahen ihn ebenfalls an, genau wie die Ruderer, die die Prau gerade hielten, und die Polizeiaufseher. Sie alle schauten ihn an, all die dunklen Augen und das eine Paar blauer Augen fixierten den stehenden, gefesselten Mann in ihrer Mitte – den Mörder.

Keiner sagte ein Wort.

Für Suprapto fühlte es sich an wie Kreise – konzentrische Kreise.

In der Mitte der Mörder: Gerade durch die Ketten und Fesseln wirkte er isoliert und umkreist.

Dann sie alle um den Mann herum.

Und die Prau um sie herum.

Alles, was sich außerhalb befand – das Offene – Wasser, Wellen, Küste, Bäume, Wind und Himmel –, gehörte nicht dazu, konnte sie nicht von den Kreisen erlösen. Damit waren sie nicht verbunden.

Niemand tat oder sagte etwas.

Nur die Schnur des Senkbleis glitt weiter hinunter; der Steuermann hielt das lange Ruderblatt in den Händen, die Ruderer wriggten mit den kurzen Ruderblättern. Doch das Gefühl langsamen Heranrückens, Näherkommens, Umschließens war so stark, die Atmosphäre so beklemmend und bedrohlich und wie abgekapselt, dass Suprapto meinte, es nicht länger auszuhalten. Spürte der andere neben ihm denn nichts?

Doch da war der Holländer bereits aufgestanden, trat unter dem Schutzdach hervor, blickte darüber hinweg, wandte sich mit einer kleinen Drehung des Kopfes an den Steuermann, rief »Steuermann!«, wie es zu allen Zeiten auf allen Meeren gerufen wurde, wenn Gefahr drohte.

»Achtung, Steuermann, pass auf. Keine Dummheiten, hörst du!«

Die junge Stimme klang gebieterisch, nicht allzu nachdrücklich, aber doch deutlich, sodass alle in der Prau ihn verstanden, außer dem Binongko, doch die Worte waren ausschließlich an den Steuermann gerichtet.

»Geht in Ordnung«, sagte der Steuermann, und als hätten die anderen es nicht ebenfalls verstanden, wiederholte er die Worte (das war seine Aufgabe): »Passt auf, Männer: Keine Dummheiten, sagt dieser Herr hier«, und: »Für die Rückfahrt steht der Wind gut!«

»Alles klar, Steuermann«, sagte ein Ruderer im Namen der anderen.

Mit diesen Worten war es vorbei. Die Kreise lösten sich, und das sogar ohne allzu viel Mühe.

Der Binongko setzte sich wieder zwischen die Polizeiaufseher.

Die Ruderer machten es sich bequem, streckten Arme und Beine, sahen einander an, lachten über etwas, holten Kautabak heraus, rauchten, kauten Nelken! Rufe erklangen: »Macht mal voran!«, an die beiden mit dem Senkblei gerichtet.

Die Polizeiaufseher rauchten Selbstgedrehte. Der eine – nicht der, der mit dem Binongko sprechen konnte, sondern der andere, der ihn »Hund« genannt hatte – zeigte mit dem Daumen auf den Binongko und fragte den holländischen Verwaltungsbeamten, ob er ihm eine Selbstgedrehte geben dürfe?

»Von mir aus«, sagte der Holländer.

Der Binongko nahm die Selbstgedrehte, das brennende Streichholz; die Kette zwischen seinen Händen war so lang, dass das alles gut ging. Er rauchte, sein Gesicht war wieder wie zuvor aus braunem Ton.

Die zwei unter dem Schutzdach rauchten ebenfalls.

»Ja«, sagte der Holländer nach einer Weile, kniff des Rauchs wegen die Augen kurz zusammen, »es gibt solche Situationen, in denen man glaubt, nach bestem Wissen und Gewissen zu handeln, und dabei … Ich weiß ja nicht, ich weiß nicht …«, schaute auf seine Zigarette.

»Meinen Sie, wir hätten den Mann samt Ketten und Fesseln und allem Drum und Dran über Bord werfen sollen?«, fragte Suprapto plötzlich direkt.

»Nein, das ist es ja gerade, nein! Und trotzdem begreife ich, was in den Männern vorgeht.«

»Ja«, sagte der Javaner, »ein Fremder; sie hassen Fremde.«

»Nein, nein, nicht nur Fremde! Natürlich sind sie nicht gerade versessen auf diese Halbwilden, die in ihr Land kommen, ganze Teile abbrennen, hier und da Raubbau treiben und sich dann klammheimlich wieder davonmachen, das stimmt. Aber es geht schon um diesen Mord. Vielleicht können Sie es nicht ganz verstehen, aber das Volk hier ist grundanständig, streitbar, viele von ihnen sind Soldaten, seit Generationen, sie sind Kampfhähne und keine Schoßhündchen.«

Hündchen, Hunde – du und ich –

»Wenn einer den anderen wegen einer Frau oder einer alten Fehde niedersticht oder einfach so, weil er ihn nicht leiden kann, finden sie das nicht weiter schlimm. Aber vier junge Männer mit Macheten, die hinter einem kurzsichtigen Alten herschleichen und ihn, wohl wissend, dass er nicht bewaffnet ist ...« Er verzog angewidert das Gesicht.

Wussten sie denn überhaupt, dass er nicht bewaffnet war, hätte der Javaner fragen wollen, doch er behielt seinen Gedanken für sich.

Ich habe ja immer mein scharfes Botanisiermesser dabei, junger Freund –

»Und dabei hatten ihn die Leute hier schon mehr oder weniger ins Herz geschlossen. Wissen Sie, wie man ihn hier nannte? ›Der nur halbverrückte Herr‹. Mit seinem Tropenhelm und der Brille, dem Sonnenschirm und dieser grünen Botanisiertrommel und mit seinen blank geputzten Münzen hatte er sich schon einen Platz in ihren Liedern erobert. Sie wussten, dass er ihren Kindern nichts Böses wollte, sie nicht in den Wald lockte oder so, dass er nur seine Uhr für sie bimmeln ließ, grinste und ihnen für ein paar Pflanzen oder Blumen schöne Silbermünzen in die Hand drückte statt Kupfergeld. Wenn er so verrückt sein wollte –

die anderen sollten die Finger von ihm lassen, und ein Meuchelmord, das sieht ihnen gar nicht ähnlich.«

»War es denn kein Raubmord?«, fragte der Javaner in seinem gemessenen Ton.

»Na gut, ein Raubmord, wenn Sie meinen, von mir aus«, sagte der Holländer plötzlich gereizt. »Sie kannten den Professor besser als ich, aber ich habe das Gefühl, dass Menschen wie er rar gesät sind, trotz seiner Absonderlichkeiten. Mal ehrlich, wenn ich an diese Brücke denke und daran, was dort und danach passiert ist, dann stehe ich zu meinen Leuten!« Das sagte er ganz deutlich, mit Nachdruck, stellte sich damit auf ihre Seite – *meine* Leute.

Sie alle: die Ruderer, der Steuermann, die Tifa- und der Gong-Spieler, die Polizei, die Männer mit dem Senkblei, sie alle waren *seine* Leute – außer dem Binongko, der nicht, und er natürlich, Suprapto, der Javaner, der Fremde – was für ein Zufall, nicht wahr, dass er ausgerechnet an diesem Tag krank war!

Er würde sich wieder angewöhnen zu schweigen, seine Antworten, seine Bemerkungen zu denken statt sie laut auszusprechen, und seine Gedanken würden wieder verbittert und misstrauisch sein wie zuvor und brennen wie Salz in einer Wunde.

Die Männer mit dem Senkblei waren fertig, holten es hoch, einer notierte langsam und gewichtig etwas in ein Büchlein.

»Wie viele Faden?«, fragte der Verwaltungsbeamte pflichtgemäß.

»Über zweihundert«, sagte der Mann und steckte das Notizbuch ein.

»Das ist tief«, sagte der Holländer.

In tiefem, tiefem Wasser, oder wir werden alt – auch du – Radèn Mas Suprapto – genau wie der andere Prinz –

Die Tifa-Spieler auf dem Dach spielten etwas, irgendetwas, aus Freundlichkeit, leise und schnell auf ihren Trommeln: ducke ducke duck – ducke ducke duck und plong vom Gong.

Ducke ducke duck – ducke ducke duck – plong!

»Haben Sie noch einen Wunsch?«, fragte der Holländer unbeholfen und der Javaner sagte: »Nein, ich nicht, vielen Dank.«

»Dann fahren wir jetzt zurück, Steuermann!«

Der Steuermann sagte es dem Gong- und den Tifa-Spielern, die einen Augenblick innehielten. Ein paar laute Gongschläge – aufgepasst! – und die Ruderer griffen nach den Ruderblättern, tauchten sie ins Wasser.

Und sie fuhren zurück.

Die zwei saßen unter dem Schutzdach.

Es war wärmer geworden: Der Himmel, erst kuppelartig hoch und offen und blau, war jetzt diesig, undurchsichtig, hier und da weißes Hitzeflimmern; das Wasser in der Außenbucht viel bewegter als zuvor mit aufspritzenden Wellen und weißen Schaumkronen auf all dem Grau und dem grollenden Meer in der Ferne.

Ich – ich habe solche Angst vor dem Meer, junger Freund –

Suprapto strich sich mit der Hand über die Stirn – lästig waren sie, diese dröhnenden Tifas und vor allem der surrende Gongschlag dicht über seinem Kopf jedes Mal.

Nach einer Weile sagte der Holländer: »Aus dieser Tiefe können wir ihn nicht bergen; wir haben nicht einmal Taucheranzüge, und der Binongko sagt zwar, dass es hier war, aber es kann genauso gut woanders gewesen sein. Und überhaupt: Was ist noch von ihm übrig? Ich fürchte, der Professor wird sich mit seinem Salzgrab begnügen müssen! Mochte er das Meer?«

»Nein«, sagte der junge Javaner langsam, »der Professor hat gesagt, dass er ...«, sich davor fürchtet, wäre ihm fast herausgerutscht, »dass er das Meer nicht besonders mag.«

Und dann fragte er noch: »Sie kommen doch sicher viel herum bei Ihren Inspektionsfahrten, haben Sie da schon einmal solche Quallen gesehen? Sie werden *Purpursegler* genannt und stellen eine Art Vlies auf wie ein Segel und segeln im Wind?«

Der Holländer lachte: »Wie kommen Sie denn darauf? In der

Bandasee gibt es sie oft, ganze Schwärme, sie stechen und brennen gehörig, wenn man sie aus Versehen berührt. Ich habe sie schon gesehen, ja.«

»Ob es sie hier wohl auch gibt?«, fragte der Javaner und zeigte dorthin, wo sie gerade herkamen.

Der Holländer schaute. »Vielleicht, ja«, sagte er, »ich weiß nicht, dort ist die Außenbucht sehr offen, aber sie kommen bloß zu einer bestimmten Jahreszeit vor, glaube ich. Soll ich den Steuermann fragen?«

»Nein, das ist nicht nötig«, sagte der Javaner und nach einer Weile: »Rumphius sagt, dass sie sehr schön sind.«

»Ja«, sagte der Holländer, »ganz sonderbar giftgrün, und unter Wasser hängen ellenlange blaue und grüne Schweife und Fäden und die Segel sind ein bisschen durchsichtig und haben einen farbigen Rand.«

»Ein kristallenes Segel, purpurrot oder violett gesäumt.«

»Ja«, sagte der Holländer leicht erstaunt.

»Wie ein Juwel, sagt Rumphius.«

»Ja«, kurz leuchtete so etwas wie Begeisterung in den blauen Augen auf, »ja, das stimmt!«

Grandios, hörte er jemanden sagen.

Und Suprapto sagte: »Die Segel sind bestimmt nicht sehr groß.«

»Nein, wie sollten sie auch? Ohne den Schweifkram unten dran sind die Quallen an sich nicht groß. Die Segel sind auch nicht größer als ...« Der Holländer sah sich nach etwas um, mit dem er es vergleichen konnte: seine eigene kräftige Hand und dann die sehr schlanke braune Hand des Javaners auf dessen Knien. Er berührte die Hand nicht, sondern zeigte nur von Nahem mit dem Finger darauf, direkt über der Hand, den Fingerknöcheln. »Vielleicht etwas größer, als Ihre Hand breit ist.«

Suprapto schaute dorthin, wohin der andere gedeutet hatte – auf seine schmale Hand.

»Ja«, sagte er, »so hatte ich es verstanden, dass die Segel klein sind – nicht groß«, fügte er mit seiner gleichgültigen, tonlosen Stimme hinzu.

Für einen kurzen Moment bereitete ihm das unerträgliche Schmerzen.

Allerseelen

*Since every man whose soul is not a clod
Hath visions and would speak, if he had loved.*

KEATS

Diesen einen Tag und diese eine Nacht im Jahr wollte die Frau vom Kleinen Garten also in ihrer Gewürzplantage an der Binnenbucht allein sein.

Am frühen Morgen schickte sie alle Dienstboten und deren Familien mit der Milchprau und mit anderen Prauen in die Stadt an der Außenbucht. Für sie war es ein Festtag, denn sie machten gern zusammen einen Ausflug in die Stadt, und am nächsten Tag durften sie wieder zurückkommen.

Nur Scheba und ihr Mann Hendrik, der immer noch die Kühe hütete, blieben bei ihr. Sie waren fast die Einzigen, die von früher übrig waren – die alles wussten, alles miterlebt hatten –, außerdem mussten die Kühe gemolken werden.

Tagsüber war es trocken und sonnig gewesen und abends sollte Vollmond sein – das war nicht immer der Fall. Oft waren dieser Abend und diese Nacht ein Abgrund der Finsternis für die Frau vom Kleinen Garten gewesen.

Aber diesmal nicht.

Als der Mond über der Binnenbucht aufging, die ruhig wie ein See dalag, und sein Schein über die Wipfel der Bäume und die Palmen hinweg auf den Strand fiel, war es fast taghell. Die schmalen, hängenden Wedel der vielen Palmen – hohe Kokospalmen, Arengpalmen, Sagopalmen und niedrige Nipapalmen – glänzten, als wären sie tropfnass, und das Mondlicht schien in silbernen Tropfen und Strahlen von ihnen abzuperlen. Die Stämme der Platanen leuchteten grau und silbrig weiß, ihr Laub glänzte grell, fast metallisch.

Es war still, die Binnenbucht rauschte kaum; die kleinen Wellen der Brandung – der Vater, die Mutter, das Kind – liefen mit einem leisen Seufzer auf dem Strand aus.

Jetzt kamen die Krabben und Krebse aus ihren Löchern: die mit den blendend weißen, glänzenden Augen, die, deren Panzer im Mondlicht leuchteten wie Perlmuttmuscheln mit der guten Seite nach außen. Nur eine der selten gewordenen großen Baumkrabben, grellblau und weiß gestreift – *Don Diego in vollem Harnisch*, wie Herr Rumphius sagte –, kletterte eine Kokospalme hinauf, pflückte eine Nuss, ließ sie fallen, krabbelte hinterher, rupfte die Faserschicht ab und knackte mit ihren Scheren die steinharte Nuss mühelos entzwei – das war bisweilen in der abendlichen Stille im weiten Umkreis zu hören.

Die Krebse mit der einen, monströs großen Schere, die sie ständig auf und ab bewegten, standen wohl an einem stillen Ort am Ufer und winkten dem Mond – ja, das taten sie.

Die winzig kleinen Entenkrabben mit den lackroten Beinen und Scheren konnten in aller Ruhe umherspazieren, jetzt, da die falschen und gemeinen Enten schliefen.

Alle bunten Fischchen waren wach geblieben und schwammen an den flachen Stellen im mondbeschienenen Wasser – flüchtig aufblitzendes Gold und Rot und silbriges Hellblau und Gelb.

Im Tiefen, mitten in der Bucht, versteckten sich die großen Fische; die bösen Burschen mit ihren Schwertern und Hämmern und Sägen und scharfen Haifischzähnen, mit ihren peitschenden, messerscharfen Rochenschwänzen – die schlimmsten von allen!

Nachher würden ein paar Fischer aus dem Dorf vorbeiwaten, bis zu den Knien im Wasser, mit brennenden Harzfackeln und Bambusspeeren, um die kleinen Fische aufzuspießen. Sie würden wohlweislich im Dunkel der Küste mit den hohen Bäumen bleiben, dem Mondlicht fern, um keinen Schatten zu werfen. Früher war die Frau vom Kleinen Garten ab und zu mitgegangen, watete mit ihrem hochgerafften Sarong durchs lauwarme Wasser, Lederstücke an den Füßen zum Schutz vor Seeigeln, doch ihr hatten die armen, schönen Fischchen leidgetan und sie fürchtete sich vor Kraken.

Das taten die Fischer allerdings auch. Erst kürzlich hatte einer einen Tintenfisch, der sich an seinem Arm festgesaugt hatte – er war nicht einmal besonders groß –, so lange ins Feuer gehalten, bis der losgelassen hatte, und sich dabei den Arm verbrannt. Die Frau vom Kleinen Garten hatte ihn behandelt, manchmal bat er sie noch um Salbe.

Wenn bloß der Riesenkrake, der vom anderen Ufer, unter dem Kap des Matrosen und des Mädchens, mit seinen acht ellenlangen, sich windenden Armen, den zwei falschen schwarzen Äuglein, um Gottes und des lieben Friedens willen nur nicht im Mondschein herauskam! Er konnte sogar Praue unter Wasser ziehen, flüsterten sich die Fischer immer wieder zu; dann kletterte er an Bord – und was machte er mit den Ertrunkenen? Doch zum Glück hatte ihn bisher noch niemand gesehen.

Die Frau vom Kleinen Garten trug ihren Rattansessel zum Strand unter den Platanen in der Nähe der Steinmole, die sie erst kürzlich hatte ausbessern lassen. Die alte Mole von früher mit den Scherben weißen Marmors war nämlich nach und nach rettungslos versunken – jetzt konnten wieder Praue anlegen und ihre Gäste kamen trockenen Fußes an Land. Sie war sehr gastfreundlich, viele Menschen kamen zu Besuch.

An diesem Abend sollten vier kommen, doch diese Gäste brauchten keine Prau; vielleicht waren sie schon da. Das änderte sich von Jahr zu Jahr, es hatte schon Jahre gegeben, an denen gar niemand gekommen war.

Dieses Jahr wurden also vier Leute erwartet: ein schottischer Professor, eine Frau von der Insel, die Constance hieß, ein Matrose, der aus Makassar kam, und der pensionierte Regierungskommissar, ein Holländer, der viele Jahre in Ostindien verbracht und an der Außenbucht gewohnt hatte.

Zwei von ihnen kannte sie vom Sehen: Den Professor hatte sie in der Stadt ein paarmal mit seinem jungen javanischen Assistenten getroffen. Innerhalb weniger Minuten waren sie in ein Gespräch über ihren beiderseitigen Freund Herrn Rumphius verwickelt gewesen und der Professor hatte gefragt, ob sie schon einmal einen *Purpursegler* gesehen hätte. Es wurde ausgemacht, dass die beiden für eine Weile in den Kleinen Garten kämen, um Bäume und Pflanzen und Blumen zu suchen. Sie hatte sich auf den Besuch gefreut: Sie hätte ihnen die Stellen zeigen können – so viele Stellen hätte sie ihnen zeigen können!

Sie fand den Professor ein bisschen drollig – aber war das nicht öfter so bei Professoren? Bisher hatte sie nie einen gesehen, stellte ihn sich vor wie einen Professor aus den *Fliegenden Blättern*, zerstreut und mit einem großen Regenschirm, den er überall liegen ließ. Dieser Professor hatte zwar einen großen Sonnenschirm, schien aber nicht zerstreut zu sein. Sie fand ihn sehr nett.

Aber sie hatte nicht gewusst, was sie von dem jungen Javaner halten sollte: äußerlich so kultiviert und dabei so reserviert – unnahbar und dabei übervoll mit irgendetwas –, womit, wusste sie nicht, aber was spielte es jetzt noch für eine Rolle?

Constance war die Köchin der beiden jungen Leute, die mit

ihrer netten Tochter Soffie – sie hatte ihr ihren zahmen grünen Kakadu geschenkt – in ihrem alten Haus in der Stadt an der Außenbucht wohnten. An Constance konnte sie sich erinnern; jemanden wie sie vergaß man nicht so leicht, dachte sie, und ob sie nett gewesen war? Jedenfalls lief sie herum wie eine Fürstin in der Verbannung. Die seltsame Geschichte vom Messer des Matrosen hatte man ihr erzählt – man erzählte ihr immer alle Geschichten.

Den Matrosen hatte sie nie getroffen, aber Matrosen waren meistens nett!

Auch den Regierungskommissar hatte sie nie getroffen, aber von ihm konnte sie sich kein rechtes Bild machen; den Gerüchten zufolge konnte er eigentlich nicht nett gewesen sein. Auf der Auktion nach seinem Tod hatte sie dieses eine schöne grüne Martaban-Gefäß mit den Löwenköpfen und der Rattanschnur gekauft, noch dazu völlig überteuert.

Ob wohl die drei kleinen Mädchen bei ihnen waren, die echten – Elsbet, Keetje und Marregie? Sie war sich noch nicht schlüssig: Gehörten sie nun dazu oder nicht? Jedenfalls kamen sie von hier, und Kinder sind nun mal neugierig, dachte sie –

Vielleicht waren sie alle zusammen im Wohnraum; dort standen Blumen und Pflanzen, wie immer. Sie hatte keinen Weihrauch verbrannt, wie ihre Großmutter es getan hätte – kleine geronnene Tränen aus Harz – Tränen gab es so schon genug!

Ihr Sohn – diese Nacht war die Nacht ihres Sohnes – kam nicht immer. Dennoch fand sie, dass er dazugehörte, weil dies der Tag, die Nacht der Ermordeten war.

Sie war wirklich nicht überspannt und erst recht nicht sentimental, trotzdem würde sie immer dieses tiefe, brennende Mitleid mit ermordeten Menschen empfinden, sie lehnte sich gegen Morde auf, konnte sie nicht akzeptieren, bei ihrem Sohn nicht, bei anderen nicht, damals nicht und jetzt nicht und in alle Ewigkeit nicht.

Sterben schon! Jeder musste sterben, ob jung oder alt, an einer Krankheit, am Alter, durch einen Unfall; wenn es sein musste, an »Fenenum«, dann aber aus Versehen; damit musste man sich abfinden. Aber es war nicht gut, wenn ein Mensch von einem anderen ermordet wurde.

Und so, an diesem einen Tag und in dieser einen Nacht im Jahr, gedachte sie ihres Sohnes und mit ihm der anderen, die in jenem Jahr auf der Insel ermordet worden waren – mehr konnte sie nicht für sie tun.

Die Sache mit ihrem Sohn war schon eine ganze Weile her.

»Sie ist nie wirklich darüber hinweggekommen«, flüsterten ihre Freunde und Bekannten in der Stadt an der Außenbucht – deshalb ist sie manchmal ein bisschen – andererseits hatte sie noch alle fünf Sinne beisammen! Das durften sie ihr nicht sagen: »Du musst versuchen, darüber hinwegzukommen«, dann wurde sie wütend. »Ist es der Sinn der Sache, über andere hinwegzukommen?«, fragte sie dann, »glaubst du das?«

»Lieblos, treulos, ohne Erinnerung – Feiglinge!«, schimpfte sie später im Stillen. Feigheit, darauf lief es hinaus, und es tat weh!

So wie sie die Bitterkeit gekostet hatte, die bitterer war als das bittere Wasser aus dem Martaban-Gefäß, so kannte sie jetzt den Schmerz, kannte ihn in- und auswendig, und womit konnte man diesen Schmerz schon lindern?

Den festen Glauben ihrer Großmutter besaß sie nicht.

Manche Leute sagen: Sehen, sehen muss man mit eigenen Augen, hören, hören muss man mit eigenen Ohren; und wissen, wissen muss man auf übersinnliche, überzeugte Weise; nichts von alledem war ihr gegeben – nie – kein einziges Mal – nicht einmal mehr im Traum begegnete sie ihm.

Es gab ihre stillen Gespräche, aber auch darüber machte sie sich keine Illusionen. Sie stellte ihm eine Frage, und sie ließ ihn seine Antwort darauf geben. Er war nicht nur ihr Kind gewesen, er war ihr so nahe, so vertraut, sie hatte ihn, vor allem am Ende seines Lebens, so gut gekannt, dass sie an seiner Stelle antworten konnte. Oder sie drehte den Spieß um: Sie konnte auch für ihn Fragen stellen und sie dann selbst beantworten – aber was hatte das mit ihm zu tun?

Nie war da eine Gemeinschaft mit ihm als einem von ihr losgelösten Wesen mit einem eigenen Gesicht – höchstens mit diesem einen kleinen Teil von ihm, der in ihr beschlossen lag.

Gab es ihn noch als eigenständiges Wesen oder war da nur seine Stille? Schloss sie nicht mit diesem immerwährenden Gespräch – den Fragen und Antworten – seine Stille aus?

Doch sie war eine auf Erden lebende Frau, die ihr auf Erden lebendes Kind geliebt hatte – vielleicht war es eben seine Stille, die sie nicht ertragen konnte.

Während sie über die mondbeschienene Binnenbucht blickte und diesen Gedanken zum hunderttausendsten Mal nachhing und nicht nachhing, war ihr plötzlich, als säße jemand neben ihr, auf der kleinen Bank unter der Platane, aber außerhalb des Mondlichts, im Dunkeln. Sie sah nichts, wie immer, aber trotzdem – falls jemand da war, war es nicht ihr Sohn Himpies, sondern ein anderer: ein Unbekannter, jemand, den sie nie zuvor gesehen hatte und den sie nicht nett fand, das stand fest!

Der Regierungskommissar, dachte sie verärgert, wer sonst, warum musste ausgerechnet der zu ihr kommen? Zuerst sagte er nichts.

»Warum gehen Sie nicht zu den anderen ins Haus?«, fragte sie nach einer Weile, denn sie wollte ihn loswerden. »Der Professor ist sehr nett, der Matrose auch, glaube ich, Constance ist ein bisschen sonderbar, aber hübsch anzusehen, die drei kleinen Mädchen sind nette Kinder, falls sie da sind ...« Über ihren Sohn sagte sie nichts, sie bekam auch keine Antwort.

Das machte die Frau vom Kleinen Garten nervös, sie war lieber allein an der Binnenbucht – was wollte er von ihr, war er etwa der Meinung, dass er nicht dazugehörte?

»Sie sind doch auch ermordet worden?«, fragte sie da.

»Ertrunken«, sagte wer auch immer es war griesgrämig.

»Ist ja gut«, entgegnete die Frau vom Kleinen Garten ungeduldig, »das wissen wir schon, aber sind Sie denn nun ertrunken oder ertränkt worden?«

»Ich weiß nicht.«

Sie machte eine so abrupte Bewegung, dass der alte Rattanstuhl in allen Fugen krachte.

»Blödsinn! Sie wissen doch wohl, ob Sie geschubst wurden oder ob Sie gefallen sind!«

»Beides, gute Frau«, sagte der Regierungskommissar oder wer immer es sonst war jetzt ernst und höflich.

Was konnte man schon mit so jemandem anfangen?

Sie stand auf und ging, ohne sich umzusehen, zu dem Haus, ihrem Haus, das eigentlich ein Gästepavillon war, nicht einmal mit einer Veranda davor: nur vier Zimmer in einer Reihe und die daran angebaute Seitenveranda. Der Mond schien zwischen den Steinsäulen hindurch ins Innere. Hier hatte sie oft mit ihrer Großmutter gesessen, beide an eine Säule gelehnt – hier hatte die Bibi ihren Korb ausgepackt und die weißen Muschelketten herausgeholt, während die beiden Kinder zusahen – Himpies dicht neben ihr – schön, schön, hatte sie gesagt – hier war die Stelle, links der dritten Säule (sie würde sie mit geschlossenen Augen finden), wo sie sich in den letzten Jahren angewöhnt hatte zu stehen, geradeaus zu schauen: über das Blumenbeet unter den Muskatnussbäumen, dort, wo das Haus gestanden hatte (das Haus, das nicht wieder aufgebaut werden durfte), und dann weiter zum Tal mit der Muschel des Ewijatangs beim Flüsschen – über das Flüsschen, den Wald, die Hügel, die ganze Halbinsel hinweg, zum Meer, zu der anderen Insel, dem »Land am anderen Ufer«, dem hohen Gebirge dort – genau geradeaus – zur Lichtung im Urwald.

Wo ihr Sohn von dem Berg-Alfuren ermordet worden war,

dem braunen und nackten und prachtvollen Krieger mit seinem weißen Lendenschurz und all den Ketten aus weißen *Porzellanmuscheln*, den Federn im aufgetürmten Haar, der ihm stockstill hinter einem Baum auflauerte – aus dem Hinterhalt einen Pfeil auf ihn abschoss, genau in die ungeschützte Kehle, während er sich mit seinen Leuten und Domingus im Wald ausruhte, mit ihnen redete und über den Alten lachte –

»Trotzdem bin ich nicht nur ermordet worden, Mutter, ich bin auch gefallen.«

So oft hatte er das schon gesagt, sie dachte, dass er es so sagen würde, sagte nie viel dazu – wenn er meinte – doch sie wusste es besser –

Von hier blickte sie genau auf den Pfad – war es ein Pfad? –, über den sie ihn all die Stunden getragen hatten, im Wechsel die Wunde zudrückend – zum Schluss nur noch der Alte, während ihr Sohn ihm langsam unter den Fingern verblutete, und Domingus lief nebenher und sah ihn an und sagte: »O Seele von diesem oder jenem« – oder hatte er es doch nicht gesagt?

Von hier blickte sie genau auf sein Grab an der Küste der Insel »am anderen Ufer«, an der sich lautstark die Wellen vom offenen Meer brachen, »mit ihrem wiederkehrenden, immer gleichen schweren Donnern, wenn die Flut kommt«, hatte er geschrieben. Einmal war sie da gewesen; sie hätte ihn umbetten lassen können, doch ihr behagte der Gedanke nicht, ihn ausgraben zu lassen – nun kannte sie das Tosen der Brandung.

Hier, bei der Säule, redete sie auf ihre Weise mit ihm.

»Warst du im Haus?«, fragte sie.

»Ja, Mutter.«

»Wie geht es ihnen?«

»Gut, gut.«

»Sind die drei Mädchen da?«

»Ja, die drei Mädchen auch. Ich finde vor allem den Professor sehr nett.«

»Ja, das hatte ich dir doch schon gesagt.«

»Marregie hat ihn sofort mit Beschlag belegt, sie standen bei dem Raritätenschrank, die oberste Schublade war offen und der Professor erzählte ihr unsere Geschichte von Aschenbrödel, ein bisschen abgewandelt. Ich glaube nicht, dass er sie so bald wieder loswird, aber er war nicht in Form, als würde ihn irgendetwas bedrücken.«

Die Frau vom Kleinen Garten zuckte mit den Schultern.

»Wundert dich das? Zum Kuckuck, möchte ich fast sagen, wenn du vor nicht allzu langer Zeit von ein paar Binongkos – diesem elenden Gesindel! – ermordet und ins Meer geworfen worden wärst, vielleicht war er noch nicht einmal richtig tot.«

»Ja – nein – es ist nicht immer ...«, sagte ihr Sohn; er zögerte, schien nach dem richtigen Wort zu suchen, und für einen Augenblick sah sie – nein, nein! – erinnerte sie sich beängstigend deutlich an sein Gesicht, die Augen mit den Sprenkeln, ganz dicht vor ihr, und wie er sie dann angesehen hatte – »uns Menschen fällt es nun mal nicht leicht, ermordet zu werden, zu sterben, auf welche Art auch immer, Mutter.«

Schon war es wieder vorbei.

»Nein, natürlich nicht«, sagte sie, »und du darfst nicht beides in einem Atemzug nennen, das kann ich nicht leiden, das weißt du doch! Warum tust du so, als wäre es dasselbe: ermordet werden und sterben? Das ist es nämlich nicht, und du findest das doch sicher auch nicht.«

»Ja-und-nein, Mutter«, ließ sie ihren Sohn sagen, zögerlich, wie es so seine Art war – doch darüber ärgerte sie sich selbst und sagte strafend: »Fang jetzt nicht wieder mit diesem Ja-und-nein und diesem Einerseits-andererseits an; ich mag keine Unschlüssigkeit, das solltest du langsam wissen.«

»Jawoll ja, Frau vom Kleinen Garten!«, sagte ihr Sohn, ohne zu lachen und ohne sie anzusehen. »Aber wir waren beim Professor stehen geblieben, der Marregie unsere Geschichte erzählte.

Er sagte, dass Aschenbrödel übers Meer fuhr, um den Prinzen zu suchen, auf einer Qualle, dem *Purpursegler*, weil sie Segel hat, kristallene Segel, nach unten hin breit, nach oben hin schmal, purpurrot und violett gesäumt, sagte er. So segelte sie übers Meer und war im Handumdrehen da!

Dann hat er weitererzählt, dem Mädchen ab und zu eine Muschel gezeigt. ›Schau mal! Fürchtest du dich vor dem *Podagra-Krebs*, Marregie? Das da ist ein *doppeltes Venusherz* und das die Amouret-Harfe, das *liebe Dingelchen*, Marregie.‹ Bei den kleinsten Muscheln angekommen, die wie Blumen zu ihren Füßen lagen, hat er sie aufgezählt: *Knöpfchen, Meertulpen, rote Masern, blaue Tropfen, grüne Glimmerchen* und die allerkleinsten der Welt, *weiße Läuse*. ›Siehst du die *weißen Läuse*, Marregie?‹ Da sagte Marregie: ›Pfui, dürfen Sie dieses Wort überhaupt in den Mund nehmen? Das ist aber ein böses Wort!‹

Trotzdem hat der Professor Aschenbrödel und den Prinzen in der prächtigen *Nautilus* zurückkehren lassen, innen wie außen aus Perlmutt. ›Aber …‹, sagte er, ›es tat Aschenbrödel doch leid, dass da keine Segel waren, sie hätte sie dem Prinzen gern gezeigt – du weißt schon – die purpurrot und violett gesäumten kristallenen Besansegel.‹

›Ja‹, sagte Marregie, ›um die Segel ist es schon schade‹, und dann fragte sie: ›Waren die Segel denn sehr groß?‹ Und sie öffnete die Arme und riss die Augen weit auf, wie ein kleines Kind, als könnte sie sich so etwas Großes sonst nicht vorstellen.

›Nein, du täuschst dich‹, sagte der Professor, ›die Segel sind nicht groß, sie sind klein – ich habe das schon immer gewusst – sie sind winzig, kleiner als deine kleine Hand, Marregie.‹

Das schien den Professor irgendwie zu stören; Marregie hingegen war ganz entzückt. ›Klein?‹, und sie drückte ihren Zeigefinger zwischen Daumen und Mittelfinger platt, besah ihn sich von Nahem, schielte dabei wie ein kleines Kind, ›so klein?‹

›Ja‹, sagte der Professor, ›so klein.‹

›Ach, wie niedlich!‹, sagte Marregie da, ohne zu lachen, aber sie strahlte den Professor an.

›Findest du alles Kleine niedlich?‹, fragte er.

›Ja‹, sagte sie, ›natürlich, klein ist doch niedlicher als groß! Jetzt müssen Sie aber weitererzählen.‹

Der Professor erzählte die Geschichte zu Ende, bis er zum *großen apfelblütenfarbenen Tour de Bra* kam, und dann hatte er alle Muscheln aus der Schublade aufgezählt. ›Schau‹, sagte er, ›jetzt nehmen wir noch so ein außen weißes, innen perlmuttfarbenes *Posthörnchen*, blasen hinein, und damit ist die Geschichte aus.‹

›Habt ihr das gehört, man muss wirklich in ein *Posthörnchen* blasen!‹, rief Marregie ihren beiden Schwestern zu.

Elsbet und Keetje hörten nicht hin; sie waren viel zu sehr in ihr Spiel mit dem Matrosen vertieft, irgendetwas mit einem Seil: Bestimmt brachte er ihnen Seemannsknoten bei.

›Seid ihr schon einmal mit einer Prau gefahren?‹, fragte der.

›Ja, natürlich.‹

›Mit wem denn?‹

›Mit den Fischern aus dem Dorf und mit unserer Kinderfrau.‹

›Einer netten Kinderfrau?‹

Sie sahen sich an. ›Ja, einer sehr netten.‹

›Wo ging die Fahrt denn hin?‹

›Na, einfach nur in die Binnenbucht, wohin denn sonst?‹

›Seid ihr auch schon einmal gesegelt?‹

›Ja, natürlich‹ seien sie schon einmal gesegelt, selbstverständlich.

›Wisst ihr, wie man den Wind herbeipfeift? Und dass man ihn mit »Herr Wind« anreden muss?‹

Elsbet und Keetje wussten genau, dass sie den Wind mit ›Herr Wind‹ anreden mussten, ›kommen Sie, Herr Wind, kommen Sie, lösen Sie Ihr langes Haar!‹ Sie wussten auch, wie sie nach ihm pfeifen mussten, und taten es, zischten immer lauter und lauter.

›Scht, passt doch auf!‹, sagte der Matrose, ›sonst hören uns die anderen und ihr ruft noch den Sturmwind herbei, ihr wisst schon, den, der Baratdaja heißt!‹

›Zufällig lieben wir aber den Sturmwind, du weißt schon, den, der Baratdaja heißt!‹, sagten die beiden Mädchen.

›Ich auch!‹, sagte der Matrose. ›An mir soll es nicht liegen …‹ Und sie amüsierten sich köstlich und prusteten alle drei los.

Doch dann stand Constance plötzlich kerzengerade da und klatschte ein paarmal laut in die Hände, als würde gleich das Tauziehen beginnen und die Tifa ertönen. ›Von weit her, von weit her‹, sagte sie und fing dann erst zu singen an.«

»Was hat sie gesungen?«, fragte die Frau vom Kleinen Garten ihren Sohn.

»Die Tifa ruft von weit her, von weit her, hat sie gesungen und: Das Rattan ist entzwei, wir halten die beiden Enden fest. Das klang ziemlich traurig, muss ich sagen.«

»Ja«, sagte die Frau vom Kleinen Garten nachdenklich, »Ja, wahrscheinlich, hat sie dazu getanzt?«

»Wenn man das tanzen nennen kann, sie machte nur ein paar Schritte vor, ein paar Schritte zurück und klatschte immerzu in die Hände.«

»Habt ihr dabei zugesehen?«

»Ja«, sagte der Sohn. »Ja, der Professor, der Matrose und ich.«

»Dachte ich es mir doch«, sagte die Frau vom Kleinen Garten, »dass ihr zusehen würdet.« Und dann sagte sie, was sie schon die ganze Zeit sagen wollte: »Wusstest du, dass der Regierungskommissar tot und allein am Strand unter der Platane sitzt? Sehr ärgerlich: Er will partout nichts davon wissen, dass er ermordet wurde!«

Ihr Sohn sagte: »Das wollen wir doch alle nicht! Ich habe schon so oft versucht, es dir zu erklären, höre doch endlich einmal auf mich. Wir sind nie einfach nur ermordet worden, wir sind immer auch gefallen. Und werde jetzt aber nicht wütend, denn so ist das nun mal, wirklich, einerseits-andererseits, meine liebe Mutter!« So hatte er sie noch nie genannt –

»Dieser Meinung ist der Regierungskommissar anscheinend auch. Ich habe gesagt: ›Sie wissen doch wohl, ob Sie geschubst wurden oder ob Sie gefallen sind!‹ Und weißt du, was er da geantwortet hat? ›Beides, gute Frau‹, hat er gesagt, was sagst du dazu!«

Da lachte ihr Sohn.

In all den Jahren hatte sie ihn so viel sagen und fragen und antworten lassen; manchmal war er traurig gewesen, wenn sie auf Toinette und Nettchen zu sprechen kamen – sie konnte ihm nicht sagen, was aus ihnen geworden war.

Warum hatte sie ihn nie lachen lassen? Kein einziges Mal – dabei war er immer so fröhlich gewesen, er hatte gern gelacht, lachte sogar, als der Pfeil kam, wie Domingus gesagt hatte – jetzt war es das erste Mal.

»Klingt, als wäre der Regierungskommissar sehr nett, finde ich«, sagte er noch.

»Nein«, sagte die Frau vom Kleinen Garten auf ihre knappe, entschiedene Art, »nein, das ist er nicht! Komm mit und sieh ihn dir selbst an.«

Sie drehte sich um, ging langsam über die offene Seitenveranda zurück nach draußen, am Rand der Veranda entlang, damit ein anderer neben ihr noch Platz hatte, die Treppe hinunter zum Strand und setzte sich wieder auf ihren Stuhl.

Sie saß still auf ihrem Stuhl, sie hatte die ganze Zeit still auf ihrem Stuhl gesessen.

Sie hatte das Gefühl, dass der Regierungskommissar nicht mehr unter der Platane war und die anderen nicht mehr im Haus: der Professor nicht, Constance nicht, der Matrose nicht, die drei kleinen Mädchen nicht – keiner von ihnen. Auch ihr Sohn nicht.

Sie waren überhaupt nie da gewesen.

»Bleibt bei mir«, flüsterte sie plötzlich ängstlich, schloss kurz die Augen, öffnete sie wieder und blickte dann schweigend auf die Binnenbucht.

Der Mond warf eine Bahn aus Licht aufs Wasser, man hätte darauf gehen können – die Binnenbucht rauschte leise, und die kleinen Wellen der Brandung liefen kurz vor ihren Füßen aus; die großen Bäume standen dunkel und schweigend neben und hinter ihr. Die Fischer, die sie hatte aufbrechen sehen, kehrten jetzt zurück, gingen im Wasser, die Fackel in einer Hand, in der anderen den leichten Speer, mit dem sie die Fische aufspießten, die zum Fackellicht hochsprangen. Sie gingen vorsichtig, um nicht mehr Lärm zu machen als das Wasser, und redeten auch nicht miteinander. Als sie sie jedoch im Mondlicht sitzen sahen, rief der eine, dessen verbrannten Arm sie so lange behandelt hatte, ihr über das Rauschen hinweg einen Gruß zu – »Viel Glück für Sie!«, oder so.

»Sei doch still!«, sagten die anderen, wegen der Fische – und sie antwortete so leise wie möglich übers Wasser hinweg zurück: »Geht es Ihnen gut, ja?« Glück – gut – wo war es denn, dieses Glück, dieses gut?

Zum ersten Mal an diesem Abend dachte sie auch an die anderen, die Mörder – warum?

Der Berg-Alfur hinter dem Baum.

Die vier Binongkos des Professors.

Der Mann, der Constance ermordet hatte.

Der Mörder des Matrosen, keiner wusste, ob es ein Mann oder eine Frau war.

Die junge Halbchinesin, die Frau des Regierungskommissars, mit ihren drei Tanten – oder doch nicht?

Und die balinesische Sklavin, die Kinderfrau der drei Mädchen – die so schön war – sie konnte danach nicht mehr laufen – an sie wollte sie nicht denken, es war zu lange her und sie durfte nicht daran denken, ihre Großmutter hatte es nicht gewollt.

Der Massenmörder, der ihrem Sohn das Leben retten wollte –

Sie presste die Finger einer Hand an die Stirn, dicht über die Augenbrauen – so viele Mörder gab es! Ihr wurde schwindlig und gleichzeitig war sie erstaunt: Wenn sie jetzt an sie dachte, verspürte sie keine Wut, keine Abscheu wie sonst, eher Mitleid, kein großes, brennendes Gefühl von Mitleid wie für die Ermordeten, sondern ein kleines Gefühl von Ungeduld, von Traurigkeit – warum denn, ihr Dummköpfe! Keine Rachegefühle mehr, kein Hass. Als wären sie nicht nur Mörder, sondern auch Ermordete.

Und dann gab es keine Mörder und kein Ermorden mehr.

Es war so verschwommen, ein einziges Durcheinander in ihrem Kopf, also doch einerseits-andererseits, wie ihr Sohn es wünschte.

Sie ließ die Hand wieder sinken, schüttelte den Kopf, rutschte auf ihrem Stuhl herum: Sie wollte immer alles bis in alle Einzelheiten wissen – war es so oder nicht so – und kein Blödsinn. Konnte man überhaupt etwas genau wissen, war es jemals wirklich vorbei? Sie schaute wieder hoch und da sah sie – sah sie? – in der zuvor noch leeren Lichtbahn über dem Wasser an der Binnenbucht, weit weg und ganz nah – bewegt und reglos –

Die purpurne Kokospalme des Meeres – und darunter standen ihre Großmutter und Herr Rumphius und die Korallenfrau in ihrem geblümten Kleid; ihre Großmutter hatte den Fenenum-Teller aus Seram bei sich und legte die »Schildwachen des Glücks« hinein, die sie von dem Stamm pflückte; zwischen den Wurzeln saß die Krabbe *Don Diego in vollem Harnisch*, die Ebbe und Flut regelt, und oben in den Zweigen war das Nest des heiligen Vogels.

Der Fremde aus dem Hotel, den sie geliebt hatte – auch jetzt noch und für immer – hielt die gestohlene Schlange mit dem Karfunkelstein in der Hand; wenn er sie darum gebeten hätte, hätte sie sie ihm gegeben, einfach so geschenkt, umsonst, zum Behalten – das bittere Wasser aus der bitteren Quelle im Martaban-Gefäß rann ihm über die Füße.

Die Bibi, vor der sie sich gefürchtet hatte, ließ die drei Mädchen in Rosa in ihren Korb schauen: Alle Perlen des Regierungskommissars lagen darin, Perlen des Meeres, und diese andere Perlenkette, kaum orange und gelb zu nennen, die Perlen der Erde, und unzählige Ketten mit leuchtend weißen *Porzellanmuscheln* für die Berg-Alfuren in ihrem Kriegsputz – jetzt konnten sie nichts Böses mehr anrichten.

Ihr geliebter Sohn stand neben einer Frau, Toinette, und einer kleinen Tochter, Nettchen, sie drehten ihr den Rücken zu (daran war sie selbst schuld), sahen zu, wie eine Flotte in die Binnenbucht einlief, die Flotte der gut tausend Segel einmütig beieinander, kristallene Besansegel, purpurrot und violett gesäumt, sie waren nicht groß, nicht klein, reichten bis in den Himmel hinauf – wo steckte der Professor jetzt?

Ihre Eltern mit den fünf Pekinesen an der Leine.

Die vier Besucher dieses Abends: der Professor – da war er ja –, Constance und ihr Matrose, der Regierungskommissar, sie sah jetzt ihre Gesichter, von allen vieren – deutlich –, sie wollte dem Professor gern winken, doch das durfte sie nicht, sie durfte ihn nur ansehen.

Alle Mörder, weil es die auch geben musste.

Die schönsten Muscheln waren da: In der Mitte die zwei riesigen, gezackten Muscheln aufeinander, der wirklich, wirklich entsetzliche Ewijatang aus ihrer Kindheit wohnte wieder darin und die kleinsten aller kleinen Muscheln der Welt daneben, die glänzenden *weißen Läuse*, von denen der Professor Marregie an diesem Abend erzählt hatte, auch das sehr seltene *doppelte Venusherz*, auch das *liebe Dingelchen*, das ihr Sohn sich ans Ohr gelegt hatte, um dem Meer zu lauschen.

Der weiße Stein aus der »schönen Schublade« mit seinem Kind an der Hand – drei junge Männer nebeneinander – Bär, Domingus, der portugiesische Matrose Martin – die nette kleine Soffie mit dem grünen Kakadu, den sie ihr geschenkt hatte, ihr

Kindermädchen hinter ihr, das selbst noch ein Kind war – ein junger Javaner malte eine Prau in die Wellen und hieß Radèn Mas Suprapto; eine gertenschlanke Javanerin in einem Kutschermantel mit drei Schultercapes sah ihm zu, »du hast wieder den Ballast vergessen«, sagte sie – wer war sie? Die Frau vom Kleinen Garten kannte sie nicht, und warum sagte sie das? Das Binongko-Mädchen, das dem Professor die Blumen gegeben hatte, saugte an seiner blutigen Lippe und lauschte, auf der portugiesischen Werft am anderen Ufer wurde ununterbrochen gezimmert – die drei kleinen Mädchen, die echten, standen nebeneinander, sie hielten den Schlangenstein mit dem Herrn Jesus in der Hand, das Messer des Matrosen, und Marregie hielt das *Posthörnchen* bereit, damit sie gleich hineinblasen konnte – bunte Korallen, Fische, Krebse, die drei jungen Meeresschildkröten – die Vortänzerin mit der Muschel, der weißen *Kammertuchs-Haube*, weit hoch ins Mondlicht gestreckt – Vögel, Schmetterlinge.

Der Storch, der Vogel Lakh-lakh mit dem langen Schnabel und den feuerroten Beinen, war da und die brüllenden jungen Löwen; in ihrer Mitte saß der kleine Himpies auf seiner Matte und sah mit großen Augen entzückt zu, und überall kleine silberne Wellen, und von weit her sagte eine Stimme langsam und mit langen Pausen: die Bucht – die Binnenbucht – du wirst doch wohl – nie – die Binnenbucht – vergessen – o Seele – von –?

Was geschah da mit ihr, starb sie gerade, waren das ihre »hundert Dinge«?

Sie blieb ruhig auf ihrem Stuhl sitzen, es waren auch keine hundert Dinge, sondern viel mehr als hundert und nicht nur ihre Dinge, hundert Mal »hundert Dinge«, nebeneinander, lose, einander berührend, hier und da ineinander übergehend – ohne jede feste Verbindung, und gleichzeitig für immer miteinander verflochten –

Eine Verbundenheit, die sie nicht ganz begriff: Das machte nichts, da gab es nichts zu verstehen, es wurde ihr nur für einen

Augenblick zur Betrachtung über dem mondbeschienenen Wasser geschenkt.

Sie hatte nicht bemerkt, dass Scheba und ihr Mann Hendrik, der Kuhhirte, ums Haus herumgekommen waren und nun zu beiden Seiten des Stuhls standen.

»Warum kommen Sie nicht und legen sich hin?«, fragte Scheba brummig und besorgt zugleich, und beide schüttelten den Kopf über sie. »Wieso setzen Sie sich hierhin? Der Mondschein ist schön, aber was hat man schon davon, er macht einen nur krank! In der Küche ist frisch gebrühter Kaffee, nun kommen Sie schon.«

Da erhob sich die Frau vom Kleinen Garten, die Felicia hieß, gehorsam von ihrem Stuhl, und ohne einen weiteren Blick auf die Binnenbucht im Mondlicht – die würde schon dableiben, für immer – ließ sie sich von ihnen zwischen den Bäumen hindurch zum Haus begleiten, trank eine Tasse Kaffee und versuchte erneut weiterzuleben.

Anmerkungen

Die Insel

12,9 *Prau:* traditionelles Auslegerboot mit oder ohne Segel (abgeleitet vom malaiischen *prahu*); weit verbreitet im südpazifischen Raum.

12,15 *Arengpalme:* auch als Zuckerpalme bekannt.

12,20 *Kasuar:* großer, flugunfähiger, dem Strauß ähnlicher Laufvogel.

16,19 *Martaban-Gefäß:* großer Schultertopf, der als Vorratsbehälter diente. Benannt nach dem Herkunftsland Martaban, einem ehemaligen kleinen Königreich auf der indischen Halbinsel.

17,3 *Bibi:* malaiische Bezeichnung für eine jüngere Schwester des Vaters oder der Mutter; (veraltet) verheiratete Frau, Dame; Frau, Mitarbeiterin; Haushälterin; auch Anrede für eine Frau mittleren Alters.

18,1 *Pantun,* auch *Pantum, Pantoum:* eine ursprünglich mündlich vorgetragene Strophenform in malaiischer Sprache. In Frankreich, England und Deutschland haben Lyriker seit dem 19. Jahrhundert Pantune gedichtet.

18,2 *Benteng:* Festung (malaiisch).

18,11 *Tifa:* Handtrommel, ähnlich den Congas, ursprünglich aus dem östlichen Teil Indonesiens.

20,3 *Kajeputbaum:* Myrtengewächs in Indonesien und Australien, dessen Öl in der Medizin und Parfümerie verwendet wird.

20,21 *Herr Rumphius:* Georg Eberhard Rumpf, auch Georgius Everhardus Rumphius (1627–1702), verbrachte viele Jahre als niederländischer Offizier und Verwaltungsbeamter, Botaniker und Forschungsreisender auf der Insel Ambon. In seinem Werk *Amboinische Raritäten-Kammer* beschrieb er tropische Schalentiere, Muscheln und Mineralien.

24,32 *Sarong:* indonesisches Kleidungsstück, bestehend aus einem gefalteten und zusammengenähten, von den Hüften herabhängenden Tuch, das sowohl von Männern als auch von Frauen getragen wird. Wörtliche Übersetzung: Köcher, Scheide.

24,32 *Kebaya:* eine auf der Vorderseite mit drei Broschen zu schließende Bluse.

Der Kleine Garten

38,6 *Kraton:* Palastanlage und Hof eines Sultans oder Radschas in Südostasien, insbesondere in Indonesien und Malaysia.

38,33 *Makassar:* Hauptstadt der indonesischen Provinz Südsulawesi an der südwestlichen Küste der Insel Sulawesi.

39,5 *Katzenauge:* Mondstein, der ein besonders starkes und auffälliges Lichtband aufweist.

43,9 *Raffles-Lampe:* benannt nach Thomas Stamford Raffles (1781–1826), Forscher und Gründer der Stadt Singapur.

49,22 *Palankin:* Tragsessel (Hindi).

72,31 *Rasamalawurzel:* die Wurzel von *Altingia excelsa*, unter dem Namen »Rasamala« eine der wertvollsten Nutzholz-Baumarten von West-Java. Die Borke enthält ein aromatisches Harz (»Burmesischer Styrax«). Es wird als Parfüm und als Räucherwerk verwendet.

74,22 *Bébé:* von Mädchen und jungen Frauen getragene, formlose, waden- oder knöchellange Kleider, einem Nachthemd ähnlich. Kleider werden auch heute noch im Indonesischen und Javanischen als *bébé* bezeichnet; möglicherweise wegen der Ähnlichkeit mit dem Schnitt eines Taufkleids vom französischen Wort *bébé* abgeleitet.

90,23 *De Lokomotief:* vergleichsweise progressive Zeitung, von der kolonialen »Elite« gelesen.

92,8 Der *Botanische Garten von Bogor* befindet sich 60 km südlich der Hauptstadt Jakarta. Die über 80 ha großen Gärten wurden vom niederländischen General-Gouverneur von Java Gustaaf Willem Baron van Imhoff angelegt und 1817 offiziell als *'s Lands Plantentuin* eröffnet.

99,20 *Rokki:* wahlweise ein Wickelrock oder ein gerader Faltenrock.

99,21 *Baju:* hochgeschlossene, kragenlose (weiße) Jacke aus weicher Baumwolle, vorn durchgeknöpft.

106,15 *Djatiholz:* regionale Bezeichnung für Teak.

116,23 *Tuan:* Herr, Meister (malaiisch).

117,11 *Familiarity breeds contempt:* zu viel Vertraulichkeit ist schädlich (englisch).

117,12 *Frère-et-compagnon:* brüderlich und kameradschaftlich (französisch).

125,15 *Bappa:* Papa (malaiisch).

Der Regierungskommissar

134,30 *Dobo:* Hauptort der Aru-Inseln, 150 km von Neuguinea in der Arafurasee gelegen.

146,11 *Sirihdose:* dient zur Aufbewahrung der früher gebräuchlichen, zum Betel-Kauen benötigten Substanzen, üblicherweise aus Holz.

Constance und der Matrose

151,18 *Nonni:* Fräulein, junge Frau (malaiisch).

151,30 *Bombasin:* Gewebe aus Halbseide (und Wolle). Dichter, weich fließender Kammgarnstoff.

158,20 Die *Gouvernementsmarine* war die kleine staatlich-zivile Marine und Küstenwache von Niederländisch-Indien. Sie wurde von der Verwaltung der Kolonie eigenverantwortlich kontrolliert und war dem Generalgouverneur unterstellt; ihr Einsatzgebiet war auf die Kolonie – also den Malaiischen Archipel – beschränkt. Die Hauptbasis befand sich in Surabaya.

Der Professor

185,15 *Radèn:* indonesischer Adelstitel.

186,8 *Solo:* umgangssprachliche Bezeichnung für Surakarta, eine Stadt im Süden von Indonesien in Zentral-Java in der Provinz Jawa Tengah am Fluss Bengawan Solo.

186,9 *Kain:* langes Tuch, das man sich entweder um den Leib wickelt oder in das man hineinschlüpft, wenn es köcherförmig zusammengenäht ist.

187,1 *Shantungseide:* benannt nach der gleichnamigen Provinz in China. Ihre Optik zeichnet sich durch natürliche Unregelmäßigkeiten und Verdickungen der Seidenfäden aus.

189,17 *Waringin-Bäume:* Birkenfeigen, *Ficus benjamini*. Heiliger Baum in Indonesien, Symbol der Lebenskraft.

196,30 *Gamelan:* Bezeichnung sowohl für verschiedene Musikstile traditioneller Musik auf Java und Bali als auch für die Musikensembles, die diese Musik spielen.

199,1 *Franz Valentyn:* deutsche Schreibweise von François Valentijn (1666–1727), Pfarrer der Niederländischen Ostindien-Kompanie auf den Molukken und Autor. Er veröffentlichte zwischen 1724 und 1726 eine Beschreibung der niederländischen Besitzungen und zahlreicher Regionen in Asien (*Oud en Nieuw Oost-Indië*), aber auch eine ins Deutsche übersetzte Abhandlung der dort vorkommenden Schnecken, Muscheln und Seegewächse.

202,33 *Steckelbein:* Anspielung auf den Bilderroman *Fahrten und Abenteuer des Herrn Steckelbein. Eine ergötzliche Historie*, Leipzig 1847, nach Zeichnungen von Rodolphe Töpffer, in lustigen Reimen von Julius Kell. Die niederländische Ausgabe erlangte Bekanntheit als erster niederländischer Comic. Steckelbeins Schwester hieß Ursula, genannt Ursel.

210,4 *Buton*, auch *Butung*, indonesisch *Pulau Buton:* eine in der Bandasee gelegene, zur Provinz Südost-Sulawesi gehörende, 4400 km² große indonesische Insel.

Allerseelen

238,25 *Fliegende Blätter:* eine humoristische, mit vielen Illustrationen versehene deutsche Wochenschrift, die zwischen 1845 und 1944 erschien.

Davao

Palau

Celebessee

Manado

Tobelo

Nord-Molukken

Halmaherasee

Molukkensee

Sorong

Neuguinea

Seramsee

Seram

Kendari

Buru

Molukken

Ambon

Bandasee

Díli

Arafurasee

ng

Timorsee

Editorische Notiz

Maria Dermoût fühlte sich der oralen Erzähltradition verbunden. Um diese zu kennzeichnen, entschied sie sich für einen ungewöhnlichen Umgang mit der Interpunktion: Zur Kennzeichnung des Rhythmus, zur Sichtbarmachung von Pausen griff sie häufiger als üblich auf Gedankenstriche und Auslassungspunkte zurück. Die vorliegende Übersetzung folgt in weiten Teilen der Interpunktion in der von Maria Dermoût durchgesehenen sechsten Auflage aus dem Jahr 1960.